KB030762

# 레인보우 프로젝트

**THE EXTRAORDINARY COLOURS OF AUDEN DARE**

Copyright © Zillah Bethell, 2017
All rights reserved.

Korean translation copyright © 2019 by Lime Co., Ltd.
Korean translation rights arranged with A. M. Heath,
through EYA(Eric Yang Agency), Seoul.

이 책의 한국어판 저작권은 EYA(Eric Yang Agency)를 통한
A. M. Heath와의 독점 계약으로 (주)라임이 소유합니다.
저작권법에 의하여 한국 내에서 보호를 받는 저작물이므로 무단 전재와 무단 복제를 금합니다.

# 레인보우 프로젝트

질라 베델 지음 | 김선영 옮김

라임

차 례



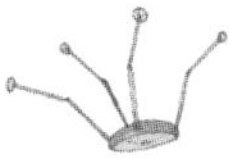

# 안녕, 봇잡!

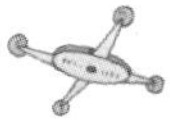

학교를 마치고 집으로 가는 길에 우두커니 서서 신호등 불빛을 바라볼 때가 있다. 불빛은 곧 빨간색에서 노란색으로, 노란색에서 다시 초록색으로 바뀐다. 나는 빨간색이, 노란색이, 초록색이 무엇을 의미하는지 알지 못한다. 아니, 나에겐 아무 의미가 없다. 어느 날 누군가 아침 일찍 일어나서 신호등 불빛의 배열 순서를 바꾼다 해도 전혀 눈치채지 못할 테니까. 나에게는 모두 똑같이 회색이기 때문이다.

초록색, 파란색, 빨간색, 분홍색, 보라색, 노란색…….

나는 이 가운데 그 어떤 색도 구분하지 못한다. 이제는 흑백으로, 아니 흐릿한 회색으로 모든 것을 보는 일에 제법 익숙해져 있다.

이 세상에 태어나던 순간부터 이 상태다. 아주 어린 시절에는 색을 구분하다가 나중에 이렇게 되었더라면 훨씬 더 힘들었을 것이다. 만약 그랬다면 내가 잃어버린 것이 무엇인지 너무도 잘 알 테니까.

사실 나는 아무것도 잃지 않았다. 처음부터 지금까지 쭉 이랬다. 내 이름이 처음부터 지금까지 계속 오든 데어인 것처럼.

나는 지금 열네 살이다.

우리 엄마는 색깔을 말하지 않은 채 사물을 설명하는 방법을 여러 가지로 개발했다. 그러니까 사물을 구별하는 데 다른 방식을 이용하는 것이다. 먼저 숫자를 이용할 수 있다.

"거기, 두 번째에 있는 것 좀 줄래?"

크기도 가능하다.

"세 번째로 작은 것도."

숫자와 크기를 동시에 이용하기도 한다.

"다섯 번째 줄에서 네 번째로 작은 거."

색깔의 명암을 설명할 때는 알파벳이 동원된다. 가장 밝으면 A다. 따라서 가장 어두우면 Z가 된다. 그래 봐야 실제로 쓰는 것은 D까지고, 더 많아 봐야 E까지다. 엄마의 색감은 알파벳 스물여섯 자를 다 쓸 만큼 뛰어나지가 않다.

더 어렸을 때는 그림으로 사물의 색깔을 구분했다. 초록색이면 사과, 파란색이면 물결 두 줄, 이런 식으로. 엄마는 온 집 안의 물건에 그림이 그려진 스티커를 붙였다.

그것이 꼭 나를 위한 일이었다고는 생각하지 않는다. 나는 점퍼가 노란색이든 빨간색이든 별로 궁금하지 않았으니까. 다행히 엄마가 그렇게 해 준 덕분에 사람들 사이에서 너무 튀어 보이지는 않았다.

엄마는 그렇게 열심히 노력하면서도, 또 색깔을 피해 사물을 설명하는 방법을 끝없이 개발해 내면서도, 가끔은, 아주 가끔은 내 상태를 잊어버리기도 했다. 봇잡을 사 온 날이 그랬다.

"엄마 차 샀어."

엄마는 코트를 벗으면서 현관문을 닫았다.

내가 되물었다.

"차를 샀다고요? 왜요?"

엄마는 현관문 옷걸이에 코트를 걸었다. 내 질문을 못 들은 척하려는 것 같았다.

"어떤 차인지 안 궁금해?"

나는 연필과 (늘 가지고 다니는) 돋보기를 연습장 위에 내려놓았다. 막 샌드위치를 그리기 시작한 참이었다. 자기 방석에 웅크린 채 가르릉거리는 샌드위치는 아기 새와 작은 쥐가 나오는 꿈이라도 꾸는지 자못 기분 좋은 표정으로 자고 있었다. 이제 겨우 귀까지 그렸는데.

"네, 궁금해요. 어떤 차예요?"

"이름은 잘 몰라. 엄만 차 잘 모르잖아. 어쨌든 커."

나는 한숨을 푹 쉬었다.

"크다고요?"

엄마가 고개를 끄덕였다.

"직접 봐. 앞에 세워 놨어."

"차 사는 데 얼마 들었어요?"

나는 커튼을 열고 십층 아래 도로를 내려다보았다. 많은 차들이, 하나같이 낡은 차들이 줄지어 선 채 주인이 어서 돌아와 시동을 걸어 주기를 기다리고 있었다.

"차가 얼마냐고? 이십오만 파운드로 해결 봤어."

"이십오만 파운드요?"

믿을 수 없는 가격이었다. 요즘은 이십오만 파운드로 살 수 있는 차가 없었다. 분명히 로봇이 만든 차일 터였다. 바퀴가 세 개만 달려 있다든가, 아니면 바닥이 뚫려 있어서 차에 타고 있는 동안 다리를 계속 들고 있어야 하는…….

나는 엄마를 흘깃 돌아보았다. 엄마는 서랍 앞에 무릎을 꿇고 앉아 서류를 꺼내고 있었다.

"엄청 싸네요. 굴러가지도 않을 것 같은데요, 진짜 그 가격이면."

내 목소리에서 의심이 묻어났다. 엄마는 얼굴을 찌푸렸다.

"당연히 굴러가지. 얼마나 잘 나가는데……. 롬포드에서 여기까지 직접 몰고 왔는걸."

엄마는 두꺼운 서류 뭉치를 꺼내 비닐봉투에 쑤셔 넣은 다음, 다른 칸 서랍을 열어 같은 일을 반복했다.

나는 꼬리를 물고 늘어선 차들을 다시 내려다보았다.

"어떤 게 우리 차예요?"

엄마가 잊어버렸다는 때가 바로 지금이다.

"초록색 차. 길쭉하게 생긴 초록색 차 있잖아."

'초록색!'

"엄마!"

"참."

엄마는 커다란 봉투를 한쪽으로 밀어 놓고 자리에서 일어나 창가로 다가왔다.

"오든, 미안해. 일부러 그런 건 아니야."

엄마는 이런 일에 대비해 손목에 끼고 다니던 고무줄을 잡아당겨 살짝 튕겼다. 사소한 잘못을 저질렀을 때 스스로에게 주는 벌이었다.

"엄마가 요즘 어떤지 알잖아. 생각할 게 너무 많아서 그래."

엄마는 창밖을 보며 아래쪽을 가리켰다.

"저기 저 차야. 이쪽으로 하나, 둘, 셋, 세 번째 차."

차가 보였다. 앞 후드와 지붕이 엄청나게 긴 것이, 마치 괴물이 양 끝에서 힘껏 잡아당긴 것처럼 생긴 차였다.

"진짜 큰 차네요."

엄마와 나는 말없이 서서, 바람에 흩날리는 먼지처럼 도로를 오가는 사람들을 내려다보았다. 그때 샌드위치가 야옹, 하고 울더니 방석 귀퉁이를 할퀴어 안에 든 솜을 뜯어내기 시작했다.

내가 말했다.

"그런데 차를 왜 사셨어요? 우린 차 필요 없잖아요."

엄마는 내 쪽으로 고개도 돌리지 않고 대답했다.

"왜 샀냐고? 지난주에 다 의논했잖아."

그러기는 했다. 우리는 지난주에 이 문제를 의논했다. 아니, 듣고 싶어 하지 않는 내게 엄마가 일방적으로 통보했다.

"그럼 아빠는요?"

"아빠가 왜?"

"왜라뇨? 집으로 돌아왔을 때, 우리가 어디로 갔는지 모르시면 안 되잖아요."

엄마는 손을 쭉 뻗어 최대한 다정하게 내 손을 잡았다.

"엄마가 아빠한테 편지 쓸게."

편지? 편지는 아무 소용이 없었다.

"아빠는 지금 전쟁터에 계시잖아요. 편지를 보낼 수 없어요. 아빠가 못 받으실 확률이 매우 높다고요. 중간에 없어질 수도 있으니까요. 전쟁이 끝나면 여기로 오실 텐데, 우리가 집을 비우면 못 찾잖아요."

엄마는 고개를 숙여 나를 안아 주고는 머리에 입을 맞추려고 했다. 그렇지만 나는 둘 다 받아들일 기분이 아니었다. 이제 열네 살이기도 하고.

"아빠는 우리가 어디에 있든 다 찾을 수 있어. 그러니까 그런 건 걱정하지 마."

창문 밖으로 스쿠트 드론이 날아오는 모습이 보였다. 눈 역할을 하는 반사경과 긴 안테나가 달린 드론이었다. 드론의 소형 카메라가 왼쪽에서 오른쪽으로, 오른쪽에서 다시 왼쪽으로, 왼쪽에서 또다시 오른쪽으로 끊임없이 움직였다. 거리를 정찰하느라 우리에게 다가올수록 웅웅거리는 소리가 한층 더 무거워졌다. 드론은 한참 만에야 시야에서 사라졌다.

엄마와 싸워 봤자 아무 의미가 없었다. 내가 뭐라고 하든 상관없이, 모든 일은 예정대로 진행될 테니까. 엄마는 이것이 최선이라 생각하고 있었다.

"이사는 언제 가요?"

"관리 사무소에는 이틀 뒤에 나간다고 얘기해 뒀어. 수자원 위원회와 전시 행정국에도 알렸고. 그러니까 목요일까지는 짐을 챙겨서 나가야 해."

짐을 챙기는 것은 별문제가 아니었다. 엄마와 나는 가진 게 별로 없었다. 옷 한 무더기, 가구 한두 점, 책 몇 권, 서류 조금, 그리고 샌드위치. 그 정도가 다였다. 이틀이면 짐을 다 싸고도 남을 만한 시간이었다. 아마 세 번도 쌀 수 있을 거다.

엄마는 내 마음이 바뀔까 봐 걱정되었는지 얼른 덧붙여 말했다.

“거기에 도착하는 대로 네가 다닐 학교부터 찾아보자. 새 친구도 사귀고. 좋겠지?”

나는 소파로 다가가서 늘어지게 하품을 하고 있는 샌드위치를 손으로 쓰다듬었다. 샌드위치는 금방 침을 흘리기 시작했다.

당연히 로봇 공정으로 만든 차겠지만, 크기 하나는 끝내주게 컸다. (문을 여닫을 때마다 울리는 소리로 봐서는 차를 제작하는 과정에 사람의 손길이 한 번도 닿지 않은 것 같았다.) 한눈에도 엄마와 내 짐을 다 싣기에 충분해 보였다. 실제로 짐을 다 실은 뒤에 트렁크와 상자가 몇 개 더 들어갈 만큼의 공간이 남았다.

샌드위치를 전용 바구니에 넣은 다음, 내가 앉은 조수석 뒤쪽의 책 상자 위에 올려놓았다. 가는 길에 주유소에 들러 우리의 새로운 차 ‘봇잡’에 휘발유를 가득 채웠다. 휘발유는 언제나 저렴했다. 그리고 휘발유보다 훨씬 더 비싼 물을 사서 물탱크에 부었다.

엄마가 운전석으로 돌아왔다.

“한참 가야 할 거야. 아마 몇 시간쯤 걸릴걸. 그러니까 편하게 있어.”

차는 무자비하게 흔들렸다. 엄마는 기어를 넣고 핸들을 꺾고 브레이크를 밟으며 이스트런던의 좁고 구불구불한 도로를 달려갔다. 도로에는 차도 사람도 거의 없었다. 자동차 한두 대와 식품 배송 트럭, 전쟁 물자 수송 트럭, 중무장한 물 수송 트럭……. 그 외에는 무척 무거워 보이는 가방을 어깨에 멘 채 짐을 가득 실은 카트를 힘겹게 밀고 가는 난민 몇몇이 전부였다.

우리는 때때로 폭발음을 내는 봇잡을 타고 계속해서 달려갔다. 건물은 점점 작아지다가 차츰 드물어졌고, 어느새 도로는 거의 직선에 가까워졌다. 얼마나 지났을까. 도시의 경관이 시골 벌판 뒤로 완전히 사라져 버렸다. 나무는 몇 그루 없었다. 언젠가부터 비가 내리지 않아 물이 한없이 귀해지고부터 그렇게 되었다. 울퉁불퉁한 모양의 선인장밭이 쭉 이어졌다. 중간중간에 작은 시골 마을이 스쳐 지나갔다.

엄마가 억지스럽게 쾌활한 목소리로 말했다.

"우리 아이 스파이 게임(참가자 중 한 명이 주변에 있는 사물의 첫 글자를 힌트로 주면, 다른 참가자가 그 사물을 알아맞히는 게임)하자."

나는 속으로 아빠가 함께 있었더라면 참 좋았겠다는 생각을 했다. 그랬으면 엄마는 아빠와 신나게 떠들었을 거고, 나는 뒷자리에서 한가하게 음악을 들었을 거다.

"저, 이제 다섯 살짜리 꼬맹이가 아닌데요!"

"시작해, 너 먼저."

나는 한숨을 푹 내쉬었다.

"음……, R."

엄마가 자신만만하게 외쳤다.

"로드!"

"맞았어요."

"그건 너무 쉬웠어. 다른 거."

"알았어요. A."

"에어플레인?"

"땡."

"애플?"

"땡. 그리고 여기에 사과는 없잖아요."

엄마는 다시 한 번 주변을 살폈다.

"에이, 포기. 뭐였어?"

"아스팔트요."

"아스팔트?"

"넵."

"그러니까 처음에는 로드, 다음에는 아스팔트라 이거지? 문제 패턴이 너무 빤한데?"

"두 시간 동안 본 게 그게 다니까요."

"걱정 마. 이제 다 와 가니까."

나도 알고 있었다. 10분 전쯤에 내 쿼티로 검색해 보았다. 케임브리지까지 팔 킬로미터가 남았으니까, 현재 속도로 가면 6분 뒤에 도착할 예정이었다. 참고로 말해 두자면, 현재 속도는 시속 팔십 킬로미터로, 우리 엄마한테는 굉장히 빠른 편이었다.

# 최악의 집, 유니콘 코티지

이름이 '유니콘 코티지'라고 하면, 동화 속의 환상적인 집이 먼저 떠오른다. 《헨젤과 그레텔》에 나오는 과자로 된 집에 딱 어울릴 법한 이름이니까. 설마 그 동화를 모르는 사람은 없겠지? 답답한 아이 둘이 집을 나와서 마녀한테 잡아먹힐 뻔하다가, 마녀가 눈이 안 좋다는 사실을 이용해 나뭇가지를 손이라고 속인 뒤 탈출하는 이야기다.

하, 잘도 탈출했겠다! 먼저, 나뭇가지와 손가락은 조금도 비슷하지 않다. 나뭇가지는 차갑고 딱딱하다. 하지만 손가락은 따뜻하고 말랑하다. 그리고 무엇보다, 도대체 누가 집을 과자로 지을까? 과자로 지은 집에선 사람이 살 수가 없다. 여름이 되면 집이 끈적끈적하게 녹아내릴 테니까. 그러다가 여기저기 썩기 시작하겠지.

정말로 말도 안 되는 유치한 이야기다. 이제 나는 어린아이가 아니라서 참 다행이다. 사람들은 아이들한테 말도 안 되는 이야기를 아무렇게나 지어서 떠들어 댄다. 마치 아이들한테는 그래도 된다는 듯이!

어쨌든 유니콘 코티지라는 이름의 집은 그런 이미지를 풍긴다. 깊은 숲속 한가운데에 자리 잡은 오두막집. 마당 한켠에는 조그만 지붕이 달린 우물이 있고, 현관문 옆에는 조그마한 장미 화단이 꾸며져 있으며, 열 때마다 삐걱거리는 현관의 나무문 가운데에는 귀여운 하트가 조각되어 있는…….

그런데 봇잡 앞에 보이는 유니콘 코티지는 한때 공중화장실이었을 것 같은 건물이었다. 어쩌면 변전소였을지도 모르겠다. 그저 실용성만을 내세운 집이었다. 장식이나 미적 감각 따위는 조금도 고려하지 않은, 그저 칙칙한 덩어리 그 자체였다. 혹시 집을 짓던 사람들이 공사를 마무리하기로 한 날에 단체로 안 나타난 건지도…….

유니콘 코티지는 시내 외곽의 도로 가장자리에 있었다. 뒤로 밭이 멀리까지 펼쳐져 있을 뿐, 양옆으로 최소한 수백 미터 이내에는 집이 한 채도 없었다. 키가 큰 나무가 몇 그루 서 있는 게 전부였다.

사람으로 치면 굉장히 슬프고 외로운 존재일 것 같았다. 벽면에 난 두 개의 창문 중 한쪽에는 아래로 빗물 자국까지 길게 남아 있어서 마치 얼마 전까지 울고 있던 집 같았다. 사실 집이라고 하는 것부터 잘못되었다. 유니콘 코티지는 방갈로를 개조해 이층으로 만든 건물이었다.

엄마는 집 옆에 깔아 놓은 자갈 위에 차를 세웠다. 나는 조수석 등받이를 앞으로 밀어 샌드위치를 꺼내면서 물었다.

"외삼촌은 왜 이 집을 유니콘 코티지라고 부르셨어요?"

엄마는 열쇠를 찾아 가방을 더듬으면서 어깨를 으쓱했다.

"글쎄, 모르겠는데. 이제 집 안 좀 둘러볼까?"

집 안은 그야말로 최악이었다. 몇 주인지 몇 달인지 모를 동안에 쌓인 선거 전단지 따위의 우편물을 밀어내고서야 겨우 현관문을 열었다. 엄마와 나를 맨 처음 맞이한 것은 냄새였다. 차갑고 퀴퀴한 냄새……. 누군가 곰팡이 덩어리를 발로 차서 온 집 안에 포자를 흩뜨려 놓은 것 같은 느낌이었다. 냄새로 미루어 보아, 꽤 오랫동안 아무도 살지 않은 것이 분명했다.

엄마와 내가 두 번째로 알아차린 것은 난장판이었다. 바닥 입구에서부터 온갖 문서와 파일이 널브러져 있었다. 책들 역시 책등이 꺾이고 구겨진 채 여기저기 멋대로 나뒹굴었다. 탁자는 아예 쓰러져 있었고, 그 옆의 서랍장은 혓바닥을 내밀기라도 한 듯 내용물을 온통 까발리고 있었다.

"세상에."

엄마는 물건을 밟지 않도록 조심하면서 천천히 발을 옮겼다. 바닥에서 끼익끼익, 하고 정체 모를 소리가 들렸다. 엄마는 문을 열고 방으로 들어섰다. 나도 뒤따라 들어갔다.

응접실처럼 보이는 방에는 커튼이 내려져 있었다. 빛이 들지 않아서 앞이 거의 보이지 않았다. 색을 구분하지 못하는 나한테는 크게 문제 될 게 없었다. 오히려 어두운 곳에서 더 잘 보일 거라는 것이 의사들의 공통된 예상이었다. 어두운 곳에서는 남들보다 윤곽선이 더 또렷하게 보이고, 세세한 부분까지 잘 구분할 거라나? 이를테면 행운의 부작용인 셈이다.

그래서인지 내 눈에는 응접실 역시 얼마나 엉망인지 한눈에 쑥 들어왔다. 아까보다 훨씬 더 많은 서류와 파일과 잡동사니들이 내동댕이

쳐져 있었다. 일인용 소파는 한쪽으로 넘어져 있었고, 앉는 자리가 다 헤집어져 있었다.

우리가 들어온 문 말고 다른 쪽에도 문이 더 있었는데, 그 옆 탁자에는 더러운 접시가 수북하게 쌓여 있었다. 접시 위로는 초파리 떼가 왱왱거렸다. 위쪽 벽에 걸린 선박 그림은 삐딱하게 기울어져 있었다. 방 안의 그 어떤 것도 청소라는 일을 아주 오랫동안 경험해 보지 못한 것이 분명했다.

내가 말했다.

"강도예요. 강도가 들어와서 집 안을 뒤진 거예요."

엄마가 미소를 지으며 고개를 저었다.

"엄마는 아닌 거 같은데?"

"네?"

"조나 외삼촌은 굉장히 똑똑한 사람이었어. 엄마가 이제까지 본 사람 중에서 머리 회전이 제일 빨랐던 사람이야. 생각지도 못한 문제를 제기하고, 그 해결책도 쉽게 찾아내고. 한마디로 천재였지."

엄마는 난장판이 된 응접실을 둘러보았다.

"그런데 자기 몸이랑 물건 챙기는 건 어찌나 젬병이었는지……. 좋은 생각이 떠오르면 뭘 먹는 것도 잊어버렸다니까. 며칠씩 굶다가 영양실조로 병원에 실려 간 적도 있었어. 외모에도 전혀 신경을 안 썼고. 옷은 항상 꾀죄죄했지. 주변도 언제나 엉망이었어. 어렸을 때부터 외삼촌은 자기 방을 치운 적이 없었거든."

엄마가 나에게 슬쩍 윙크를 했다.

"너도 외삼촌을 많이 닮았잖아."

내가 투덜거렸다.

"으웩! 전 이런 데선 절대 못 살아요. 이 꼴 좀 보세요."

"오늘부터 여기서 살 건데?"

엄마는 먼지가 두껍게 쌓인 선반을 손가락으로 죽 훑었다.

"이제 익숙해져야 해. 부대 자루라도 가져와서 좀 치워야겠다."

유니콘 코티지는 원래 조나 외삼촌의 집이었다. 조나 블룸 박사, 케임브리지 대학의 천재 물리학자이자 수학자. 우리 엄마보다 여섯 살이 많은 오빠였다. 외삼촌이 연구하던 주제는 인공 지능이었다. 그런데 서른여덟 살 때 유니콘 코티지 근처 밀밭에서 사망한 채로 발견되었다. 심장마비라고 했다. 과중한 업무 스트레스 때문이었다나?

외삼촌은 물질적 재산을 자신의 유일한 피붙이에게 남겼다. 바로 크리스터벨 블룸, 결혼을 하면서 크리스터벨 데어가 된 여동생에게, 레오 데어의 아내이자 오든 데어의 엄마에게. 그러니까 나의 엄마에게. 그 물질적 재산에 유니콘 코티지가 포함되어 있었다.

내가 쓸 방에서는 너도밤나무 가지 사이로 마당이 내다보였다. 금속 프레임의 큰 침대 때문에 방이 거의 꽉 찼다. 몇 년 전인가 외삼촌한테 놀러 왔다가 잔 적이 있는 침대였다. 그때는 전쟁이 터지기 전이었다. 그러니까 아빠가 전쟁터로 떠나지 않았을 때였다.

나는 방을 나답게 꾸미기로 마음먹었다. 먼저 낡은 옷장에 옷을 차곡차곡 채웠다. 벽에는 내가 그린 그림을 여러 장 붙였다. 아이스크림을 먹는 아빠를 그린 그림은 썩 마음에 들지 않았지만, 일단은 그냥 붙여 두기로 했다. 문 바로 옆에 겨우 들어간 책상에는 연필과 스케치북을 올려 두었다. 그리고 샌드위치의 침대를 내 침대 바로 옆에 놓았다.

샌드위치는 도착한 순간부터 자기 집처럼 곧바로 적응했다. 아침에 일어나면 제일 먼저 밖으로 나갔다가 먹이 먹을 시각이 되면 어김없이 돌아왔다. 가끔 장난도 치고 낮잠도 잤다. 저녁이 되면 다시 나갔다가 돌아왔는데, 작은 동물의 사체를 물고 와 선물하듯 주방 바닥에 내려놓았다. 그런데 가끔씩 죽지 않았을 때도 있었다.

한번은 생쥐가 깨어나 온 집 안의 탁자와 가구 밑을 미친 듯이 헤집고 다녔다. 엄마가 소쿠리를 가져와 생쥐를 덮은 다음, 그 아래로 두꺼운 종이를 밀어 넣었다. 그 순간, 겁에 질린 비명이 터져 나왔다. 엄마가 아니라 생쥐한테서. 엄마는 생쥐를 마당 끝까지 가져가서 창고 옆에 버렸다. 유니콘 코티지 마당에는 당장 쓰러져도 전혀 이상할 것 같지 않은 창고가 여러 채 있었다. 외삼촌이 직접 지은 그 창고 안에는 온갖 잡동사니가 그득했다.

엄마는 쥐를 잡는 일 말고도 첫 며칠 동안은 무진장 바빴다. 집을 정리하고 급수 시간을 조율했다. 시내에 나가 음식을 사 와서 찬장을 하나하나 채워 나갔다.

하루는 나도 같이 시장에 가기로 했다. 봇잡에 시동이 켜졌다 꺼지기를 네다섯 번쯤 한 다음에야 가까스로 출발했다. 시골 도로를 달려 큰 병원이 있는 사거리를 지났다. 얼마쯤 더 달리자 시내가 나왔다. 시내의 집은 모두 컸는데, 대문에는 쇠창살이 달려 있었다. 그런대로 깨끗하고 가지런했다. 그나마 도시적인 느낌이었다.

엄마는 상업 지구에 봇잡을 주차했다. 시동을 끄자 봇잡은 고장이라도 난 것처럼 갑자기 덜컥 멈춰 섰다.

매장은 대부분 영업을 하고 있었다. 신기했다. 포레스트게이트에서는 가게들이 이미 오래전에 문을 닫았기 때문이다. 물건을 사려면 걷거나 버스를 타고서 스트래트퍼드까지 가야 했다.

그런데 이곳 케임브리지에서는 거의 여자나 노인이기는 해도 사람들이 바쁘게 오가고 있었다. 철물점이나 신문 가판대, 옷가게에 들르는 사람도 있었고, 쇼핑백을 들고 부지런히 걷는 사람도 있었다.

엄마는 나를 데리고 가전제품 매장으로 들어갔다. 엄마가 고른 것은 할인 행사 중인 토스터였다. 무려 오십 퍼센트나 할인을 해 주었다. 엄마는 미리 준비해 간 장바구니에 토스터를 넣고는 그다음에 살 것을 찾아 나섰다.

우리는 보행자 구역이 끝나는 지점에서 골목을 돌아 식료품 시장으로 가는 길로 들어섰다. 다른 세상이 시작되었다. 갑자기 모든 건물이 과거로 돌아간 것 같았다. 보행자 구역의 양옆으로 늘어선 건물은 모두 번쩍거리는 현대식 건물이었다. 완전히 새로 지었거나 적어도 새로 지은 것처럼 보였지만, 별다른 개성이 없이 그저 단순했다.

그런데 얼마 안 가 눈앞에 펼쳐진 건물들은 사뭇 달랐다. 거대하고 장엄한 건물에는 아치형의 폭이 넓은 정문에 기다란 창문이 달려 있었다. 땅에서 솟아난 것 같은 기둥이 첨탑과 흉벽을 받치고 있었다. 앞마당에 잔디까지 깔린 연립주택은 교회 같기도 하고 성 같기도 했다. 어느새 도로마저 아스팔트에서 울퉁불퉁한 자갈길로 바뀌어 있었다.

나는 양옆을 두리번거리며 엄마에게 물었다.

"이게 다 뭐예요?"

"칼리지 건물들이야. 이런 칼리지들이 모여 케임브리지 대학이 되는 거지."

중후한 건물로 둘러싸인 유서 깊은 도로에는 현대 생활의 번쩍이는 단면이 모습을 드러냈다. 직사각형의 반짝이는 대형 식료품 자판기는 거리의 분위기와는 아주 딴판이었다. 길이가 못해도 사백 미터는 될 것 같은 자판기에 금속 재질의 식료품 칸들이 위에서 아래로, 왼쪽에서 오른쪽으로 빽빽하게 줄지어 있었다. 칸칸이 앞쪽의 화면에 식료품의 종류와 가격이 연달아 자막으로 흘러갔다.

킹 에드워드 감자 1봉지 5,000파운드

오늘 수확한 당근 1봉지 1,000파운드

비프스테이크 1장 80,000파운드

비프스테이크를 고르는 사람은 별로 없었다. 종류와 상관없이 고기를 살 만한 돈이 있는 사람이 거의 없다는 게 맞겠다. 돼지고기, 양고기, 닭고기, 쇠고기 등 육류 냉장칸은 재고가 고스란히 남아 있었다.

기묘하게 붐비는 거리를 땅딸막해서 더 우스꽝스러운 도도 드론들이 분주히 돌아다니고 있었다. 드론들은 식료품 칸이 비워지면 짧은 다리로 뒤뚱뒤뚱 다가와 그 안을 청소하고 카트에서 물건을 꺼내 빼곡히 채워 넣었다.

나는 더는 참지 못하고 이렇게 물었다.

"외삼촌이 근무하던 대학이요?"

엄마가 고개를 끄덕였다.

"응, 외삼촌은 트리니티 칼리지의 선임 연구원이었어."

엄마는 지폐 뭉치를 식품칸 옆의 투입구에 넣었다. 문이 내려오더니 삐빅, 하는 신호음과 함께 감자가 담긴 봉투가 툭 떨어졌다.

"상당히 높은 자리에 있었다는 뜻일 거야. 외삼촌은 아주 똑똑했으니까."

엄마는 감자 봉투를 꺼내 토스터 옆에 넣었다.

"어느 건물이 트리니티 칼리지예요?"

"엄마도 잘 모르겠는데."

"찾아보면 안 돼요?"

"지금?"

엄마는 한숨을 푹 내쉬었다.

"오든, 엄마는 집에 가서 할 일이 많은데?"

나는 '제에에에발이요, 엄마.' 하는 표정을 지어 보였다. 이건 엄마가 절대로 당해 내지 못하는 표정이었다. 아니나 다를까, 엄마는 이내 고개를 저으며 항복했다.

엄마는 옆에 있던 남자에게 길을 물었다. 우리는 남자가 알려 준 길을 따라 걸었다. 골목을 돌자 길바닥이 한층 더 울퉁불퉁해졌다.

표지판을 몇 개 더 지난 뒤, 엄마와 나는 트리니티 칼리지 정문 앞에서 있었다. 대로에서 조금 들어간 곳에 있는 트리니티 칼리지는 거대한 성 같았다. 정문 양옆으로 탑이 솟아 있었고, 탑 위에는 장난감같이 생긴 망루가 보였다.

칼리지의 정문 오른쪽에는 그보다 조금 작은 문이 있었다. 쇠창살이 위에서 내려오게 되어 있는 문이었다. 엄마와 내가 멍하니 바라보는 사이에 젊은 남자들이 안으로 들어갔다. 아직 징집되기 전인 게 분명했다. 두 사람은 옛날 만화책에서 본 배트맨처럼 긴 망토를 두른 채 모자를 쓰고 있었다.

내가 말했다.

"엄마, 우리도 들어가 볼까요?"

"우린 들어가면 안 될 것 같지 않니?"

"그래도 들어가 봐요. 어떻게 되나 보죠, 뭐."

"그래도 되려나?"

"가요, 엄마."

우리는 작은 문으로 들어갔다. 내가 앞장서고 엄마가 뒤따라왔다.

안쪽에 짧은 터널 같은 공간이 있었다. 뒤로는 우리가 들어온 작은 문이 있었고, 앞으로는 잔디 광장으로 이어지는 조금 더 큰 문이 열려 있었다. 그런데 터널 안은 몹시 어두웠다. 한쪽 벽에 작은 상자가 나란히 붙어 있는 것이 보였다. 상자마다 조그맣게 이름이 쓰여 있었다.

"오든, 이게 뭐니?"

어두운 곳에서는 엄마가 나만큼 잘 보지 못했다.

"우편함이에요."

우편함에는 받는 사람 이름이 알파벳 순서대로 붙어 있었다. 편지나 서류 봉투 같은 것이 들어 있기도 했다. 나는 우편함의 이름을 손가락으로 쭉 훑기 시작했다. 손가락이 조나 블룸에 닿자, 그대로 얼어붙고 말았다. 우편함은 텅 비어 있었다. 당연히 그럴 수밖에 없을 것이다. 그렇지만 외삼촌이 세상을 떠난 지 반년이 넘어가고 있는데, 아직도 우편함을 그대로 남겨 두었다는 사실에 소름이 돋았다.

외삼촌의 이름을 지우려면 성이 알파벳 B 다음으로 시작하는 우편함을 모두 옮겨야 하기 때문일지도 몰랐다. 그렇게 하기가 귀찮아서 그대로 둔 걸까? 이건 어디까지나 내 생각이다.

엄마가 내 옆으로 왔다가 그 이름을 보았다. 엄마는 손끝으로 이름을 쓰다듬었다.

"엄마, 괜찮아요?"

"그럼, 괜찮지."

엄마 목소리는 전혀 괜찮지 않았다.

우리는 다시 문을 지나 밝은 햇살 아래로 나갔다. 이상한 옷을 입은 대학생 몇 사람이 힐끗 본 것 말고는 아무도 우리에게 신경을 쓰지 않았다.

막 들어선 광장은 태어나서 처음 보는 공간이었다. 기다란 창문이 나란히 늘어선 건물 벽으로 사방이 둘러싸여 있어서인지, 마치 옛 시절의 감옥을 보는 듯한 기분이었다. 광장에서 밖으로 나가는 문이 꽤 많이 있는데도 그랬다. 잔디는 가지런히 정리되어 있었지만, 돔형 지붕으로 덮인 분수대가 광장 중앙에서 기묘하게 빗겨 서 있는 것이 눈에 거슬렸다. 왠지 제자리로 돌려놔야 할 것만 같았다.

엄마와 나는 건물 벽의 창문들을 올려다보았다. 서로 말을 하지는 않았지만 같은 생각을 하고 있었다. 어떤 것이 외삼촌의 연구실 창문일까? 엄마와 나는 잔디밭에 징검다리처럼 놓인 판석 위를 걸어 광장을, 엄마 표현으로는 대학의 안뜰을 가로질렀다.

광장 반대편에서 또 한 번 작은 문을 지나자, 건물 안으로 이어지는 싸늘한 느낌의 돌계단이 나왔다. 지하 감옥에나 있을 법하게 생겼지만, 위로 이어져 있다는 것이 그것과 달랐다. 그때 갑자기 계단 위에서 내 또래의 까만 머리 여자아이가 뛰어 내려왔다. 여자아이는 우리를 힐끗 보고는 그대로 지나쳐 광장으로 달려갔다.

내가 계단을 가리키며 말했다.

"올라가 볼까요?"

엄마가 재빨리 대답했다.

"아니, 그러지 말자. 엄마는 들어가고 싶지 않아. 춥기도 하고. 어서 나가자. 외삼촌이 여기서 일했는데……. 엄마는 왠지 기분이 별로야."

우리는 계단을 올라가는 대신, 칼리지의 다른 방향으로 이어지는 자갈길로 향했다.

"엄마, 미안해요. 엄마한테 칼리지에 들어가자고 하다니, 제가 바보 같았어요. 우리가 케임브리지로 이사 온 이유가 그런 건 줄 알았어요. 외삼촌의 자취를 찾는다든지, 뭐 그런 거요."

엄마는 나를 꽉 끌어안았다.

"오든, 우리가 여기로 이사 온 이유는 아주 많아. 물론 그것도 이유 중 하나이고. 단지 중요하지 않을 뿐이지."

엄마는 환하게 미소를 지었다.

"런던은 집세가 굉장히 비쌌잖아. 아빠 없이 엄마 혼자 감당하기가 힘들었어. 그런데 외삼촌이 그렇게 가시면서 현금이랑 그 집을 엄마한테 남긴 거야. 집세를 안 내고 살 수 있는 집이 생긴 거지. 게다가 런던은 아이를 키우기에 좋은 환경이 아니잖니? 여기서 다시 시작하는 거야. 기회의 창을 깨끗하게 닦고 처음부터 시작하는 거지."

"네."

나는 고개를 끄덕이며 입을 꾹 다물었다.

# 색깔을 보지 못하는 소년

외삼촌의 죽음은 모두에게 충격적이었다. 특히 엄마에게는 그랬다. 엄마는 몹시 괴로워했다. 자기보다 나이가 많은 형제나 자매가 있다면 누구나 그럴 것 같다. 형이나 누나는 처음부터 자기보다 크고 용감하니까, 언제까지나 자기보다 크고 용감하리라고 믿게 되는 것이다.

그렇지만 형이나 누나는 영원히 그 자리를 지킬 수가 없다. 언제까지나 더 크지도, 더 용감하지도 않다. 대부분의 사람은 생의 끝자락에 가서야 그 사실을 깨닫는다. 그런데 우리 엄마는 외삼촌의 죽음으로 조금 더 일찍 깨달아야 했다.

아빠가 전쟁으로 집을 떠나 있는 상황에서, 변호사한테 유니콘 코티지의 열쇠를 넘겨받은 엄마로서는 세상을 떠난 오빠가 살던 곳으로 가고 싶은 것이 당연하리라. 엄마도, 나도 런던에 굳이 남아 있어야 할 이유가 전혀 없었으니까 더더욱……. 이 이사는 엄마에게 일종의 치유법이었다. 시간이 흘러 이 멍청한 전쟁이 끝나고 아빠가 돌아오면, 엄마도 오빠의 죽음을 순순히 받아들이게 될 것이다.

물론 외삼촌의 죽음에 마음이 아픈 사람은 엄마만이 아니었다. 나도 외삼촌을 잃었으니까. 언제나 유쾌했던 괴짜 천재 과학자, 내 외삼촌. 외삼촌은 달의 위상 변화 사진이나 수수께끼 같은 십자 퍼즐, 속지가 누렇게 바랜 양서류 도감 같은 것을 보내 주는 사람이었다.

세상의 모든 것이 원을 그리며 순환한다고 말해 준 사람이기도 했다. 행성과 우주, 시대, 진화, 분자, 혈액, 그리고…… 물이. 이 모든 것은 길고 긴 여정을 거쳐 처음 시작한 곳으로 돌아간다고 했다. 그때는 무슨 소리인지 전혀 알 길이 없었지만, 인상적인 이야기인 것만은 틀림없었다. 외삼촌이 하는 말은 거의 다 인상적이었다.

언젠가 한번은 런던에 온 외삼촌이 나를 데리고 산책을 나갔다. 한때는 물이 흘렀던 옛 운하를 따라 걸었다. 나는 코트를 단단히 여미고 어깨를 한껏 웅크린 채 걸었고, 외삼촌은 두 손으로 허공에 끊임없이 뭔가를 끄적였다. 그리고 끊임없이 이야기했다.

이제는 못쓰게 된 보트들이 진흙을 잔뜩 뒤집어쓴 채, 한때는 둑까지 물이 찼던 운하 바닥에 아무렇게나 널브러져 있었다.

외삼촌은 주변을 빙 둘러 가리켰다.

"오든, 말해 봐. 뭐가 보이지?"

나는 주위를 돌아보았다.

"음……, 건물들이 보이고요. 찌그러진 쓰레기통이 보여요. 결딴난 보트도 몇 척 보이고. 밧줄도 있어요. 저기, 저 남자는 다리를 저네요."

외삼촌은 미소를 함빡 지었다. 내가 물었다.

"왜 웃어요? 외삼촌한테는 뭐가 보이는데요?"

외삼촌은 등을 쭉 펴며 주위를 둘러보았다.

"어디 보자. 나한테도 네가 말했던 것들이 다 보인다. 그런데 저기, 반쯤 무너진 벤치는 놓쳤구나."

외삼촌이 가리키는 쪽을 보며 나는 고개를 끄덕였다.

"그런데 반드시 기억해야 하는 건 네가 지금 보고 있는 것이 무엇이든, 언제까지나 그 모습은 아니라는 사실이야."

"네?"

외삼촌은 가끔 그랬다. 누구나 이해할 수 있는 말을 하는 것처럼, 아무도 이해하지 못할 말을 했다.

"그러니까 저 모습……."

외삼촌을 팔을 뻗어 운하를 가리켰다.

"저 모습으로 끝이 아니란 거지. 네 말마따나 결딴난 보트를 한번 생각해 보자. 저 보트는 얼마 지나지 않아 더 작은 나무 조각으로 부서질 거다. 그리고 다른 용도로 쓰이겠지. 다시 뭔가의 재료가 될 수도 있고, 그냥 분해되고 썩어서 흙으로 돌아갈 수도 있겠지. 단순하게 망가진 보트는 망가진 보트, 이것은 이것, 저것은 저것, 이런 식으로 생각해선 안 돼. 망가진 보트는 영원히 존재해. 어떤 방식으로든 점진적으로 변해 가는 것일 뿐……. 저 찌그러진 쓰레기통도 언젠가 펴져서 또 한 번 자기 역할을 다할 수도 있겠지. 다리를 저는 저 남자는 그냥 살짝 발을 삔 거여서 내일이면 멀쩡히 걸어 다닐 수도 있고. 반대로 이미 뼈에 암이 자라기 시작한 상태라면 얼마 못 가 죽을 수도 있지."

나는 빈정거리듯 말했다.

"참 좋은 말이네요. 기분이 밝아져요."

외삼촌은 내 말을 못 들은 척하고 말을 이었다.

"사실 이 운하에도 언젠가 물이 콸콸 흐르게 될지도 모르지. 모든 것은 변화해. 한 바퀴를 돌면서 위와 아래가 뒤집히지. 그러니까 우리가 뭔가에 관해 할 수 있는 말은 지금 이 순간 그것이 어떤 상태인가, 그것뿐이야. 일이 년이 지난 뒤에는, 아니 일이 분이 지난 뒤에는 어떻게 될지 아무도 모르는 거니까."

나는 건너편 둑에서 절뚝이며 계단을 올라가는 남자를 보며, 단지 오늘 신고 나온 신발이 발에 안 맞은 것이기를 빌었다. 아니면 신고 있는 양말에 크게 구멍이 났거나.

"그럼 색깔은요?"

나는 절뚝이는 남자가 저 멀리 사라지는 모습을 바라보며 물었다.

"색깔은 고정된 거잖아요. 빨간색은 언제나 빨간색이고, 파란색은 언제나 파란색이고, 저는 언제나 못 보고요."

"색깔 그 자체는 중요하지 않지."

외삼촌이 이맛살을 찌푸렸다. 마치 두뇌에서 생각을 짜내기라도 하는 듯이.

"색깔은 그냥 표시일 뿐이야. 사물을 비교하는 방법 중 하나이고."

나는 엄마가 늘 색깔을 피해 표현하는 모습을 떠올렸다.

"물론 자연에 색깔이 존재한다는 사실을 부인하진 않아. 하지만 색깔은 그 자체로는 중요하지 않을 때가 많거든. 색깔이 무엇을 의미하느냐가 중요한 거지."

나는 외삼촌이 무슨 말을 하고 있는지 도무지 감을 잡을 수가 없었다. 외삼촌과 나는 도시의 소음을 들으며 한참을 말없이 서 있었다.

내가 먼저 말을 꺼냈다.

"외삼촌은 과학자시잖아요. 나중에라도 제가 색깔을 볼 방법을 개발하실 수 있어요?"

외삼촌은 건너편 둑을 멍한 눈빛으로 바라보고 있다가 빙그레 미소를 지었다.

"그럴 수도 있겠지, 언젠가는. 지금 하는 연구가 끝나면 한번 궁리해 볼게. 그렇게 하면 되겠지?"

어느 날, 변호사가 우리가 살던 포레스트 게이트의 연립 주택에 열쇠를 전해 주러 왔다. 그는 다른 것들도 가지고 왔는데, 유니콘 코티지 관련 부동산 서류와 외삼촌이 남긴 통장, 수자원 위원회에서 배부한 물 사용량 고지서 등 별로 관심이 가지 않는 행정 서류가 대부분이었다. 그런데 그중에 작은 종이 상자 하나가 눈에 띄었다. 맨 위에 내 이름이 쓰여 있었다.

"외삼촌이 네 앞으로 남긴 거다."

키가 작고 땀을 많이 흘리던 변호사는 나에게 상자를 건네며 끙 소리를 냈다. 내가 보기엔 길어야 십오 년이었다. 땀을 많이 흘리면 흘릴수록 오래 살 가능성이 희박했다.

상자 안에는 돌멩이가 들어 있었다. 정확히 말하면 돌멩이 반쪽이었다. 달걀 모양의, 아니 내가 알지 못하는 어떤 사고로 반으로 쪼개지기 전까지는 달걀 모양이었을 것 같은 돌멩이였다. 표면은 매끄럽지만 쪼개진 부분은 사뭇 거칠었다. 나는 돌멩이를 들어 불빛에 비춰 보았다. 딱히 예쁘거나 멋진 것 같지는 않아서, 혹시 안에 다이아몬드라도 숨겨 놓았는지 궁금한 마음이 들어서 이리저리 돌려 보았다.

"여기 편지도 있다."

변호사는 손수건으로 이마의 땀을 훔치며 나에게 봉투를 내밀었다. 봉투를 열고 접힌 편지지를 펴자, 외삼촌 특유의 가느다란 글씨체가 보였다. 왼쪽에서 오른쪽으로 갈수록 점점 아래로 처지는 것도 역시 외삼촌다웠다. 나는 편지를 읽기 시작했다.

오든에게.

네가 이 편지를 읽고 있다면 나는 이 세상에 없겠지. 아쉽군. 이서웹으로 채팅할 때도, 런던 근교를 함께 산책할 때도 상당히 즐거웠는데. 너도 조금쯤은 즐거웠다면 좋겠다. 지금은 너도 잘 알고 있겠지만, 내 재산은 모두 네 엄마에게 남기고 간다. 그런데 너에게도 따로 줄 것이 있어.

이 편지와 함께 받을 상자에 돌멩이처럼 보이는 것이 들어 있을 거야. 이런 걸 남기다니, 웃기다고 생각하겠지? 그런데 그건 상당히 특별한 돌멩이야. 사실은 운석이거든. 정식 명칭은 스노우플레이크 843A라고 하는데, 1957년에 애리조나주 스노우플레이크라는 작은 마을에서 발견되었기 때문에 그런 이름이 붙었어. 운석이 지구에 도착한 시간은 산악 표준시로 8시 43분이고.

상상해 봐. 수백만 년 동안 홀로 우주의 가장 깊은 곳을 돌아다니던 운석이 이 작고 아름다운 우주로 진입해 지구의 대기를 뚫고 날아와, 애리조나의 부드러운 모래밭에서 반으로 쪼개지는 과정을……. 우주의 무한한 광활함을 고려할 때, 운석이 이 티끌 같은 행성으로 날아와 충돌할 가능성은 수백만 분의 일에 지나지 않아. 우리와 접촉할 확률은 사실상 0에 가깝지.

그러니 어디서나 쉽게 볼 수 있는 돌멩이처럼 생겼다고 해도 절대로 대수롭지 않게 여기지 마라. 심지어 유니콘 코티지 뒷마당에서도 찾을 수 있을 것같이 생겼다고 해도. 어떻게 보이느냐는 전혀 중요치 않아. 결국엔 어떤 것이냐가 기적이니까.

나는 운석을 집어 들고 뒤집어 보았다. 그리고 편지를 마저 읽었다.

참고로, 네 운석에는 자매 운석인 스노우플레이크 843B가 있어. 843B는 트리니티 칼리지에서 알게 된 친구 식스식스가 가지고 있지. 식스식스는 외삼촌이 만나 본 사람 중에서 첫손에 꼽을 만큼 명석하고 현명하며 친절한 친구야. 혹시 네가 우주나 별, 별자리에 관해 알아야 할 일이 생기면 식스식스를 찾아가 보도록 해.

식스식스라고? 무슨, 사람 이름이 식스식스야?

오든, 오든! 엄마를 잘 지켜라. 그리고 잊지 마, 너의 병이 약점이 아니라 진정한 강점이 될 때가 오리라는 것을.

깊이 파고들어라, 깊이 파고들어. 언제나 깊이 파고들어야 한다.

— 사랑하는 외삼촌이

요즘 스노우플레이크 843A는 내 재킷 주머니에 있다. 거칠고 뾰족한 절단면을 손끝으로 만지작거리면서 외삼촌이 남긴 말을 떠올리곤 한다. 그러면 신기하게도 마음이 편안해진다.

이사하고 나서 몇 주가 지났다. 나는 유니콘 코티지의 좁은 다락방에 서 있다. 외삼촌이 벽에 기대어 둔 접이식 사다리만 있으면 누구나 이 축축하고 냄새나는 곳으로 올라올 수 있다.

다락방은 꽤 어두웠지만 내 눈으로는 그런대로 봐 줄 만했다. 그래도 구석구석까지 살펴볼 때는 쿼티로 손전등을 켰다. 거미줄이 머리 위 서까래에 길게 늘어져 있는 데다, 먼지 뭉치가 쿼티의 불빛이 닿는 곳마다 둥둥 떠다녔다. 나는 손을 휘저어 거미줄과 먼지를 흩어 버리고 나서 다락방 안을 찬찬히 둘러보았다.

한켠에 이사할 때 쓰는 상자들이 놓여 있었다. 울퉁불퉁한 바닥에 뚜껑이 없는 커다란 상자들이 아무렇게나 널브러져 있었다. 그 안에는 낡은 옷가지가 차곡차곡 담긴 자루가 열댓 개쯤 있었다.

자루에서 옷을 하나 꺼내 보았다. 평생토록 본 것 중에서 가장 요란하다고 해도 지나치지 않을 만큼 볼썽사나운 조끼였다. 조끼를 도로 넣고 이번에는 넥타이를 꺼내 보았다. 지그재그 무늬의 넥타이는 조끼보다 더 꼴사나웠다.

머리가 지끈지끈 아파 왔다. 문득 색깔을 구분할 수 없다는 사실이 도리어 고맙게 느껴졌다. 외삼촌은 천재였을지 모르지만, 패션 감각은 영 아닌 것 같았다.

다른 상자를 살펴보았다. 이번에는 책이 빼곡히 들어차 있었다. 대부분 그림이 전혀 없는 과학책들이었다. 다락의 습기 때문인지 종이가 눅눅한 데다 우글거리기까지 해서 도저히 읽을 수가 없었다.

다른 상자에도 별게 없긴 마찬가지였다. 거의 서류 더미였다. 외삼촌이 언젠가 치우려고 마음먹었지만, 결국은 손대지 못하고 만 것 같은 잡동사니들이었다. 다락방은 쓰레기장으로 가기 전에 들르는 대기실이나 다름없었다.

나는 아래로 내려가려고 몸을 돌렸다. 그런데 뭔가가 눈에 띄었다. 작은 벽감이었다. 아니, 벽감이라기보다는 벽돌을 양쪽에서 쌓아 올리다가 제대로 맞지 않아 생긴 틈새에 누런 봉투가 끼여 있었다. 나는 앞에 놓인 상자를 지나 벽감 쪽으로 다가가 봉투를 집어 들었다. 두껍게 쌓인 먼지를 입으로 후 불자, 매끈한 겉봉이 드러났다.

봉투에는 수십 장의 사진이 들어 있었다. 대부분 가족사진이었다. 엄마와 아빠, 아들과 딸. 나무가 우거진 마당에서 다 함께 찍은 사진이 보였다. 다 같이 구식 자동차를 세차하는 사진도 있었다. 세차하는 데 물을 쓰다니! 개가, 아니 여러 마리 개들이 남자아이와 여자아이의 얼굴을 핥는 사진, 남자아이가 직접 만든 것 같은 로켓 옆에 서 있는 사진, 여자아이가 주방에서 엄마와 쿠키를 굽는 사진, 두 아이가 함께 쏟아지는 빗줄기 속에서 뛰어다니고 있는 사진…….

나는 한눈에 사진 속의 가족을 알아보았다. 여자아이가 우리 엄마였다. 남자아이는 외삼촌이었다. 사진 속의 엄마와 아빠는 오래전에 돌아가신 외할머니와 외할아버지였다.

사진만 꺼내고 봉투는 버리려는 찰나, 봉투에서 묵직한 무게감이 느껴졌다. 봉투를 툭툭 털자 도톰한 금속 물체가 손바닥의 사진 위로 툭 떨어졌다.

열쇠였다. 열쇠에 이름표가 두 개 달려 있었다. 비교적 최근에 단 것 같은 이름표에는 손글씨로 '연구실'이라고 쓰여 있었다. 둥글둥글한 대문자로 보아 틀림없이 외삼촌 글씨체였다. 그보다 전에 단 것 같은 작은 이름표에는 절대로 외삼촌의 것일 수 없는 단정한 글씨가 적혀 있었다.

케임브리지 대학 트리니티 칼리지

단정한 글씨체는 그 사실에 한 점 부끄러움이 없다고 말하는 것 같았다. 나는 열쇠를 주머니에 넣은 다음, 사진을 들고 아래층으로 내려갔다. 사진을 보면서 두 시간 동안 웃음과 눈물을 같은 양으로 터뜨릴 엄마가 있는 곳으로.

엄마에게는 일부러 열쇠 이야기를 꺼내지 않았다. 다락방에서 열쇠를 찾아낸 사람은 나니까. 사진은 엄마에게 가져다주었다. 엄마 사진이니까. 그렇지만 열쇠는 이제 내 것이었다.

무엇보다 혼자 힘으로 조사해 보고 싶었다. 외삼촌의 죽음에는 아무래도 이상한 데가 있었다. 외삼촌은 그렇게 맥없이 죽기에는 너무 젊었다. 심장마비가 아니었다면? 만약 심장마비를 일으킬 만한 뭔가가 있었다면? 나만의 망상이라고 생각하면서도 확신할 수 없었다.

우리가 유니콘 코티지에 왔을 때, 집 안이 그렇게 어질러져 있던 것도 이상했다. 별로 깔끔하지 않은 외삼촌의 성격을 아무리 감안한다 해도 뭔가가 마음에 걸렸다. 그건 너무…… 난장판이었다. 처음에는 엄마가 의심하지 않았으니까, 나도 순순히 넘어가려고 했다.

그런데 내 마음속에서 자꾸만 의구심이 고개를 들기 시작했다. 난장판을 만든 사람이 외삼촌이 아니라면? 내가 생각해도 말이 안 되기는 했다. 그냥 가정일 뿐이었다. 뭐, 집착이라고 해도 좋다. 그렇지만 나는 진실을 밝혀내기로 마음먹었다.

어느 날 늦은 오후, 나는 시내로 가는 버스에 올랐다. 엄마한테는 산책하며 신선한 공기를 마시고 오겠다고 했다. 마침 집 안에는 세제 냄새가 진동했다. 엄마는 미소를 지으며 고개를 끄덕인 뒤, 벽에 걸린 외삼촌의 박사 학위 액자를 닦는 데 열중했다.

나는 트리니티 칼리지에서 최대한 가까운 정류장에 내려서 걷기 시작했다. 내 기분 탓이겠지만, 그날따라 시내에는 수자원 위원회 소속 군인들이 유난히 많은 것 같았다. 방탄조끼에 헬멧을 쓴 채 기관총으로 무장한 군인들이 냉랭한 눈빛으로 쏘아보면 괜스레 두려움에 휩싸이곤 했다. 나는 군인들이 우리를 보호하기 위해 나와 있다는 사실을 알면서도, 감시의 대상이 바로 우리라는 생각을 떨칠 수가 없었다.

물론 수자원 위원회를 가장 두려워하는 사람들은 오염된 물을 파는 암시장 장사꾼들이었다. 사람들은 그 물을 '고양이 오줌'이라고 불렀다. 목마름과 더러움과 절망은 사람을 극단으로 몰아 갔다. 물 1리터에 수천 파운드를 받았다.

나는 고개를 숙인 채 유난히 매서워 보이는 군인들 앞을 지나쳤다. 골목을 몇 번 더 돌자, 마침내 트리니티 칼리지의 정문이 보였다. 정문 앞에 서서 거대한 아치형 정문과 양옆의 망루를 감탄하며 지켜보았다. 다른 행성에서 왔거나, 최소한 다른 시대에서 온 것 같았다. 이스트런던의 건물들과는 비교조차 되지 않았다.

갑자기 가슴이 두근거렸다. 나는 재킷의 깃을 바짝 올린 다음 안으로 들어갔다. 컴컴한 벽에 우편함이 나란히 걸려 있는 게 보였다. 편지와 소포로 꽉 찬 함도 있었다. 나는 누가 보지 않는지 잘 살피면서 '조나 블룸'이라고 적힌 우편함에 손을 넣었다. 왼쪽, 오른쪽, 중앙의 깊숙한 곳까지 모두 더듬어 보았지만 아무것도 손에 잡히지 않았다.

나는 한 걸음 물러서서 우편함의 이름을 찬찬히 살펴보았다. 혹시 식스식스가 있을까? S로 시작하는 열을 하나씩 훑어보았지만, 식스식스는 그 어디에도 없었다. 사실은 정말로 있을 것 같지도 않았다. 식스식스는 성과 이름으로 된 진짜 이름이 아니니까. 아마도 별명일 것이다. 아니면 암호명이거나!

나는 아치문을 지나 고풍스러운 벽으로 둘러싸인 광장으로 나갔다. 사방의 창문들이 빙 둘러앉은 노교수들처럼 광장을 지나는 대학생들을 내려다보고 있었다. 돔 지붕의 기묘한 분수대도 여전히 애매한 자리에 그대로 있었다.

오른편 잔디밭에 이상한 망토 차림의 대학생들이 누워 있었다. 나는 왼쪽으로 꺾은 다음, 또 다른 아치문 쪽으로 빠르게 걸었다. 자갈길이어서 발소리가 요란했다. 건물 안으로 들어서자마자 맨 먼저 눈에 보이는 계단을 오르기 시작했다.

나선형 계단을 따라 올라가자 복도가 나왔다. 복도를 따라 늘어선 문에는 이름이 새겨져 있었다. 모두 육중한 나무문이어서 귀를 가까이 대고 숨을 죽여 보아도 안의 소리가 들리지 않았다. 안에 사람이 있기는 한 걸까? 너무 똑똑한 사람들이라 연구에 집중하고 있을 땐 아무 소리도 안 내는 걸까?

방향을 꺾어 돌자 처음보다 조금 작은 계단이 나왔다. 나는 한 층 더 올라갔다. 아까보다 더 많은 문을 지나치며 냉기가 도는 긴 복도를 걸었다. 그러다 갑자기 앞이 확 넓어졌다. 푹신한 안락의자와 탁자가 수없이 많이 놓여 있었다. 한쪽에 놓인 거대한 대리석 벽난로에서는 장작이 활활 타올랐다.

칼리지 내부는 끝이 없을 만큼 넓었다. 이십 분도 넘게 헤매다 막 포기하려는 순간이었다. 좁은 복도의 막다른 끝, 칼리지의 천장이 내려다보이는 턱도 없이 작은 창문 옆에 내가 찾던 문이 있었다.

### 물리학부 조나 블룸 박사

나는 재킷 주머니를 손으로 더듬었다. 스노우플레이크 843A를 한쪽으로 밀고 짧고 뭉툭한 열쇠를 잡았다. 다락방에서 찾은 열쇠였다. 지켜보는 눈이 없는지 주변을 재빨리 살핀 다음, 열쇠 구멍에 열쇠를 밀어 넣고 천천히 돌렸다.

열쇠는 꼼짝도 하지 않았다. 양손으로 잡고 힘껏 돌렸다. 여전히 꼼짝하지 않았다. 답답한 마음에 문을 발로 툭 걷어찼다. 엄청난 소리가 긴 복도를 따라 울려 퍼졌다. 순간, 멍청한 짓을 했다는 생각이 들었다. 마지막이라는 마음으로 커다란 고리 손잡이를 힘껏 당긴 다음, 한 번 더 열쇠를 꽂아 돌렸다. 딸깍, 소리와 함께 문이 열렸다.

자세히 보니 문이 약간 뒤틀려 있었다. 그것이 문제였다. 문이 안쪽으로 약간 휘어 있어서 열쇠가 문틀의 자물쇠에 계속 걸렸던 것이다. 나는 혹시라도 부서뜨린 데가 없는지 자물쇠를 자세히 살폈다. 나무가 조금 파이는 바람에 가시가 일어나 있었다. 나는 가시를 떼어 바닥에 버린 다음, 육중한 떡갈나무 문을 힘껏 밀었다.

가장 먼저 넓은 책상이 보였고, 그 앞으로 화려한 벽난로가 있었다. 창문 아래의 반들반들한 가죽 의자는 하도 넓어서 누울 수도 있을 것 같았다. 창문 맞은편 벽은 온통 책장이었다. 그런데 책장이 텅 비어 있었다. 아무것도 없었다, 아무것도.

한때는 책장을 가득 채우고 있었을 파일이며 서류가 모두 바닥에 널브러져 있었다. 가슴이 쿵쿵거리는 동안, 머리는 엄마와 함께 유니콘 코티지에 도착했던 날로 돌아갔다. 그때도 이렇게 엉망이었다.

내 생각이 맞았다. 정상이 아니었다. 아무리 지저분하고 산만한 성격의 외삼촌이라 해도 이건 말이 안 되는 일이었다. 뭔가 분명히 잘못되었다. 외삼촌이 아닌 다른 사람이 이 방을 난장판으로 만든 게 틀림없었다. 그런데 왜? 그 사람은 뭘 찾으려 했던 걸까?

나는 책상 뒤로 가서 푹신한 회전의자에 몸을 파묻고 앉았다. 외삼촌이 매일 연구를 하던 곳이었다. 외삼촌은 이 의자에 앉아서 창문 너머로 트리니티 광장을 바라보았을 테지. 맞은편 벽의 문 옆에는 큼지막한 포스터가 붙어 있었다. 포스터가 창문으로 쏟아지는 햇빛을 받아 반들거렸다. 구름을 찍은 사진이었다. 거대한 먹구름 뒤로 파란색이 분명할 하늘 조각이 보였다.

나는 의자를 몇 번 돌려 보다가 자리에서 일어나 벽난로로 다가갔다. 최근에는 청소를 하지 않았는지 재가 수북하게 쌓여 있었다. 벽난로 앞의 쇠살대 너머 바닥까지 재가 흩어져 있었다. 재는 입자가 아주 잘고 고운 것으로 보아 종이를 태우고 남은 것 같았다. 그런데 시커먼 잿더미 속에서 불길을 피해 살아남은 종이가 언뜻 보였다. 부지깽이를 잡아 잿더미를 뒤적였다.

잿더미를 양옆으로 치우자 바닥이 드러났다. 종이는 절반이나 타지 않고 남아 있었다. 나는 무릎을 꿇고 종이를 집은 다음, 조심스레 재를 털었다. 종이에는 이렇게 인쇄되어 있었다.

레인보우 프로젝트

"거기서 뭐 하는 거지?"

나는 깜짝 놀라 뒤를 돌아보았다. 체격이 큰 까만 머리의 아줌마가 복도에서 걸어오고 있었다. 아줌마는 팔짱을 끼며 눈살을 찌푸렸다.

"거기서 뭐 하냐니까?"

"아니……, 저……."

아줌마는 그제야 방 안이 책장에서 쏟아진 서류며 책들로 엉망이라는 사실을 눈치챘다. 곧장 기가 막힌다는 표정을 지었다.

"이 녀석이…… 대체 왜……."

아줌마는 팔짱을 풀며 책상을 돌아 내가 서 있는 벽난로 쪽으로 다가왔다.

"고인에게 이런 불경스러운 짓을……."

나는 재빨리 책상 위로 올라가 반대편으로 넘어갔다. 아줌마가 돌아섰을 때는 빠른 걸음으로 문을 향해 나아가고 있었다.

"거기 서! 그냥 도망가게 놔두진 않……."

나는 문을 열고 복도로 나갔다. 그리고 무작정 뛰기 시작했다. 계단을 몇 칸씩 뛰어넘었다. 막 햇살 아래로 나왔을 때, 머리 위에서 창문이 휙 열리더니 아줌마의 고함 소리가 들렸다.

"저 녀석 좀 잡으세요!"

나는 광장을 가로질러 미친 듯이 뛰었다. 돔 지붕 분수대를 지나 아치문을 향해 달렸다.

"저 녀석 좀 잡아요!"

등 뒤에서 아줌마 목소리가 계속해서 들렸다.

왼편 잔디밭에 누워 있던 망토 차림의 대학생이 나를 보며 엉거주춤 일어섰다. 나는 아치문을 향해 이를 악물고 달렸다. 다행히도 그 대학생은 펄럭이는 망토 때문에 그다지 속도를 내지는 못했다.

나는 우편함 쪽으로 달려갔다. 이윽고 사백 미터짜리 식료품 자동 판매기가 있는 거리로 나왔다. 생각할 겨를도 없이 오른쪽으로 돈 뒤 다시 오른쪽으로 꺾었다. 쇼핑하던 사람도, 거리를 지나가던 사람도 모두 비켜섰다. 나는 왼편의 좁은 골목길로 잽싸게 뛰어들었다.

일 분쯤 달렸을까. 천천히 속도를 줄였다. 따라오는 사람이 없다는 걸 확인하고선 멈춰 서서 얼굴의 땀을 닦으며 거친 숨을 몰아쉬었다. 옆구리가 결리면서 입 안이 바싹 말랐다.

멍청한 짓을 했다는 생각이 들어서 기분이 영 찜찜했다. 연구실 문을 발로 차는 바람에 그 아줌마가 눈치챈 모양이었다. 그 아줌마한테 방해받지만 않았어도 아직 외삼촌의 연구실에 있었을 텐데. 스스로가 원망스러웠다.

그때였다. 손에 뭔가를 쥐고 있다는 사실이 퍼뜩 떠올랐다. 나는 손바닥을 내려다보았다. 반쯤 타다 남은 종이였다.

## 레인보우 프로젝트

# 새 친구 비비 룩미니

다음 날 아침, 엄마와 나는 힐스로드 중학교 교장실에 나란히 앉아 있었다. 얼마 뒤, 산타클로스 코에 덩치도 꼭 그만한 벨시 교장 선생님이 엄마에게 안녕히 가시라는 작별 인사를 건넸다. 그리고 곧 나를 데리고 교실로 향했다.

교장 선생님은 목이 퍽 뻣뻣한 것 같았다. 복도를 걸어가며 나에게 말을 걸 때마다 몸 전체를 내 쪽으로 돌리곤 했다.

“색깔을 볼 수 없으면 인생이 아주 힘들겠지? 네 마음이 어떨지 난 상상도 못 하겠다. 상상도 못 하고말고.”

색깔을 늘 볼 수 있었던 사람, 그러니까 태어나는 날부터 색깔을 보고 그 차이를 구분할 수 있었던 사람에게 나의 상태를 이해시키기란 거의 불가능하다. 어떻게 설명을 해도 온전히 이해시킬 수가 없다. 눈에 힘을 주고 찌푸리면 색깔이 조금 사라지기는 한다. 또, 텔레비전을 흑백 모드로 전환하면 세상이 흐릿해 보이기도 한다. 그렇지만 그 어떤 방법으로도 그들이 나에게 보이는 세상을 볼 수는 없다.

뒤집어 말해도 마찬가지다. 나는 그 어떤 방법으로도 그들에게 보이는 세상을 이해하지 못한다. 그러니까 우리는 서로 다른 진영에 사는 셈이다. 두 개의 집합에 사는 것이다. 우리에게 교집합은 없다.

교장 선생님이 어느 교실 앞에서 멈춰 섰다. 교실 문에 난 창을 가볍게 두드린 뒤 안으로 들어갔다. 교실에는 나이가 꽤 많아 뵈는 파마머리 여자 선생님이 서 있었다. 화이트보드 앞에 서 있던 선생님은 옆으로 돌아서서 교장 선생님을 정중하게 맞이했다.

교장 선생님이 말했다.

“흠흠, 홀브룩 선생님, 이번에 새로 전학 온 오든 데어입니다. 전에 얘기 나눴던…….”

교장 선생님은 홀브룩 선생님에게 눈짓을 했다.

“반갑다, 오든.”

홀브룩 선생님은 교사용 책상으로 다가갔다. 책상 가장자리에 놓여 있는 커다란 선인장 화분을 아슬아슬하게 스치며 나에게 오라고 손짓했다.

“여러분, 주목!”

모둠별로 앉아 있던 반 아이들이 하던 일을 멈추고 고개를 들었다.

“오늘 새로운 학생이 전학 왔어요. 이름은 오든 데어예요. 다 함께 인사합시다.”

“안녕, 오든.”

반 아이들이 동시에 기계적으로 외쳤다. 나는 어색하게 손을 흔들

다가, 평소에 목에 걸고 다니던 돋보기를 그만 재킷 밖으로 빠뜨리고 말았다. 몇몇 아이의 시선이 쏠리는 것을 느끼면서 돋보기를 얼른 셔츠 안으로 집어넣었다.

"그럼 홀브룩 선생님을 믿고 나는 이만 가도록 하마, 오든."

교장 선생님은 이렇게 말하고는 교실 밖으로 총총 사라졌다. 홀브룩 선생님이 교실 뒤편에 혼자 앉아 있는 여자아이를 불렀다.

"비비, 네가 오든이랑 같이 앉을까? 며칠 동안 오든에게 안내 친구도 해 주고. 괜찮겠지?"

여자아이가 천천히 고개를 들었다. 서로 눈이 마주치는 순간, 문득 어디선가 본 적이 있다는 생각이 들었다. 어디였더라? 몇 년 전에 외삼촌을 보러 온 것을 빼면 케임브리지에 온 적은 전혀 없었다. 아니, 그보다 더 최근에 만난 것이 분명했다. 그러니까 이곳으로 이사 오고 난 뒤에…….

"네, 선생님."

나는 뒤쪽으로 걸어가 그 아이의 옆자리에 앉았다.

"안녕? 난 비비야."

비비의 호기심 어린 눈초리에 나는 얼굴이 화끈 달아올랐다.

"안녕? 비비."

책상 위에 연습장과 펜이 가지런히 놓여 있었다. 비비는 조금 어색해하는 것 같았다.

"그러니까…… 오늘 전학 온 거구나?"

"응, 그런데…… 안내 친구가 뭐야?"

나는 목소리를 낮춰 속삭였다. 화이트보드 앞으로 돌아간 홀브룩 선생님은 복잡하게 생긴 함수 문제를 설명하기 시작했다.

비비는 짙은 색의 긴 머리칼을 하나로 묶고 있었다. 그래서 등 뒤로 말총머리가 구불구불 흘러내렸다. 반짝이는 우산 모양 귀걸이가 귀에서 달랑거렸고, 크고 동그란 눈이 제법 똑똑해 보였다.

"안내 친구는 전학생이 학교에 적응할 수 있게 도와주는 역할을 해. 그러니까 내가 너한테 과목별 교실이 어딘지, 남자 화장실이 어딘지, 학교 식당이 어딘지, 그런 걸 알려 주는 거야. 수업 시간표도 알려 주고. 또 같이 듣는 학생은 누구이고, 과목 담당 선생님은 누구인지. 체육복은 무슨 요일에 챙겨 오고, 도시락은 무슨 요일에 가져와야 하는지 등등."

비비가 나에게 활짝 웃어 보였다.

"내가 너의 베프가 되는 거지. 너에게 새 친구가 생길 때까지."

"비비, 쉿!"

선생님은 비비에게 주의를 준 다음, 화이트보드에다 가분수를 쓰기 시작했다. 비비가 목소리를 낮추어 속삭였다.

"그리고 네 질문에 대답해 주다가 선생님께 혼날 사람이기도 해."

쉬는 시간이 되어서야 비비를 어디서 봤는지 알아챘다. 트리니티 칼리지에서 우리 앞을 지나 광장으로 뛰어갔던 아이였다.

"넌 계속 이 학교에 다녔어?"

나는 축구 시합 중에 키가 큰 아이 하나가 작은 아이를 상대로 반칙하는 모습을 지켜보며 물었다.

"응, 넌 여기 오기 전에 어느 학교 다녔어?"

"런던에 있는 학교. 그 학교에 관해서는 말할 게 거의 없어. 별로였거든. 아이들도 별로였고."

나는 또 질문을 받을까 봐 먼저 물었다.

"너희 부모님은 뭐 하셔?"

비비는 자부심이 넘치는 말투로 대답했다.

"우리 엄마는 대학교에서 재봉사로 일하셔. 교수님들 가운을 수선하시는 거야. 만들기도 하시고. 학생들 행사용 드레스를 수선할 때도 있고. 로봇이 만드는 옷은 마감이 엉망이잖아. 그래서 학생들이 우리 엄마한테 마무리를 맡기는 거야. 엄마 솜씨는 학교에서 아주 유명해."

그제야 비비가 왜 그날 트리니티 칼리지에 있었는지 이해가 갔다.

"그럼 아빠는? 전쟁터에 나가셨어?"

비비가 고개를 젓자 말총머리가 살짝 흔들렸다.

"아니, 돌아가셨어."

"아."

"신경 쓰지 마. 내가 태어나기도 전에 돌아가셨어. 아빠를 본 적이 아예 없는걸. 지금은 엄마랑 나, 둘뿐이야. 미기슈하고."

"미기슈?"

"내 앵무새. 정확히 말하면 세네갈앵무야. 너도 동물 키우니?"

나는 샌드위치 이야기를 해 주었다. 내가 침대에서 자고 있으면 그 아래에 늘어져 있다든지, 고기를 주면 육즙만 빨아먹고 덩어리는 남겨 둔다든지 하는…….

"귀엽겠다."

비비의 눈길이 내 목덜미 쪽을 스쳤다.

"그런데 너……, 돋보기를 목에 걸고 다니는구나?"

나는 돋보기를 꺼내서 흔들어 보인 다음 셔츠 안으로 집어넣었다.

"응, 시력이 별로 안 좋아서."

"시력이 안 좋아? 정말? 난 잘 보이지? 지금 축구 시합도 잘 보고 있고. 그러면 그렇게 나쁘지는 않은 거잖아?"

"음……, 색깔을 못 보는 거야."

"적록 색약 말이니? 적록 색약은 주변에 꽤 많을걸?"

"적록……, 뭐?"

"빨간색하고 초록색을 구분 못하는 거. 그건 되게 흔해."

나는 고개를 저었다.

"아니, 그것보다 더 심해. 색깔을 아예 못 보거든."

"아무 색깔도?"

"응."

비비는 멀리 앞을 내다보았다. 축구 시합을 보는 것은 아닌 듯했다.

"그럼 이게 다 흑백으로 보인다는 거야?"

나는 고개를 끄덕였다.

"그런 상태를 뭐라고 해? 사실 나는 단어를 좋아하거든. 네 상태에 해당하는 단어는 뭐니?"

"나도 매번 잊어버려. 이름이 하도 길어서. 발음하기도 어렵고."

비비는 벌떡 일어나더니 주머니를 뒤져 조그만 수첩을 꺼냈다. 조그만 수첩의 스프링에는 더 조그만 볼펜이 꽂혀 있었다. 비비는 펜을 빼고 수첩을 편 뒤 뭐라고 적었다.

"됐어! 여기다 적어 놓고 나중에 찾아보는 거야. 홀브룩 선생님이 점심시간에는 쿼티를 못 쓰게 하시거든."

비비는 수첩을 주머니에 넣고서 다시 앉았다.

"그런데 눈이 그렇다는 거하고 돋보기를 걸고 다니는 거하고는 별로 상관이 없는 일 같은데? 안 그렇니?"

나는 셔츠 안에서 돋보기를 꺼낸 다음, 오른쪽 눈에 대고 왼쪽 눈을 감았다.

"작은 것들이 잘 안 보일 때가 있거든. 햇살이 너무 강하거나 구름이 많이 끼면 더 그래. 작은 글씨가 번져 보여. 그래서 필요한 거야."

그때 갑자기 하늘에서 요란한 소리가 울렸다. 축구를 하던 아이들이 경기를 멈추고 하늘을 쳐다보았다. 아리엘(공기 정령) 드론이었다. 아리엘 드론 두 대가 날아오더니 머리 위의 전선에 내려앉았다. 충전 케이블을 연결하는 중이었다. 아리엘 드론은 매처럼 생겼다. 행동 감지 센서는 매의 구부러진 부리 같았고, 불이 꺼진 두 개의 플래시는 매의 부리부리한 눈 같았다.

비비가 칙칙한 햇살을 손으로 가리며 말했다.

"난 아리엘 드론이 좋아. 우리 미기슈처럼 생겼거든. 넌 어떤 드론이 좋니?"

"글쎄, 별로 생각 안 해 봤는데……. 난 스쿠트 드론. 멋지게 생겼잖아, 높이 날고."

"하긴 도도 드론은 둔하니까."

"맞아. 도로에서 뛰어다닐 때 특히 더 그래. 가로등에 툭툭 부딪히기나 하고."

비비가 큰 소리로 까르르 웃었다.

"내 말이. 심지어 넘어지기도 하잖아. 너, 도도 넘어진 거 본 적 있어?"

전에 연립 주택에 살 때 마당에서 뒤집혀 있는 도도 드론을 본 것이 기억났다. 피식, 웃음이 새어 나왔다.

"응, 본 적 있어."

비비가 빙긋 웃었다.

"믿거나 말거나지만 케임브리지는 사방이 도도 드론이야."

그때였다. 누군가 "야!" 하고 냅다 소리를 질렀다. 그 소리에 화들짝 놀라 고개를 번쩍 들었다. 언제 다가왔는지, 운동장에서 축구 시합을 하던 녀석 중 하나가 옆에 서 있었다. 조금 전에 자기보다 작은 아이를 상대로 반칙을 하던 녀석이었다. 키가 크고 호리호리한 체격에 해골 같은 얼굴 위로 짙은 색 머리칼을 바짝 세우고 있었다.

"야!"

녀석은 코앞에 있으면서도 아까보다 더 크게 소리쳐 불렀다.

"목에 그거 뭐냐?"

"뭐 말이야?"

녀석은 온몸의 화가 얼굴로 올라오는 것 같았다.

"목에 그게 뭐냐고 물었잖아. 귀먹었냐?"

녀석보다 조금 작은 녀석 둘이 어슬렁거리며 다가왔다. 실실거리는 폼이 영락없이 비웃는 표정이었다.

"뭐 해, 파비우스. 한 방 먹여."

"그래, 먹이라고."

나는 비비를 향해 설핏 웃어 보였다. 하지만 비비는 겁을 잔뜩 먹은 것 같았다. 녀석이 한 발자국 더 다가왔다.

"뭐냐고? 나도 한번 보자."

나는 녀석이 풍기는 입 냄새에 질식할 것 같아서 벽 쪽으로 물러섰다. 녀석은 내 목에 걸린 돋보기를 멀뚱히 바라보았다.

"이런 걸 뭐 하러 가지고 다니냐?"

나도 모르게 한숨이 새어 나왔다. 비비한테 막 설명을 마친 이야기를 이 멍청한 덩치한테 또 반복하고 싶지는 않았다. 나는 나직이 중얼거렸다.

"말하자면 길어."

"뭣?"

녀석 왼쪽에 서 있던 코가 살찐 녀석이 말했다.

"뭐 해? 한 방 먹이라니까."

오른쪽의 입술이 두꺼운 녀석이 거들었다.

"먹여. 제 손으로 무덤을 파고 앉았네."

"걔, 내버려 둬."

비비는 간신히 이렇게 말하고는 다시 겁먹은 얼굴이 되었다.

나를 내려다보던 녀석이 비비 쪽으로 고개를 돌렸다.

"닥쳐, 비비. 아니면 아리엘 드론 있는 데를 구경시켜 줄 테니까."

나는 고개를 저었다. 참을 만큼 참았다.

"저기, 네가 누군지는 모르지만 우린 너한테 아무 짓도 안 했어. 그러니까 이쯤에서 그냥 가 주는 게 어때?"

녀석은 어이가 없다는 듯 얼굴이 일그러지더니 아까보다 더 시뻘게졌다. 도저히 분을 못 이기겠는지 목소리가 한껏 잠겼다.

"나한테 그런 식으로 말하면 안 되지."

녀석은 주먹을 꽉 쥐었다.

"어떤 놈도 나한테 그런 식으로 말하면 안 돼. 돋보기나 목에 걸고 다니는 너 같은 병신 자식이라면 더더욱 안 되고. 넌……."

"7시 방향에 교장 떴다!"

살찐 코는 말을 마치기가 무섭게 꽁무니를 뺐다. 부은 입술도 잽싸게 도망쳤다. 키가 큰 녀석은 몸을 돌려 운동장에 서 있는 교장 선생님을 확인했다. 그러고는 휙 돌아서더니 손가락으로 나를 쿡 찔렀다.

"기다려. 곧 손봐줄 테니까. 나한테 그런 식으로 말하면 안 되는 거야, 이 병신아!"

그 녀석은 이렇게 내뱉고는 축구를 하러 운동장으로 돌아갔다.

새로운 학교에서의 일주일은 스카우트 드론처럼 쏜살같이 지나갔다. 홀브룩 선생님은 친절했다. 비비는 더 친절했다. 그렇지만 그 외에는 말을 거는 사람이 없었다. 나에게 있었을지 모를 좋은 이미지는 파비우스와의 사건으로 이미 망친 것 같았다.

파비우스는 내가 돋보기를 걸고 다니는 이상한 놈이라는 소문을 퍼뜨리고 다녔고, 아이들은 무작정 나한테 거리를 두기로 한 것 같았다. 솔직히 말하면 나는 아무 상관이 없었다. 전에도 비슷한 일을 많이 겪었다. 그래서 지금은 꽤 익숙해졌다.

비비와 친구라는 사실은 별로 도움이 되지 않았다. 비비도 혼자나 마찬가지였다. 딱히 친구라고 부를 만한 아이가 없었다. 물론 여자아이들하고야 한두 마디 주고받긴 했지만, 대화로 길게 이어지진 않았다. 어떻게 보면 비비도 나만큼 고립되어 있었다.

어느 날의 점심시간, 나는 내가 가지고 있는 걸 보여 주기로 했다. 의외라고 생각할 테지만, 나는 이스트런던 체조 대회 삼 년 연속 우승자였다. 스트래들 점프(다리를 양옆으로 찢는 점프)와 더블 프론트 서모설트(앞으로 두 번 공중제비를 도는 동작)에서 금발의 제왕이었다. 박스 스플릿(다리를 180도 찢는 동작) 역시 나를 따라올 선수가 없었고, 도약은 거의 흠잡을 데가 없다는 평가를 받았다. 지난 삼 년간 나는 소년부 최강의 선수였다.

그런데 열네 살이 되면서 사정이 달라졌다. 키가 하루가 다르게 자라기 시작했다. 체조로 성공하려면 키가 작아야 유리했다. 그리고 근육은 땅콩 껍데기처럼 울퉁불퉁해야 했다. 둘 다 나에게는 가망이 없었다. 나는 힘이 센 편이지만 근육질은 아니었다. 결국 케임브리지로 오기 몇 달 전에 모든 것을 포기했다. 그 시절이 그립기는 했다. 다리를 찢고 점프하고 회전하던 나날들.

어차피 연습 기간에 마셔야 하는 엄청난 양의 물을 감당할 수도 없었다. 나로서는 물러서는 길밖에 없었다. 하지만 나는 학교 축구 시합 정도는 날아다닐 수 있을 만큼 체력이 좋았다. 아이들이 점심시간에 축구를 같이하자고만 했어도 다들 내 발재간을 알아차렸을 것이다. 그런데 같이하자는 아이가 없었다.

결국 점심시간에 내가 나서서 직접 보여 주기로 작정했다. 나는 비비와 함께 앉아 있던 담장에서 폴짝 뛰어내렸다. 운동장으로 간 다음, 공중제비를 옆으로 네 번 연속 돌고 나서 연이어 뒤로 한 번 돌았다. 완벽하게 착지를 하고선 아무렇지 않은 듯 뒤로 돌아섰다.

아이들은 입을 쩍 벌린 채 휘둥그레진 눈으로 멀뚱히 서 있었다. 파비우스의 똘마니인 피터와 킨도 감탄했다는 듯 고개를 연방 끄덕였다. 1학년 아이들은 아예 대놓고 난리법석을 떨었다.

"우아! 우아!"

"죽인다!"

다른 아이들도 감탄을 쏟아 내었다. 그때였다.

"오우, 병신 쇼!"

파비우스였다. 녀석이 앞으로 걸어 나오며 나를 손으로 가리켰다.

"병신 쇼잖아! 너, 서커스단에서 자랐나 보지?"

피터와 킨은 곤란하다는 듯 코를 킁킁거렸다.

"너, 반은 사람이고 반은 원숭이냐? 밤에는 우리에 갇혀 있는 거 아냐? 사람들이 네 묘기를 보겠답시고 천 파운드씩은 막 냈겠다?"

파비우스는 몹시 교활해 보였다. 아이들 얼굴에서 감탄의 표정이 사라지고 있었다. 파비우스는 내 얼굴에 대고 나직이 속삭였다.

"그따위 행동은 조심해. 잘난 척하는 걸 봐줄 사람은 아무도 없으니까. 돋보기나 걸고 다니는 병신이 하는 쇼를 누가 보겠냐? 쳇!"

파비우스는 돌아서서 운동장 밖으로 걸어 나갔다. 피터와 킨도 따라갔다. 다른 아이들은 나를 못 본 척했다.

상관없었다. 전혀 상관없었다. 그것이 이곳 아이들의 방식이라면 나도 굳이 어울리고 싶지 않았다. 아이들은 앞으로도 계속 파비우스를 무서워하면 된다. 그리고 불신이 가득 담긴 눈으로 나를 힐끗거리면 그만이다. 그것이 바로 아이들이 자기 몸을 지키는 방식일 테니까.

그런 아이들은 필요 없었다. 나에겐 비비가 있었다. 비비는 재미있고 똑똑하고 솔직했다. 궁금한 것을 참지 못하는 성격에다 무엇이든 아주 즐겁게 배웠다. 비비에게 지식은 물만큼 소중했다. 매일매일 새로 알게 된 지식을 세상에서 가장 귀중한 지혜를 전파하듯 신나게 알려 주었다.

게다가 비비는 내 친구였다. 안내 친구가 아니라 진짜 친구였다.

나는 비비가 아주 좋았다.

홀브룩 선생님은 굉장히 훌륭했다. 재미있고 기발하기 때문만은 아니었다. 무엇보다 선생님의 머릿속은 지식으로 꽉 차 있었다. 그런데 하필이면 그렇게 가득한 지식 중의 대부분은 역사에 관한 것이었다.

선생님은 로마와 바이킹, 고대 이집트에 관해서는 뭐든 다 알았다. 튜더, 스튜어트, 조지, 윈저 등 영국 왕조에 관해서도 감히 선생님과 대적할 사람이 없었다. 제1차 세계 대전, 제2차 세계 대전, 또…….

"자, 모두 모니터를 선택하고 쿼티를 켜세요."

우리는 교실 한쪽 벽에 나란히 진열된 모니터 앞으로 가서 각자 자리를 잡았다. 그리고 손목에 찬 컴퓨터를, 다시 말해 쿼티를 켜고 가상 키보드를 공중에 띄웠다.

쿼티는 누구나 가지고 있었다. 혹시라도 쿼티를 두고 온 학생이 있을 경우엔 집으로 돌려보내 가져오게 할 정도였다. 최고 성능의 최신 쿼티를 가진 아이도 있었고, 나온 지 몇 년 된 쿼티를 가진 (나 같은) 아이도 있었다. 또 거의 고대 유물 같은 쿼티를 쓰는 비비도 있었지만, 이제까지 다닌 학교를 통틀어 쿼티를 아예 차지 않은 아이는 한 명도 못 봤다.

쿼티만 있으면 이서웹에 접속할 수 있을 뿐 아니라, 전화를 걸거나 문자 메시지를 마음껏 보낼 수 있었다. 또 필요한 이미지를 언제든지 띄울 수 있는 데다, 24시간 이내에 필요한 영양소 요구량을 확인할 수 있었다. 그 외에 위치 파악이나 음악 감상, 게임 실행, 뉴스 시청 등등 그 모든 일을 할 수 있었다. 그래서 모두가 자신의 쿼티를 무척 사랑했다.

우리가 준비를 마치자 홀브룩 선생님이 수업을 이어 갔다.

"오늘은 아쟁쿠르 전투에 관해 알아보겠어요. 관련 정보를 최대한 많이 찾아서 칠백 단어 내외로 정리하세요. 그 당시 무슨 일이 벌어졌는지, 세계의 정세에 어떤 영향을 미쳤는지, 그 뒤로 어떻게 전개되었는지."

우리는 쿼티로 정보를 검색한 다음, 가상 키보드를 두드려 칠백 단어라는 고귀한 숫자를 채웠다. 한 단어라도 더 쓰는 아이는 없었다. 이것이 우리가 홀브룩 선생님 수업 시간에 주기적으로 하는 일이었다.

그런데 나는 이 과정이 무척 싫었다. 나는 역사를 그다지 좋아하지 않았다. 왜 배워야 하는지 이유를 딱히 모르겠다. 수백, 수천 년 전에 벌어진 전투나 전쟁이 왜 중요할까? 물론 전투가 벌어지고 있던 그 시점에서는 아주 중요했을 것이다. 특히 전투에 참전해 있는 병사들에게는 세상 그 무엇보다 중요한 일이 분명했다. 그건 아주 당연한 일이었다. 그런데 지금은 왜?

시간은 흐른다. 언제나 그렇다. 그래서 시간이다. 절대로 멈추지 않는다. 역사는 항상 우리 주위에 존재한다. 지금 이 순간, 바로 여기에 있다. 지금 일어나는 모든 사건이 역사의 일부다, 아주 사소한 사건까지도. 다 함께 맞물려 굴러가면서 점점 거대해지는 것이다.

지금 우리는 전쟁 중이다. 물이 문제다. 전 세계가 물을 둘러싸고 전쟁을 벌이고 있다. 한때는 모든 사람에게 당연하게 주어졌던 그 단순하고 촉촉한 물질을 둘러싸고서 치열하게 싸우고 있는 것이다.

요즘은 어딜 가도 물이 거의 없다. 이십 년 전부터 비가 내리지 않았기 때문에 물을 구할 수 있는 곳은 바다뿐이었다. 그런데 바닷물은 그냥 마실 수가 없다. 염분을 제거해야 한다. 최근 몇십 년 동안 정부와 수자원 위원회가 해안 지대를 장악한 이유가 바로 그것이다.

영국의 전 해안은 통제 구역이다. 그래서 나는 한 번도 바다를 본 적이 없다. 내 또래는 거의 다 그렇다. 해안 지역 곳곳에 설치된 거대한 담수 시설은 사람이 마실 수 없는 바닷물을 끊임없이 빨아들여서 순수한 형태의 액체로 뱉어 낸다, 우리가 마실 수 있는 물로.

그나마 영국에 태어난 우리는 운이 좋은 편이다. 영국은 섬나라여서 국경이 온통 바다로 둘러싸여 있다. 하지만 그렇지 않은 나라가 많다. 국경이 다른 나라로 둘러싸인 나라도 있다. 그런 나라들은 일 년에 한 번 내릴까 말까 한 가느다란 빗줄기에 의존해야 한다.

그래서 전쟁이 시작되었다. 어떤 나라는 물이 있다. 다른 나라는 물이 없다. 어떤 나라는 물을 가져야 한다. 다른 나라는 포기할 수 없다. 어떤 나라는 나눠 쓰자고 한다. 다른 나라는 다 가지겠다고 한다.

쾅! 전쟁이다. 그래서 바로 지금 이토록 많은 부모와 형제자매가 멀리 전선으로 나가 싸우는 것이다. 그러니까 내가 백년 전쟁이나 헤이스팅스 전투 같은 것에 관해 칠백 단어를 쓰는 일에 별 열의가 없다 해도 양해해 주기 바란다. 이 전쟁이 더 중요하다, 나에게는…….

# 식스식스와 골든 보이의 정체

어느 날 방과 후, 비비가 자기 집에 가서 간식을 먹자고 했다.

"너무 기대하지는 마."

재킷을 챙겨 입고 함께 교문을 나설 때, 비비가 뜬금없이 이렇게 말했다.

"우리 엄마는 요리 솜씨가 좋은 편이 아니거든. 엄마가 뭘 만들어 주시든 최대한 조금 먹고, 제발 얼굴만 찡그리지 말아 줘. 삼킬 수 있다면 더 좋고."

우리는 곧 시내로 걸어갔다. 대형 병원을 지나고, 창문에 '폐업'이라고 써 붙인 대형 상점을 지나고, 대형 식품 자판기를 지났다. 그리고 장엄한 칼리지 건물이 늘어선 구역으로 들어섰다.

나는 문득 비비가 지금 나를 데려가는 곳이 어디인지 궁금해졌다.

"저기, 그런데 너 어디 살아?"

비비가 그 자리에 멈춰 서서 위쪽을 손가락으로 가리켰다.

"저기, 바로 저기야."

비비는 트리니티 칼리지를 가리키고 있었다.

"잠깐만! 트리니티 칼리지에 산다고?"

비비는 나를 바라보며 배시시 웃었다.

"응."

"넌, 넌 대학생이 아니잖아. 교수님도 아니고. 그러면 대학교에서 살 수 없잖아."

"아니, 살 수 있어."

비비는 잠깐 뒤를 돌아보고 대답한 뒤 계속해서 앞으로 걸었다.

나는 비비를 가만히 쳐다보다가 얼른 뒤따라갔다. 비비가 말을 이었다.

"우리 엄마가 대학교에 소속된 재봉사니까. 학교의 허가를 받고 칼리지 꼭대기 층의 빈 연구실에 사는 거야. 그러니까 엄마는 교수님의 가운을 고치고, 우리는 학교에 살고."

외삼촌 연구실에 몰래 다녀온 지도 벌써 이 주일이 지났다. 그래도 왠지 불안했다. 누가 알아보지나 않을지 걱정스러웠다. 나는 옷깃을 세우고 고개를 푹 숙인 채 걷기 시작했다.

비비와 나는 우편함이 있는 터널을 지나 광장으로 나갔다. 잔디밭에 깔린 돌을 밟으며 광장을 가로지른 뒤 맞은편 벽의 작은 문으로 들어갔다. 이윽고 냉기가 느껴지는 돌계단의 나선을 따라 올라가 길고 좁은 복도로 들어섰다. 복도 오른쪽의 창문으로 광장이 내려다보였다. 외삼촌의 연구실과 멀지 않은 곳이었다. 문득 생각나는 것이 있었다. 설마?

그때 비비가 손짓을 했다.

"자, 여기야."

비비는 복도 막다른 끝에 있는 문을 열었다. 나는 비비를 따라 안으로 들어갔다. 복잡하다는 단어가 가장 먼저 떠올랐다. 내가 색깔을 볼 수 있었다면 갖가지 물건이 만드는 화려한 무지개가 내 눈을 덮쳤을 것이다. 가장 먼저 보인 것은 손바닥만 한 조각들을 이어붙인 천으로 덮인 천장이었다. 천장은 마치 하나의 쿠션 같았다.

그 아래로 길쭉한 공간을 비즈 커튼이 둘로 나누고 있었다. 커튼 뒤쪽은 입구에서 보이지 않았다. 여기저기 올이 풀린 낡은 소파 맞은편에 연기가 피어오르는 벽난로가 보였다. 벽난로 양옆으로는 커다란 선인장 화분이 놓여 있었다. 그리고 정말로 오래된 것 같은 텔레비전이 무늬가 화려한 포장지로 감싼 골판지 상자 위에 놓여 있었다.

칙칙한 아치형 창문 앞에는 새장이 걸려 있었다. 새장 안의 앵무새는 내가 안으로 들어가자 고개를 갸웃거렸다. 새장 옆 탁자에는 실패 수백 개와 비단 조각, 각종 재봉 도구들이 널려 있었다. 탁자 옆의 공간을 다 차지하고 서 있는 재봉틀은 흡사 고문 기구 같았다.

머리와 팔다리 없이 몸통만 있는 재봉용 마네킹도 있었다. 마네킹 위로 자르다 만 천이 치렁치렁 늘어져 있었다. 그 옆에는 잡다한 책이 가득 꽂힌 책장이 위태롭게 서 있었다.

그 사이에서 말없이 모자챙을 마무리하고 있는 사람이 바로 비비의 엄마였다. 피부색은 비비보다 더 짙었지만 구불구불한 긴 머리 덕분에 한눈에 알아보았다. 비비 엄마는 이 주 전, 외삼촌 연구실에 숨어든 나를 발견한 사람이었다. 나는 입 안이 바짝 말랐다.

비비 엄마는 우리가 방 안으로 들어갔는데도 고개를 들지 않은 채 모자를 마무리하는 데 집중하고 있었다. 비비가 책가방을 소파에 휙 던지며 말했다.

"엄마, 얘가 오든이에요."

비비 엄마는 여전히 고개를 들지 않았다.

"그래그래. 오든, 얘기 많이 들었다."

드디어 비비 엄마가 자리에서 일어났다. 모자를 머리 없는 마네킹에 씌운 다음, 돌아서서 나하고 악수를 했다.

"만나서 반갑구나."

순간, 비비 엄마가 눈살을 살짝 찌푸렸다. 나를 알아본 것 같았다. 나는 짐짓 아무것도 모르는 척하며 인사를 했다.

"안녕하세요? 처음 뵙겠습니다."

비즈 커튼 뒤는 작은 주방이었다. 식탁에는 비비 엄마가 미리 준비해 둔 간식이 놓여 있었다. 삼각형 모양으로 자른 치즈 샌드위치와 퀴노아 비스킷, 통밀 머핀. 엄마 음식 솜씨가 별로라던 비비의 말은 틀렸다. 모두 다 끝내주게 맛있었다. 비비와 내가 우유를 마시며 간식을 먹는 동안, 비비 엄마는 커다란 갈색 눈으로 나를 마주 보며 말을 걸었다. 나는 가슴이 조마조마했다.

"비비 말이 넌 색깔을 보지 못한다던데. 정말로 그렇니?"

나는 고개를 끄덕였다. 머핀 부스러기가 탁자 위에 떨어졌다.

"단색형 색각이에요. 색깔을 인식하는 능력이 결손된 거래요."

비비가 대신 대답했다. 나는 다시 한 번 고개를 끄덕였다.

“네, 그 이름 맞아요. 저는 맨날 잊어버리지만요. 이름이 너무 길어서요.”

비비 엄마는 질문을 이어 갔다.

“병원에서는 뭐라니? 수술하라거나 약을 먹으라고 하진 않아? 색을 보는 데 도움이 되는 약이 있을 텐데?”

“아니요, 병원에서도 방법이 없다고 했어요. 평생토록 세상을 흑백으로 보고 살아야 한다고.”

“이런, 너무하구나.”

“그냥 그런 거죠, 뭐. 별로 중요하지 않아요.”

그때 비비 엄마의 눈에 의심의 빛이 떠올랐다. 나는 황급히 머핀을 먹으며 눈길을 피했다.

“사실은 저희 외삼촌이 전에 제가 색을 볼 수 있게 해 보겠다고 약속하셨어요. 과학자셨거든요.”

나는 비비 엄마를 힐끗 살폈다.

“지금도 연구 중이시니?”

나는 머핀을 접시 위에 내려놓았다. 머핀이 뻑뻑해서 목이 말랐지만 비비네 우유를 더 이상 축내고 싶지 않았다.

“아니요, 외삼촌은 돌아가셨어요.”

“어머, 미안하구나.”

나는 어깨를 으쓱했다.

“아니에요, 시간이 약이겠죠.”

비비와 나는 간식을 다 먹고 나서 커튼 너머로 건너왔다. 비비가 앵무새를 소개해 주었다.

"미기슈는 밤에 광장을 날아다니는 걸 좋아해. 해바라기 씨도 좋아하고."

비비는 앵무새를 보고 미소를 지었다.

"뭘 말하면 계속 따라 해. 엄청 귀여워. 나는…… 귀여운…… 앵무새예요."

미기슈는 앞에 있는 여자애가 무슨 말을 하는지 모르겠다는 듯 고개를 한쪽으로 기울였다. 그러다 곧 소리를 내기 시작했다.

"엄 귀어어. 나는 귀어운 앙무사."

우리 둘 다 웃음을 터뜨렸다.

"너도 해 봐."

비비가 말했다.

"좋아. ……오든 데어는 똑똑하고 잘생겼다."

앵무새는 나를 뚫어지게 쳐다보다가 이렇게 웅얼거렸다.

"오든 데 또또 잘생겨."

"푸하하!"

나는 웃다가 뒤로 넘어질 뻔했다. 그런데 그때, 책장에서 뭔가가 보였다. 순간, 내 얼굴에서 웃음기가 싹 사라졌다. 비비가 물었다.

"왜 그래?"

나는 책장으로 다가가 손을 뻗었다. 차갑고 단단하고, 겉은 매끈하지만 가운데 쪼개진 부분은 거친 돌멩이. 나는 돌멩이를 뒤집어 보았다. 내 눈을 믿을 수가 없었다. 나도 모르게 중얼거렸다.

"스노우플레이크, 스노우플레이크 843B."

비비가 자리에서 벌떡 일어섰다.

"네가 그걸 어떻게……?"

비비가 말을 끝내기도 전에, 나는 의자에 걸어 둔 재킷을 가져와 오른쪽 주머니를 뒤졌다. 외삼촌이 남긴 운석의 반쪽에 새로 찾은 반쪽을 맞춰 보았다. 딱 들어맞았다.

나는 떨리는 목소리로 비비에게 물었다.

"비비, 혹시 네가 식스식스야?"

비비는 놀랍다는 듯이 소리쳤다.

"그럼 네가 골든 보이?"

비비가 식스식스였다. 당연한 얘기였다. 비비의 이름 VIVI를 로마 숫자로 바꾸면 VI VI가 된다. VI VI는 66이다. 식스식스다. 외삼촌은 원래 이런 식의 교묘한 낱말 게임을 좋아했다. 단어를 분해한 후 뒤섞어 새로운 단어를 만들었다. 앞뒤를 바꾸기도 하고 위아래를 뒤집기도 했다.

"블룸 박사님은 늘 나를 그렇게 부르셨어. 식스식스라고. 박사님을 참 좋아했는데. 정말 잘해 주셨거든. 심부름으로 박사님 연구실에 가면 막대사탕을 주시곤 하셨어. 학교생활은 어떻냐고 물어보시면서."

내가 물었다.

"아까 나한테는 뭐라고 했지? 골든 보이?"

비비는 고개를 끄덕이며 자리에서 일어섰다.

"네 이름 오든(Auden)에서 따온 것 같아. 금의 원소기호가 Au잖아. 그러니까 Au, 골드……, 골든 보이. 틀림없어."

비비는 스노우플레이크 843B가 있던 책장에서 접힌 종이를 한 장

빼냈다.

"박사님은 운석하고 같이 남긴 편지에서 널 언급하셨어."

비비는 접혀 있던 편지를 펴서 내밀었다.

나는 오른쪽으로 갈수록 아래로 내려가는 가느다란 글씨체를 한눈에 알아보았다. 나한테 남긴 편지의 글씨체와 똑같았다. 사실 내용도 거의 비슷했다. 스노우플레이크 843B가 어디서 왔는지 설명하고 있었다. 이 작은 운석이 지구와 부딪힐 확률이 얼마나 희박한지 말했다.

자매 운석인 스노우플레이크 843A는 내가 아는 아주 멋진 소년에게 맡겼다. 골든 보이라고 부르면 좋겠구나. 골든 보이는 내가 만나 본 아이 중에서 가장 용감하고 강한 사람이야. 인생에서 참으로 많은 것들과 싸우고 있지. 왠지 내가 죽은 뒤에는 이곳 케임브리지로 올 것 같은 예감이 드는구나.

만약 골든 보이와 만나게 된다면, 부디 그 아이를 편안히 대해 주기를. 그 아이에겐 좋은 친구가 필요하고, 비비 너는 멋진 친구니까. 그리고 꼭 기억해. 너의 생각은 그 어떤 광대한 우주보다 무궁하고 명민하다는 것을.

깊이깊이 파고들어라, 깊이 파고들어. 언제나 깊이 파고들어야 한다.

— 블룸 아저씨가

기분이 복잡했다. 외삼촌은 나한테 남긴 것과 거의 똑같은 편지를 다른 사람에게도 남겼다. 가족도 아닌 다른 사람에게. 비비는 어쩌다가 같은 건물에 살게 된 아이일 뿐인데, 무슨 권리로 운석의 반쪽을 가진 걸까?

비비가 내 손에 있는 편지를 가져갔다.

"뭔가 이상해. 너는 안 이상하니?"

"뭐가?"

"그렇잖아. 학교에서 네가 내 옆자리에 앉게 된 것도 그렇고, 우리한테 블룸 박사님이라는 연결고리가 있다는 것도 그렇고."

나는 까칠하게 대꾸했다.

"나한테는 외삼촌이야, 블룸 박사님이 아니라……."

비비가 아무 말도 하지 않자 금방 미안해졌다. 비비는 나의 친구다. 외삼촌이 편지에서 말한 것처럼 최고의 친구다. 친구의 마음을 상하게 할 것까진 없었다.

"외삼촌은 너를 굉장히 좋게 생각하신 게 틀림없어. 스노우플레이크 반쪽을 남기셨잖아."

내 말에 비비가 미소를 지었다.

"박사님은 아주 좋은 분이셨어. 나도 박사님을 정말 좋아했고."

주방과 거실을 가르는 비즈 커튼이 갑자기 들렸다. 비비 엄마가 나를 향해 손가락질을 했다.

"생각났어! 블룸 박사님 연구실에 숨어든 녀석이야! 그 녀석, 맞지?"

비비 엄마는 가슴을 부여잡으며 의자에 등을 기댔다. 다행히 비비의 설명을 듣고 난 뒤 곧바로 오해가 풀렸다.

"블룸 박사님이 네 외삼촌이시라고? 참 바른 분이셨는데. 몇 번이나 박사님의 예복을 만들어 드렸지……. 세상에! 네가 그 블룸 박사님 조카라니."

비비 엄마는 미간을 약간 찌푸렸다.

"비극적인 일이야. 박사님이 그렇게 가시다니. 그렇게 갑자기, 정말

건강하셨는데……. 누구도 예상치 못한 일이었어."

나는 무언가 설명을 해야 할 것 같았다.

"맞아요. 저도 뭔가 찾을 수 있을까 해서 그날 외삼촌 연구실에 갔던 거예요."

"그래서? 찾았니?"

나는 고개를 저었다.

"괜히 연구실만 엉망으로 만든 셈이구나. 벽장에 있던 책도 서류도 그렇게 바닥에 다 내동댕이치고."

"아니요, 그건 제가 한 게 아니에요."

비비 엄마가 나를 빤히 보았다.

"네가 그런 게 아니라고?"

"네, 누군가 먼저 왔다 간 것 같아요. 저처럼 뭘 찾으러……."

비비 엄마가 자세를 고쳐 앉으며 말했다.

"어디에든 알려야 하지 않겠니? 경찰이든 수자원 위원회든……."

"안 돼요. 왠지 그러면 안 될 것 같아요."

나도 모르게 갑자기 목소리가 커졌다.

"왜 안 된다는 거지?"

"만약 누군가 뭘 가져갔다면 그건 아예 없어졌을 확률이 높아요. 경찰도 별수 없을 거예요. 그리고 외삼촌이 세상을 떠난 지도 벌써 몇 개월이나 흘렀는걸요. 연구실이 언제부터 그랬는지 누가 알겠어요?"

비비 엄마는 천천히 고개를 끄덕였다.

"맞는 말이야. 게다가 네가 가고 나서 내가 칼리지에 연구실 청소를 부탁했어. 차마 그렇게 내버려 둘 수가 없었거든. 만약 지문 같은 것이 남아 있었더라도 지금은 다 지워졌을 거야. 도대체 누가 박사님 연구실에 들어갔던 걸까? 혹시 블룸 박사님이 스파이셨을까? 트리니티 칼리지는 스파이를 교수로 초빙하는 전통이 있거든."

비비가 엄마의 말을 툭 잘랐다.

"엄마! 블룸 박사님은 스파이가 아니에요."

나도 나서서 비비의 말을 거들었다.

"저희 외삼촌은 스파이가 아니었어요. 제가 보증해요. 하지만 그들이 찾는 것이 무엇이든, 외삼촌이 하던 연구와 관련이 있는 것만은 틀림없어요."

비비의 방은 크기만 좁을 뿐 거실 못지않게 물건들로 꽉 차 있었다.

창문 옆에는 엄청나게 큰 망원경이 하늘을 올려다보고 있었고, 방은 온통 행성과 달, 별자리 그림과 갖가지 천문 포스터로 가득했다. 한쪽에는 우주와 빅뱅 이론에 관한 책들이 높이 쌓여 있었다. 그런데 작은 탁자 위에 갖가지 크기의 공에 철사를 끼운 이상한 기계가 보였다.

"그건 태양계의야."

"태양계, 뭐라고?"

비비는 그 이상한 기계에 태엽을 감았다.

"태양계의. 우주 모형이라고 생각하면 돼. 행성이 태양 주위를 어떻게 돌고 있는지 보여 주는 거야."

비비가 태엽에서 손을 놓자 공들이 빙빙 돌기 시작했다. 공들은 가운데에 있는 가장 커다란 공, 그러니까 태양의 주위를 돌고 있었다. 어떤 공은 빨리 돌고 어떤 공은 천천히 돌았다. 얼마 지나지 않아 속도가 느려지더니 완전히 멈춰 섰다.

"이런 태양계의는 명왕성이 정식 행성으로 인정받던 시절에 만든 거야. 지금 명왕성은 왜소 행성으로 분류되지만."

비비는 태엽을 더 감아서 태양계 어쩌고 하는 기계를 다시 돌렸다.

"그 시절에는 우리 태양계에 행성이 아홉 개라고 가르쳤겠지. 지금은 여덟 개지만."

"저기, 저기 구멍 났다. 지붕에 구멍이 났나 봐."

나는 손으로 천장을 가리켰다.

"저건 구멍이 아니야. 천창이지."

"천창?"

"하늘이 보이는 창문. 이 연구실을 쓰시던 교수님이 만드신 거야."

"그걸 뭐에 쓰려고?"

"구름이 지나가는 걸 보는 거야. 하늘은 계속 달라지거든. 절대로 멈추지 않아. 생각할 게 있을 때 하늘을 보면 참 좋아. 집중하는 데 도움이 되니까. 하늘을 보고 있으면 마음이 편해지면서 생각이 정리돼."

"말도 안 되는 소리를 길게 하는구나."

비비는 내 말을 무시하고 말을 이어 갔다.

"나는 밤하늘을 볼 때도 있어. 별들의 자리가 계속 달라지거든. 한 시간만 지나도 완전히 달라져."

비비는 나를 빤히 쳐다보았다.

"그러지 말고 직접 해 보자. 난 침대에 누울게. 넌 바닥에 누워. 내 베개를 써도 돼."

비비는 베개를 들어 바닥으로 휙 던지고선 침대에 누워 팔다리를 쫙

폈다. 나는 한숨을 푹 쉰 뒤 베개를 베고 바닥에 누웠다.

"바보가 된 기분인데?"

"얼른 보기나 해. 긴장을 풀고 하늘을 가만히 바라봐."

나는 순순히 하라는 대로 했다. 네모반듯한 천창 너머로 옅은 구름이 보였다. 구름이 빠르게 움직이는 걸로 보아, 밖에는 바람이 부는 모양이었다.

내가 말했다.

"구름이 빨리 움직이네."

비비가 대답했다.

"질주하는 거야."

우리는 말없이 누워 작은 유리창 너머의 움직임을 바라보았다. 네모난 천창은 마치 그림 같았다. 그림은 끊임없이 변했다. 잠시 눈을 감았다가 뜨면 완전히 새로운 그림이 그려져 있었다.

점점 세세한 것들이 보였다. 구름의 윤곽, 굴곡, 긴 꼬리, 구름이 움직이는 모습. 구름은 다른 구름을 스쳐 가기도 하고 자기보다 느리게 가는 구름 뒤에서 나타나기도 했다. 마치…… 최면에 빠져드는 듯한 기분이었다. 정말로 마음을 달래 주는 것 같았다. 어느 때인가부터 마음이 아주 편안해졌다. 그러다 막 잠이 들려는 순간이었다.

다행히 코를 골기 직전에 비비가 말을 꺼냈다.

"너, 구름의 이름 알아?"

"음, 아니."

"먼저, 층운은 하늘 아래쪽에서 조각구름처럼 보이는 구름인데 너도 가끔 봤을 거야. 솜을 뜯어낸 것처럼 생겼어. 그리고 푹신해 보이는 큰 구름이 적란운, 아주 높은 데서 보이는 깃털 모양 구름이 권운."

나는 위쪽을 가리켰다.

"그럼 저건 무슨 구름이야?"

"아마 권운일 거야. 아니, 확실히 권운이야."

우리는 다시 말없이 하늘을 올려다보았다. 한참 만에 비비가 속삭였다.

"있잖아. 내가 별에 관심이 생긴 건 사실 너희 외삼촌 덕분이야. 내 열 번째 생일날 선물로 별자리표를 주셨거든. 별자리도 가르쳐 주셨어. 내가 잘 기억하고 있는지 퀴즈도 여러 번 내주셨고. 나한테 천체 망원경이 꼭 있어야 한다고 엄마를 설득하신 분도 너희 외삼촌이셔. 그래서 엄마가 오랫동안 돈을 모아서 사 주신 거야."

나는 천창을 올려다보았다. 다른 구름보다 짙고 음산한 구름이 캔버스를 가로지르고 있었다. 다른 가벼운 구름을 모두 그림 밖으로 밀어내는 것 같았다. 나는 외삼촌의 연구실에 걸려 있던 포스터를 떠올렸다. 이어서 잿더미와 함께 레인보우 프로젝트라고 적혀 있던 종이가 생각났다. 나는 목소리를 낮춰 말했다.

"외삼촌 연구실에 갔을 때 말이야, 벽난로에서 타다 남은 종이를 찾았어."

"그래?"

오랫동안 구름을 봐서 그런지 눈이 좀 편해졌다.

"응, 종이에는 이렇게만 쓰여 있었어. 레인보우 프로젝트라고."

비비가 돌아누우며 물었다.

"레인보우 프로젝트가 뭐지?"

"나도 잘 모르겠어. 그런데…… 너는 무지개라는 단어를 들으면 뭐가 제일 먼저 생각나?"

나도 고개를 돌려 비비를 바라보았다.

"대기의 수분 함유량이랑 빛의 회절."

"알았어."

나는 질문을 바로잡았다.

"보통 사람들은 무지개라는 단어를 들으면 뭘 제일 먼저 떠올릴까?"

비비는 잠깐 생각에 잠겼다가 대답했다.

"아마 색깔일걸?"

"그래, 색깔이야. 내 생각에 외삼촌은 나한테 색깔을 보여 줄 방법을 연구하셨던 것 같아."

비비는 양팔로 턱을 괴고 물었다.

"그래서 레인보우 프로젝트인 거구나?"

"그런데 왜 자료를 태우셨을까?"

내가 이렇게 물었지만 비비는 아무 대답이 없었다.

내가 먼저 입을 열었다.

"어쩌면…… 포기하셨을 수도 있어. 실패하신 거지. 불가능하다는 것을 확인하셨는지도 모르고."

비비는 여전히 대답이 없었다.

# 써니 계곡 카라반 파크

얼마 지나지 않아 여름이 시작되었다. 학교가 방학에 들어가면서 잠시 쉬어 가게 되었다. 나는 종일 비비와 함께 지냈다. 낮에는 주로 케임브리지 시내와 외곽의 전원 지대를 누비고 다녔다. 언덕이 그리 많지 않은 평평한 지대였지만, 작은 마을과 숲 지대를 지나는 구불구불한 도로가 많았다.

우리는 '써니 계곡 카라반 파크'라는 이름의 카라반 야영장에 자주 놀러 갔다. 써니 계곡 카라반 파크는 여러 가지 의미에서 잘못 지은 이름이었다. 첫째, 이 지역은 날씨가 화창할 때가 거의 없었다. 둘째, 야영장이 골짜기나 계곡에 있지 않았다. 시내에서 이삼 킬로미터밖에 떨어지지 않은 밭 한가운데 있었다.

야영장에서는 한때 잘나갔던 시절의 모습은 찾아보기 힘들었다. 차를 몰고 온 야영객에게 위치를 안내해야 할 디지털 표지판은 완전히 낡아 빠졌다. 심지어 표지판을 받치는 다리 하나는 아예 바닥에 쓰러져 있었다. 바람이라도 불면 표지판 전체가 당장이라도 쓰러질 것처럼 흔들거렸고, 글자들은 위태롭게 깜박거려서 어디를 안내하는지 도무지 읽을 수가 없었다.

야영장에 있는 카라반은 모두 스물네 대였는데, 하나같이 코팅을 다시 해야 할 상태였다. 창문 너머로 비어 있는 카라반을 들여다보면 낡고 망가진 집기들 위로 거미줄이 보였다. 창문이 깨진 데도 많았다.

그런데도 이 써니 계곡 카라반을 찾아오는 야영객들이 꾸준히 있었다. 런던이나 근교에 사는 사람들 중 짧게나마 교외에서 휴가를 보내고 싶은 사람들이 있는 모양이었다. 가족 단위로 오기도 하고 젊은 사람들끼리 오기도 했지만, 이 야영장에 온 것을 특별히 기뻐하는 것처럼 보이지는 않았다.

가끔 비비와 나는 야영장에 와 있는 사람들을 스파이처럼 관찰하면서 놀았다. 카라반들이 넓은 들판에 듬성듬성 퍼져 있어서 숨기가 꽤 좋았다. 야영객들이 쓰는 카라반은 몇 대로 한정되어 있다는 사실도 금방 알아냈다. 야영장의 주인은 카라반을 네다섯 대 정도만 유지할 뿐 나머지 구역은 그냥 내버려 두었다.

사람들의 눈을 피해 야영장에 몰래 숨어드는 일은 무척 재미있었다. 사람들이 별로 없을 때는 술래잡기를 하기도 했다. 우리는 새로운 규칙을 추가해서 더 복잡한 술래잡기를 만들었다. 야영장 안에서는 어디에든 숨을 수 있되, 야영객들의 눈에는 띄지 않아야 했다. 비비와 나는 곧 야영장에 숨는 데 도가 트이게 되었다.

케임브리지 남쪽의 고철 처리장에도 자주 갔다. 사람들이 버린 온갖 잡동사니가 마지막으로 모여드는 곳이었다. 찌그러진 고철과 우그러진 플라스틱이 달걀판을 뒤집어 놓은 것처럼 여기저기 불룩하게 솟아 있었다.

시프터 드론이 고철 더미 사이를 다니며 작업을 수행했다. 쓸모 없는 고물 사이에서 쓸 만한 것을 골라내 재활용이라 적힌 통에 담았다. 도도 드론보다 조금 더 컸는데, 발 대신 바퀴가 달려서 쓰레기 더미 사이에서도 재빠르게 움직였다.

바로 그 고철 처리장에 트램펄린이 있었다.

"멀쩡해 보이는데?"

나는 고철 더미에서 트램펄린을 굴려서 나온 뒤, 손으로 스프링과 네트를 꼼꼼히 확인했다.

"왜 버렸는지 모르겠어. 망가진 데도 없는데."

시프터 드론 한 대가 다가오더니 우리의 존재를 감지하고서 주위를 빙빙 돌았다. 비비는 고개를 저으며 나를 위아래로 훑어보았다.

"설마 그걸 가져가겠다는 건 아니지? 제발 아니라고 말해 줘."

"멀쩡해 보이잖아. 버리긴 아까워. 만약 네가 집에 가져가는 걸 도와주면 내가 멋진 시범을 보여 줄게."

비비는 팔짱을 끼면서 콧방귀를 뀌었다.

"이걸 너희 집에 가져가겠다고? 너희 집은 여기서 이 킬로미터도 넘게 가야 하잖아. 너무 커서 우리 둘이 들지도 못한다고."

"그야 굴리면 되지."

트램펄린은 가장자리에 안전망이 빙 둘러쳐진 원형이었다. 내가 시험 삼아 힘껏 밀자, 일 미터가량 별문제 없이 잘 굴러갔다.

"봤지?"

하지만 우리는 트램펄린을 굴려서 가져가기에는 문제가 많다는 것을 금세 깨달았다. 첫째, 트램펄린을 원하는 방향으로 굴리기가 너무나 어려웠다. 굴러가는 트램펄린을 쫓아가 붙잡은 다음, 방향을 틀어서 다시 밀어야 했다. 왼쪽, 오른쪽, 왼쪽, 오른쪽. 심지어 지그재그로 막 나아갔다. 그래서 속도가 전혀 나지 않았다.

둘째, 내리막에서 트램펄린을 멈춰 세우기가 몹시 힘들었다. 비비는 몇 번이나 치이기 직전에 트램펄린을 가까스로 막아 세웠다. 그것도 비쩍 말라서 몸이 아주 가벼운 탓에 온몸의 체중을 싣고서야 겨우 막아 냈다.

마지막으로, 고철 처리장에서 유니콘 코티지까지 가는 길이 매우 울퉁불퉁했다. 오르막과 내리막이 생각보다 훨씬 많았다. 오르막이 연거푸 이어질 땐 그야말로 최악이었다.

우리가 가까스로 유니콘 코티지 마당에 들어섰을 때는 체력이 모두 고갈되어 쓰러지기 일보 직전이었다. 나는 현관문 안으로 들어가자마자 유리컵 두 잔에 수돗물을 가득 받았다. 수도꼭지 위에서 반짝이는 불빛에 따르면, 이틀치 배급량을 한꺼번에 쓴 셈이었다. 비비와 나는 마당에 퍼질러 앉아 물을 벌컥벌컥 마시며 트램펄린을 멍하니 바라보았다.

다음 날, 비비가 우리 집으로 왔다. 나는 가장자리의 안전망을 떼어 버린 다음, 먼지를 털어 내고서 네트 위에 올라가 스프링을 점검했다. 천천히 뛰면서 리듬감을 찾았다.

"흠, 나쁘지 않은걸. 반동이 꽤 괜찮아."

비비는 앞에 서 있긴 했지만 딱히 관심을 보이지는 않았다.

"잘 봐."

나는 힘차게 뛰어올라 턱 점프(무릎이 가슴에 닿는 점프 기술)와 스트래들 점프(다리를 양옆으로 찢는 점프 기술), 브이 점프, 일자 점프를 차례로 선보였다. 내 몸이 공중으로 솟구쳐 비틀리고 꺾일 때마다 비비의 표정이 조금씩 달라졌다. 결국엔 자기도 모르는 새 입이 쩍 벌어졌다.

"우아! 정말 대단해."

"너도 해 볼래?"

나는 숨을 헉헉 몰아쉬며 물었다. 그러고는 반동을 줄이다가 트램펄린 밖으로 풀쩍 뛰어내렸다. 비비는 당황한 얼굴로 곧장 거절했다.

"아니, 아니. 난 운동은 잘 못해."

"한번 해 봐. 쉬워."

"아니, 싫어."

비비는 주방 쪽으로 물러서더니, 계단 앞에 웅크리고 있는 샌드위치를 손으로 쓰다듬기 시작했다.

"싫으면 할 수 없지."

나는 숨을 고르며 마당을 둘러보았다. 지붕 위로 가지를 드리우고 있는 나무가 보였다. 그러고 보니, 그 나무는 내 방 창가와 가까워서 아침마다 햇살을 가로막고 있었다. 순간, 좋은 생각이 떠올랐다. 나는 트램펄린의 다리를 잡고 내 방 쪽으로 힘껏 당겼다. 그런데 아무리 당겨도 다리가 땅속 깊이 박힌 것처럼 꿈쩍도 하지 않았다.

"이번엔 또 왜?"

비비가 지친 듯한 표정으로 물었다.

"나 좀 도와줘."

비비는 한숨을 푹 쉬고는 트램펄린 쪽으로 천천히 걸어왔다. 비비가 힘껏 밀고 내가 잡아당겼다. 일이 분 정도 지났을까. 드디어 트램펄린이 내 방 창문 아래에 똑바로 놓였다.

나는 트램펄린에 올라가 뛰기 시작했다. 조금씩, 조금씩 높이! 두 팔을 들어 올리자 금방이라도 나뭇가지를 잡을 수 있을 것 같았다. 조금만, 조금만 더……. 야호, 잡았다!

"우아! 비비, 나 좀 봐!"

비비는 가만히 서서 고개를 절레절레 저었다.

"왜 저렇게 몸을 쓰려고 안달을 하는지 모르겠네?"

나는 나뭇가지에서 손을 놓고서 무릎을 구부려 반동을 줄였다.

"여기서 잠깐 기다려 봐!"

나는 집 안으로 달려 들어간 뒤 계단을 뛰어올라 내 방으로 들어갔다. 창문을 최대한 활짝 열고 침대를 밀어 창문 바로 밑에 놓았다. 그러고는 다시 마당으로 나간 뒤, 트램펄린으로 올라가 높이 뛰었다. 몇 번 만에 나뭇가지를 손으로 휘어잡았다. 어려운 것은 이제부터였다. 다리를 천천히 앞뒤로 굴렀다. 몸에 슬슬 탄력이 붙었다.

그제야 비비는 내가 뭘 하려는지 눈치를 챈 것 같았다.

"조심해!"

나는 짐짓 못 들은 척했다. 온몸의 신경을 집중해야 했다. 거친 나뭇가지를 쥔 손이 부드럽게 돌면서 다리가 점점 높이 날아올랐다. 바야흐로 창문이 바로 발아래 있었다. 몸에 탄성이 쌓이면서 바로 지금이라고 느껴진 순간, 손에서 나뭇가지를 탁 놓았다.

내 몸이 곡선을 그리며 하늘을 날았다. 다리가 먼저 창문을 통과하고 뒤를 이어 몸이 날아들었다. 발이 침대에 닿는 순간, 몸이 살짝 구부러지면서 뒤통수가 창틀 끄트머리에 부딪혔다. 쾅, 하는 소리와 함께 나는 침대 위로 튕겼다.

"아야!"

잠시 그대로 누워서 아픔이 가시기를 기다렸다. 아마도 뒤통수에 멍이 들었을 것이다. 그리고 팔이 조금 쑤셨다. 다행히 그것 말고는 말짱했다. 어쨌든 해냈다!

마당에서 비비가 말했다.

"난 이제 집에 가야 할 것 같아."

나는 내 방 창가로 뛰어가며 외쳤다.

"아냐! 가지 마! 잠깐만 있어 봐."

나는 창턱으로 올라간 뒤 바깥을 향해 걸터앉았다.

"너, 지금 뭐 하니?"

나는 발을 벽에 단단히 붙인 다음, 가지를 향해 두 팔을 뻗었다. 그러고선 유니콘 코티지 주변을 하나하나 살펴보았다. 이상해 보일 만큼 네모반듯한 밭이 멀리까지 펼쳐져 있었다. 밭 여기저기에 피라미드처럼 생긴 관개용 탑이 있었다. 밀을 재배하는 밭에만 하루에 몇 분 동안 물을 뿌려 주었다.

몇 번인가 몰래 밭으로 들어가 탑 아래에 서 있었다. 탑에서 흘러나오는 물의 입자로 몸을 적시며 얼굴을 타고 흐르는 물방울을 핥아 먹었다. 그러다가 걸리면 체포될 수도 있었다. 이보다 별것 아닌 일로도 수자원 위원회에 난폭하게 끌려가는 사람을 본 적이 있었다. 그렇지만 얼굴의 때가 씻겨 나가는 느낌이 너무나 상쾌했다. 법으로 허용하는 최대치, 즉 일주일에 4분간의 샤워로는 결코 충분하지가 않았다.

이번에는 유니콘 코티지의 마당을 내려다보았다. 외삼촌네 집 마당답게 아무렇게나 방치되어 있었다. 특히나 잔디밭이 그랬다. 잔디가 듬성듬성 뭉쳐 있었다. 원래 그 자리에 있었던 게 아닌 것처럼.

그때였다. 여러 가지 생각이 한꺼번에 떠올랐다. 지금 와서 생각해 보면 내가 나무를 잡고 매달린 것이 필연처럼 느껴진다. 바로 그 시각에 그 방향으로 고개를 돌려 그 생각을 떠올린 것이…….

외삼촌이 나와 비비에게 남긴 편지가 생각났다.

어디서나 쉽게 볼 수 있는 돌멩이처럼 생겼다고 해도 절대로 대수롭지 않게 여기지 마라. 심지어 유니콘 코티지 뒷마당에서도 찾을 수 있을 것같이 생겼다고 해도.

외삼촌은 두 통의 편지에 모두 그렇게 썼다. 스노우플레이크 운석 한 쌍에 관해서……. 그리고 끝에 이렇게 덧붙였다.

깊이 파고들어라, 깊이 파고들어. 언제나 깊이 파고들어야 한다.

스노우플레이크 843A와 함께 그 편지를 처음 받아들었을 때, 나는 그 말이 참 뜬금없다고 생각했다. 그저 나에게 있는 그대로를 받아들인 채 용기내어 살아가라고 당부하는 글인 줄로만 알았다. 그런데 만약 그게 전부가 아니라면? 혹시라도 그 말이 암호라면?

나는 마당을 천천히 살펴보았다. 나도 모르게 시선이 뒷마당의 한 곳으로 쏠렸다. 외삼촌의 잡동사니 창고 중 한 채의 입구가 조금 이상했다. 잔디 바닥이 유난히 불룩했다. 나는 나뭇가지를 손에서 놓고 바닥으로 풀쩍 뛰어내렸다.

"이제 가도 돼?"

대문을 막 나서려던 비비가 갑자기 돌아서더니 나에게로 다가왔다. 나는 창고 입구로 가서 무릎을 꿇고 앉았다. 잔디가 부자연스럽게 불룩한 곳을 손가락으로 살살 파 보았다. 신기할 만큼 손가락이 쑥 들어갔다.

비비가 웃음을 터뜨리며 물었다.

"오든, 너 지금 뭐 하니?"

나는 비비의 말을 귓등으로 흘려들으며 계속 땅을 팠다. 흙 더미에 풀뿌리가 같이 딸려 나왔다. 그때 바닥에서 뭔가가 반짝였다.

"이 아래 금속 같은 게 묻혀 있어."

나도 모르게 중얼거렸다. 나는 방금 파낸 구덩이 바닥을 손으로 쓸었다. 비비가 구덩이를 내려다보며 물었다.

"저게 뭐야?"

"나도 모르겠어."

구덩이를 더 넓혀야 할 것 같았다. 그런데 그 옆으로는 흙이 잘 파이지 않았다. 멋대로 자란 풀뿌리가 촘촘하게 엉켜 있어서 파내기가 영 쉽지 않았다.

"비비, 주위에 혹시 삽 같은 거 보이니? 쇠스랑이나……."

비비는 마당을 휘둘러보았다.

"안 보이는데."

"저쪽 창고에도 좀 봐 줄래?"

비비는 건너편 창고로 갔다. 창고 문을 열자 안에 있던 잡동사니들이 우르르 쏟아져 내렸다. 비비는 잠깐 움찔하는가 싶더니, 잡동사니를 조심스럽게 뒤적이다가 뭔가를 손에 들고 돌아왔다.

"삽이나 쇠스랑은 없어. 이것밖에 없더라."

비비가 내민 손에는 모종삽이 들려 있었다.

"좋아."

나는 모종삽으로 땅을 쿡쿡 찍어서 엉킨 뿌리를 조금씩 풀었다. 그러다 모종삽을 내려놓고 손으로 잡아뜯기 시작했다. 그렇게 땅을 파낸 흙을 어깨 너머로 던지기를 수십 번! 마침내 그 아래 묻혀 있는 금속이 모습을 드러냈다. 꽤 길게 묻혀 있는 것 같았다. 폭도 제법 넓은 듯했다. 10분을 더 파 들어가자 가로세로 각각 일 미터 정도가 드러나 보였다.

나는 금속판을 손으로 두드려 보았다. 캉, 하는 소리가 울려 퍼졌다.

"안이 텅 비었어. 이게 뭐 같아?"

내가 묻자 비비는 고개를 천천히 저었다.

"모르겠어. 옛날 하수관인가?"

"하수관이면 여기가 휘어 있어야지. 이건 평평하잖아."

비비도 곧 쪼그려 앉아 땅을 파는 데 합세했다. 우리는 금속판 주변의 잔디를 뽑고 흙을 파냈다. 내가 모종삽으로 잔디 뿌리를 자르면 비비가 손으로 뜯어냈다. 얼마 지나지 않아, 창고 앞에 커다란 구덩이가 생겼다. 그렇지만 금속판의 끝은 아직 보이지 않았다.

"금속판이 창고 밑으로 이어져 있어."

내가 말하자 비비가 물었다.

"그게 무슨 뜻일까?"

나는 가만히 앉아 곰곰이 생각해 보았다. 금속판이 아래로 이어져 있다는 것은 창고를 짓기 전부터 거기에 있었다는 뜻이다. 땅 아래 깊숙이 묻혀 있지 않으니, 그 위에 창고를 지은 사람은 금속판이 있다는 걸 모를 리가 없었다. 그렇다면 외삼촌이 금속판을 여기다 묻어 둔 게 틀림없었다. 나는 벌떡 일어나서 바지에 묻은 흙을 툭툭 털었다.

"창고 안을 치워야겠어. 일단 들어가 보자."

창고는 다른 곳과 마찬가지로 온갖 잡동사니로 가득 차 있었다. 우리가 문을 열자 버려진 상자와 각종 장비가 우르르 무너져 내렸다. 창고에 난 작은 창문은 짐에 가려 잘 보이지도 않았다.

비비가 물었다.

"여기에 들어가겠다고?"

"창고 바닥을 봐야지."

"짐이 너무 많은걸. 게다가 이 짐을 마당에 다 끌어내 놓으면 너희 엄마가 참 좋아하시겠다."

나는 비비에게 슬쩍 윙크를 했다.

"엄마는 걱정하지 마. 내가 알아서 할 테니까."

우선 부피가 큰 가구를 먼저 마당으로 끌어냈다. 비비는 작은 것을 맡았다. 자못 빵빵한 까만색 쓰레기봉투는 가구 옆에 세워 두었다. 더 크고 무거운 것들은 둘이 힘을 합쳐서 밖으로 끌어냈다. 한 시간쯤 뒤에는 창고를 거의 다 비웠다.

마지막으로 하나만 치우면 끝이었다. 창고 제일 안쪽에, 유모차만 한 상자가 방수포로 덮인 채 세워져 있었다. 방수포가 짧아서 아래쪽이 조금 드러나 보였다. 뭐 하는 데 쓰는 상자인지는 몰라도 아래에 바퀴가 달려 있었다.

비비가 물었다.

"저건 뭐지?"

"잘 모르겠어. 우선 마당에 꺼내 놓고 살펴보자."

상자는 무겁긴 해도 바퀴가 있어서 쉽게 밀렸다. 일단 상자를 마당으로 가지고 나갔다. 상자는 방수포로 꼼꼼히 싸인 채 다시 밧줄로 단단히 묶여 있었다. 우리는 무릎을 꿇고 앉아 밧줄의 매듭을 풀었다. 한참 만에야 매듭을 다 풀고 방수포를 벗겨 내었다.

까만색 큰 상자에 바퀴를 달아 놓은 기계였다. 윗면에는 안으로 들어갈수록 좁아지는 깔때기 모양의 구멍이 뚫려 있었다. 뒷면에는 뚜껑이 달려 있었다. 우리는 뚜껑을 연 다음, 차례로 고개를 숙여 안을 들여다보았다. 축구공이 들어갈 만한 공간이 텅 빈 채로 있었다.

옆면에는 사각형의 플라스틱 버튼 두 개가 나란히 붙어 있었다. 나는 버튼 하나를 꾹 눌러 보았다. 이윽고 다른 버튼도 눌렀다. 아무 일도 일어나지 않았다.

"비비, 혹시 상자에 코드 있어? 코드를 꽂아야 하는 건가?"

비비는 텅 비어 있는 곳을 가리키며 대답했다.

"내 생각엔 여기에 배터리를 넣어야 할 것 같은데."

"어떤 배터리?"

일반 건전지가 들어가기에는 공간이 너무 넓었다. 그렇다고 차량용 배터리가 들어가기에는 다소 좁았다. 그러니까 일반 건전지와 차량용 배터리의 중간 크기가 딱 맞을 것 같았다.

비비가 대답했다.

"어쩌면 박사님은 여기에 맞는 배터리를 만들지 못한 채 돌아가셨을지도 몰라."

"그건 말이 안 돼. 보통은 배터리를 먼저 생각하잖아. 기계부터 만들고 나중에 생각하는 게 아니라……."

나는 마당에 꺼내 놓은 잡동사니들을 샅샅이 살폈다. 하지만 그 자리에 들어갈 만한 것은 보이지 않았다. 나는 혼잣말처럼 중얼거렸다.

"분명 여기 어딘가에 있을 거야. 아니면 다른 창고에 있으려나?"

나는 옆면에 있는 버튼을 괜히 한 번씩 툭툭 쳤다. 반대편에도 가 보았다. 거기에 글씨가 적혀 있었다. 분필로 쓴 글씨였는데, 방수포를 벗기다 그랬는지 알파벳 몇 개가 뭉개져 있었다. 나는 글자 높이에 맞게 쪼그려 앉은 다음 돋보기를 꺼냈다. 외삼촌 글씨였다.

레인…… 머신

나는 반가운 마음을 감추지 못하고 큰 소리로 외쳤다.

"레인보우 머신이야!"

"뭐라고?"

"레인보우 머신이라고. 이게 바로 외삼촌이 만들고 있을 거라고 한 그 기계였어. 그러니까 나를 위한 기계라고."

뜻밖에도 엄마는 화를 내지 않았다. 오히려 창고 두 채가 모두 정리되었다며 무척 반가워했다. 그러고는 잡동사니로 난장판이 된 마당을 둘러보며 말했다.

"언젠가 꼭 해야 할 일이었는데. 정말 고맙다, 너희 둘 다. 자, 그럼 이제 쓰레기봉투에 넣어서 집 앞에 내놓아 줄래? 이따가 환경미화 드론이 가져갈 거야."

비비와 나는 툴툴거리면서 마당에 널브러진 잡동사니를 정리했다. 얼마 지나지 않아, 마당은 우리가 처음 일을 벌이기 시작했을 때보다 훨씬 더 깨끗해졌다.

결국 배터리는 옆 창고에서도 찾지 못했다. 배터리 비슷한 것도 없었다. 둘이서 낱낱이 뒤졌지만 아무 소용이 없었다.

"원래 작동이 안 되는 기계인지도 몰라."

비비가 기운 빠진 목소리로 말했다. 레인보우 머신에 방수포를 씌운 다음 뒷마당의 울타리 옆으로 밀고 가던 참이었다. 집 뒤편에 들판 쪽 나무가 우리 집 울타리 안으로 가지를 길게 드리운 자리가 있었다. 우리는 그 아래로 레인보우 머신을 밀어 넣었다.

"그러니까 박사님이 배터리를 다른 용도로 써 버리신 거지. 레인보우 머신은 작동하지 않을 것 같으니까. 관련 자료도 다 태워 버리셨잖아? 이 기계가 작동할 거라면 왜 그러셨겠어?"

나는 비비의 말이 왠지 조금 거슬렸다.

"만약 나중에 배터리를 찾는다면 알게 되겠지. 이게 작동을 할지, 안 할지는."

비비는 내 말에 고개를 갸우뚱거렸다.

"사실 난 이 기계가 어떻게 너한테 색깔을 보게 해 줄 수 있다는 건지 잘 모르겠어. 기계를 켜서 하늘에 무지개를 띄우는 걸까? 그것뿐이라면 너는 여전히 색깔을 못 보게 되잖아. 안 그래?"

"무지개를 아주 선명하게 만들 수도 있잖아. 강력한 무지개든 뭐든 나도 볼 수 있게."

"강력한 무지개는 못 만들어. 과학적으로 말이 안 돼. 그렇게 마음대로 할 수 있는 게 아니라고."

비비의 말을 듣고, 나는 짐짓 퉁명스럽게 대꾸했다.

"무지개를 만드는 기계가 아니어도 좋아. 저 깔때기 쪽에 눈을 대고 있으면 저절로 치료가 되는 기계일 수도 있어. 어쨌든 네가 상관할 문제가 아니잖아? 넌 색깔을 볼 수 있으니까. 넌 내가 색깔을 보든지 말든지 관심이 없는 거야. 넌 앞으로도 하늘을 보고 태양을 보고 꽃을 감상할 수 있잖아. 나는 아니고."

순간, 비비의 눈에 눈물이 고였다.

"어떻게 그런 말을 할 수가 있니? 그건 당연히 나한테도 아주 중요한 문제지."

"아니야! 넌 네 방에 앉아서 빠르게 흐르는 구름도 보고, 망원경으로 밤하늘의 별도 봐. 대화 상대라고는 그 잘난 앵무새밖에 없으면서!"

비비는 곧장 마당을 벗어나 대문 쪽으로 성큼성큼 걸어 나갔다. 어깨가 들썩이는 것 같았다. 골목을 꺾어 사라질 때까지 나를 돌아보지 않았다.

# 지하실의 비밀 터널

그날 밤은 잠을 거의 자지 못했다. 죄책감이 가슴을 무겁게 짓눌렀다. 당장 마당으로 나가서 금속판이 어디로 이어져 있는지 조사해 보고 싶었다. 하지만 자칫하다간 엄마를 깨워서 레인보우 머신에 관해 다 털어놓아야 할 상황이 벌어질지도 몰라서 꾹 눌러 참았다.

결국 새벽이 되어서야 자려는 생각을 포기하고 쿼티를 찾아 대기 모드를 해제했다. 침대에서 일어나 앉은 뒤 벽에다 뉴스 속보를 띄웠다. 헤드라인에 기분 좋은 소식이 하나도 없었다.

-헝가리 북부 전투에서 영국군 120명 전사

-네덜란드 마스트리히트, 적의 매복 작전에 영국군 탱크 연대 전멸

-잉글랜드 남동부 담수 시설, 북아프리카 해적 공습으로 초토화

-영국 물 생산량 작년에 비해 12% 줄어

나는 쿼티의 음량을 줄이고 동영상을 재생했다. 이탈리아 토리노 지역에서 영국군이 공격을 당하고 있었다. 엄청난 연기를 뿜어내는 폭발과 이어지는 비명, 군홧발 소리, 장갑차의 굉음, 총과 철모……. 폐허가 된 건물 앞에서 어린아이를 달래는 엄마가 보였다.

나는 쿼티를 껐다. 끔찍했다, 언제나처럼. 아빠하고 통화한 지 벌써 석 달이 지났다. 마지막 통화에서 아빠는 3일 단기 일정으로 취리히에 간다고 했다. 내 쿼티로 전화한 아빠는 엄마와 내가 보고 싶다는 말만 몇 번이나 되풀이했다.

군대의 보안 프로그램 때문에 신호가 자주 약해져서 또렷하게 보이지는 않았지만, 화면 속의 아빠는 그런대로 괜찮아 보였다. 눈가가 평소보다 슬퍼 보였고, 턱수염이 많이 자라 있었다. 그것 말고는 딱히 나빠 보이지 않았다. 아빠가 전쟁터로 간 지 벌써 이 년이 되어 간다는 사실을 고려하면 꽤 좋은 수준이었다.

나는 아빠에게 생전 들어 본 적도 없는 곳에서 전쟁을 하는 건 어떠냐고 물었다. 아빠는 낯선 느낌이긴 하지만 사람은 다 적응하기 마련이라고 대답했다. 식량이나 생수는 충분하냐고 묻자, 군인들에게는 잘 배급되니까 걱정할 필요 없다고 했다. 나는 물어보고 싶은 것이 아주 많았지만 그럴 수가 없었다. 보안 프로그램 때문에 통화가 끊긴 뒤로 다시 연결되지 않았기 때문이다.

그게 석 달 전이었다. 그 뒤로 아빠는 한 번도 전화를 하지 않았다.

'아빠가 영원히 돌아오시지 않으면 어쩌지?'

그러다 그런 멍청한 질문은 집어치우라고 혼자 중얼거렸다.

결국에는 잠이 들었던 것이 분명했다. 어느새 눈이 떠졌기 때문이다. 목이 진짜로 타는 것처럼 말랐다.

우리는 언제나 목이 마르다. 온종일 마르다. 하루에 24시간, 일주일에 7일, 일 년에 365일 내내 목이 마르다. 말을 할 때마다 쩍쩍 소리가 따라다닌다. 입 안과 입술이 바짝 말라서. 혓바닥은 입 안에서 끊임없이 움직인다. 조금이라도 남아 있는 수분을 빨기 위해서다. 그리고 우리는 지저분하다. 요즘에는 그 누구도, 그 무엇도 깨끗하지 못하다. 엄격하게 제한된 물 배급량 때문이다.

그렇다 해도 이날 아침은 특히 더 목이 말랐다. 자는 동안 평소보다 땀을 더 많이 흘렸을지도 모른다. 그래, 분명 그것 때문이다. 밤새 땀을 흘리느라 수분을 많이 잃었다. 베개가 땀으로 흥건히 젖어 있었다.

아래층으로 내려갔다. 전날 내 몫의 물을 다 써 버린 탓에, 엄마가 나에게 물을 나누어 주었다. 나는 아침으로 달걀부침과 감자 요리를 먹은 뒤 엄마 차를 타고 시내로 갔다.

트리니티 칼리지에 들어가 보니, 비비가 그 기묘한 분수대에 앉아 우리 또래에게는 너무 어려워 보이는 책을 읽고 있었다. 비비는 고개를 들었다가 나를 발견하고는 재빨리 다시 책에 집중했다.

"손톱에 바른 거 예쁘다."

나는 비비에게 다가가 말을 걸었다. 사실 손톱에 뭘 바른 건지 잘 모르지만, 여자아이들은 그런 말을 좋아한다고 들었다.

비비가 나를 향해 손가락을 흔들며 대꾸했다.

"먹어도 되는 거야. 블루베리 향이고."

"손톱 깨무는 습관이 있으면 다 없어지겠다!"

"맞아."

나는 비비에게 얼른 사과했다.

"비비, 미안해. 어제는 내가 멍청하게 굴었어. 진짜로 그렇게 생각했던 건 아니야."

비비는 책을 덮은 뒤 돌가루가 날리는 분수대 옆에 내려놓았다.

"알아. 배터리를 찾지 못해서 폭주한 거지, 뭐. 나도 그렇게 생각했어. 그건 그렇고, 내가 생각을 좀 해 봤는데……."

비비는 책을 들고 자리에서 일어났다.

"뭘?"

나는 내심 반가웠다. 비비의 마음을 돌리려면 아주 진지하게 오랫동안 용서를 빌어야 할 거라고 생각했다. 그런데 비비는 벌써 다 털어 버린 것 같았다. 아니, 일부러 그런 척하는 걸까? 나는 비비를 가만히 바라보았다.

"네 말이 맞아. 그 기계에 맞는 배터리가 분명히 어딘가에 있을 거야. 그래야 말이 되거든. 그게 어디 있는지 알 것 같아."

우리는 광장을 가로질러 걸었다.

"어디 있는데?"

내가 물었다. 비비의 얼굴에는 밤새 이 문제를 고민한 흔적이 묻어 있었다. 비비는 우리의 싸움 같은 건 잠깐 제쳐 놓았다. 마음이 상하지 않아서가 아니라 훨씬 더 흥미롭고 재미있어 보이는 문제가 있었기 때문이다. 풀어야 할 퍼즐이……. 비비의 이성은 자신의 감성을 귀찮은 파리 쫓듯 저만치로 몰아내 버렸다.

비비가 말했다.

"땅속에 있을 거야. 너희 집 마당에 묻혀 있는 그 금속관 안에."

비비와 나는 텅 빈 창고에 서서 바닥을 내려다보았다. 창고 바닥이 다른 데서 보았던 것과 좀 달랐다. 보통은 창고 바닥에 싸구려 코르크 장판을 깔았다. 습기가 조금이라도 생기면 그대로 썩을 것 같은……. 그런데 우리가 서 있는 창고의 바닥은 자못 견고했다. 네모난 나무판이 길이를 맞춰 나란히 깔려 있었다. 게다가 나사로 단단히 고정되어 있어서 다용도실에서 드라이버를 가져와야 했다.

어차피 금속관은 창고 끝까지 묻혀 있는 것 같았다. 나는 드라이버를 나무판의 나사에 끼운 다음 천천히 돌렸다. 나사는 쉽게 돌아갔다. 나머지 모서리의 나사도 하나씩 풀기 시작했다. 몇 분 지나지 않아, 첫 번째 나무판의 나사를 다 풀었다.

나는 나무판과 나무판 사이의 틈에 드라이버 끝을 끼워 넣어 나무판을 들어 올렸다. 창고 아래에 공간이 있었다. 팔을 길게 뻗어도 바닥에 닿지 않을 만큼 깊고 어두웠다.

비비가 뒤에서 물었다.

"뭐가 있니?"

"여기……, 지하실 같은 게 있어."

나는 나무판의 나사를 하나하나 풀어 나갔다. 어느 정도 틈이 넓어지자 얼굴을 집어넣었다. 싸늘한 냉기가 느껴졌다. 보통 사람이라면 손전등이 필요했을 것이다. 그렇지만 나는 아니었다. 벌써 여러 번 말했듯이, 내 눈은 희미한 빛 속에서 그 진가를 더욱더 발휘했다. 보통 사람들이 보지 못하는 형체의 윤곽선이나 세부적인 부분까지 꼼꼼히 볼 수 있으니까.

지하실은 바닥과 벽이 모두 벽돌로 되어 있었다. 그런데 지하실에는 정작 아무것도 없었다. 머리만 들이민 채 보느라 목이 뒤틀릴 지경이었다. 아무것도 보이지 않았다. 완전히 텅 비어 있었다.

그때 갑자기 왼편에서 뭔가 깜박였다. 고개를 돌려 보니 벽에 직사각형의 윤곽선이 보였다. 길이와 너비가 고작 몇 센티미터밖에 안 될 듯한 작은 상자가 있었다. 혹시 배터리일까? 조금 더 자세히 보려는데 불빛이 한 번 더 깜박였다. 불빛은 상자에서 나오고 있었다.

나는 머리를 들고는 서둘러 나사를 더 풀기 시작했다.

비비가 초조하게 물었다.

"뭐가 있어?"

나는 비비의 발 옆으로 나무판을 휙 던지며, 질문에 대한 대답 대신 다른 말을 했다.

"비비, 집 뒤쪽에 보면 낡은 사다리가 있을 거야. 그것 좀 가져다줘."

비비는 더 이상 묻지 않고 밖으로 달려 나갔다.

나무판을 치우는 일은 어렵지 않았다. 얼마 지나지 않아, 지하의 빈 공간을 덮고 있던 나무판을 모두 들어냈다. 비비가 사다리를 가지고 창고 안으로 들어왔다. 나는 사다리 끝을 지하실 바닥의 모서리에 고정한 다음, 사다리를 흔들어 안전한지 확인하고서 먼저 내려갔다. 뒤이어 비비가 따라왔다.

"너무 어둡다. 앞이 안 보여."

사실 그랬다. 완전히 캄캄했다. 지붕이 가리고 있어서 창고로 들어오는 빛은 뿌연 유리창으로 들어오는 것이 전부였다.

내가 말했다.

"쿼티를 켜."

비비가 쿼티를 손으로 톡톡 쳤다.

"쿼티가 안 돼."

"터치가 안 먹혀?"

"아니, 아예 작동이 안 돼."

나는 툴툴거렸다.

"너, 새 쿼티가 필요하다니까. 내 거 써."

나는 손목에 차고 있던 쿼티를 풀어서 비비에게 내밀었다.

"네 것도 안 돼."

"뭐?"

나는 비비가 내민 쿼티를 받아서 손가락으로 화면을 쭉 밀었다. 아무 반응이 없었다. 완전히 죽어 있었다.

"이상하네. 어젯밤에는 멀쩡했는데."

나는 쿼티를 손목에 도로 찼다.

그때 상자에서 불빛이 다시 한 번 깜박였다. 이번에는 비비도 보았다. 나는 상자로 가까이 다가간 뒤 손으로 슬쩍 만져 보았다. 갑자기 상자가 환해지면서 지하실이 밝아졌다.

상자는 키패드였다. 키패드 위 화면에서 커서가 깜박이고 있었다. 그제야 키패드 뒤가 벽이 아니라는 사실을 알아차렸다. 키패드 뒤는 금속판이었다. 가운데에 아주 가느다란 금이 보일 듯 말 듯 미세하게 나 있었다. 내가 말했다.

"이건 문이야. 이 문으로 금속관에 들어가는 거야. 아니, 관이 아니라 터널이지."

비비는 놀라서 입을 쩍 벌렸지만 눈만은 영민하게 반짝였다.

"그렇다면 비밀번호가 있을 텐데. 비밀번호가 뭘까?"

나는 키패드에 아무 숫자나 눌러 보았다. 숫자를 여섯 개까지 눌렀을 때, 나를 혼내기라도 하듯 삐이익! 하고 긴 경고음이 울렸다. 곧이어 화면에 경고 메시지가 흘러갔다.

2회 남았습니다.

비비가 말했다.

"틀린 번호를 누르면 자동으로 폐쇄되는 시스템 아닐까?"

비비는 나를 빤히 쳐다보며 차갑게 덧붙였다.

"왜 쓸데없이 기회를 버리니?"

나는 빈정거리듯 받아쳤다.

"어, 왜냐하면 내가 기회를 버리는지 몰랐기 때문에? 벽에 사용 방법이 안 쓰여 있었으니까."

나는 곰곰 생각에 잠겼다. 비밀번호가 뭘까? 외삼촌은 분명히 어딘가에 비밀번호에 대한 힌트를 남겨 두었을 것이다. 나는 기대를 품고 주위를 둘러보았다. 하지만 아무것도 보이지 않았다. 가야 할 길을 알려 줄 힌트 같은 것은 흔적도 없었다.

비비가 다가와서 불빛이 깜박이는 상자를 꼼꼼히 살피며 말했다.

"비밀번호를 찾기 전까진 손대지 마. 또 기회를 날리면 안 되니까."

나는 순순히 고개를 끄덕이고는 사다리 쪽으로 걸어갔다.

"어디 가?"

"밖으로 나가 보려고. 여기 서 있어 봤자 뾰족한 수가 없잖아?"

나는 마당으로 나온 뒤, 금속 터널을 따라 걸었다. 비비도 옆으로 와서 함께 걸었다.

"터널이 어디까지 이어져 있을까? 집까지 이어졌을까? 아니면 더 멀리까지?"

처음 며칠 동안은 신나는 모험 같았는데 갈수록 답답한 일이 쌓이고 있었다. 알면 알수록 뭐가 뭔지 종잡을 수가 없었다. 나는 혼잣말처럼 중얼거렸다.

"잘 모르겠어. 어쩌면 처음부터 시간 낭비였는지도 몰라. 이 아래에 뭐가 있긴 있을까?"

비비가 큰 소리로 외쳤다.

"당연히 있지! 블룸 박사님이 왜 굳이 힘들게 터널을 파 놓으셨겠어? 문 뒤에 틀림없이 엄청나게 중요한 것이 있을 거야."

나는 발끝으로 잔디가 듬성듬성한 부분을 툭툭 찼다.

비비가 목소리를 누그러뜨렸다.

"그러지 말고, 돌아가서 다시 한 번 살펴보자. 해결할 방법이 있을 거야."

나는 한숨을 쉬면서 창고로 발길을 돌렸다. 창고 문 앞에서 문득 위를 쳐다보았다. 문틀 위에 누군가 써 놓은 글씨가 눈에 띄었다.

"저게 뭐지? 저기, 뭐라고 쓰여 있잖아."

"뭐가?"

나는 손으로 문틀을 가리켰다.

"아무것도 안 보이는데?"

"잘 봐, 저기."

나는 까치발을 들고 다시 보았다. 다리를 부들거리면서 셔츠 안에서 돋보기를 꺼내 들었다. 글자는 'ADDOBUS'였다. 가느다란 글씨체로 휘갈겨 쓰여 있었다.

"보이지?"

비비가 쏟아지는 햇살을 손으로 가리며 말했다.

"거긴 아무것도 없어."

나는 글자를 또박또박 읽었다.

"없긴. A, D, D, O, B, U, S라고 쓰여 있잖아."

비비는 머리가 이상해진 거 아니냐는 듯한 눈빛으로 나를 쳐다보았다.

"오든, 거긴 아무것도 없어."

"저게 안 보인다고?"

"응, 나는 네가 헛것을 보는 것 같아."

갑자기 몇 년 전에 있었던 일이 기억났다. 어떤 아이가 학교에 스파이 세트를 가지고 왔다. 여덟 살짜리 꼬마들이 30분 정도 재미있어 할 엉성한 플라스틱 장비들이 잔뜩 들어 있었다. 뒤를 볼 수 있는 선글라스, 운동장에 있는 아이들의 대화를 엿들을 수 있는 이어폰, 갖가지 기호로 이루어진 암호 해독표 같은 것들이었다.

그중에 투명 잉크가 있었다. 투명 잉크로 쓰면 종이가 뜨거워져야만 글씨가 나타난다고 했다. 스파이 세트를 가져온 아이는 다른 아이들이 지켜보는 가운데 투명 잉크로 글씨를 썼다. 종이의 글씨는 누구에게도 보이지 않았다. 나만 빼고. 사실 나에게는 아주 선명하게 보였다. 내 눈 상태 덕분에 생기는 신기한 장점 중의 하나였다. 그런데 나는 바보처럼 종이에 나타난 글씨를 큰 소리로 읽고 말았다.

눈치라는 것이 조금이라도 있었다면, 조용히 입을 다물고 다른 아이들과 똑같이 정상인 척해야 했다. 그런데 그러지 못했다. 글씨를 쓴 아이는 내가 커닝이라도 한 것처럼 쏘아보았고, 내 말이 맞았다는 것을 확인한 다른 아이들은 괴물이기라도 한 양 쳐다보았다.

내가 말했다.

"투명 잉크야."

"저기에 뭐가 쓰여 있다는 뜻이니?"

나는 미소를 지었다. 내가 학교에서 있었던 일을 말했을 때, 외삼촌은 무척 재미있어 했다.

"외삼촌이 투명 잉크로 쓰신 거야. 그 잉크로 쓰면 내가 읽을 수 있다는 걸 아시니까."

"저기 뭐라고 쓰여 있다고 했지?"

비비의 눈이 다시 반짝였다.

"ADDOBUS."

"무슨 뜻일까? 아, 쿼티가 있어야 하는데. 어, 다시 되네."

나도 내 쿼티를 확인했다. 화면이 환해지고 있었다.

"내 것도 된다. 이상하네."

비비가 쿼티로 검색하기 시작했다.

"'ADDOBUS'라는 단어는 없어. 아무튼 내 쿼티에는 안 나와."

우리는 잠시 말이 없었다. 비비가 입을 열었다.

"틀림없이 뭔가 규칙이 있을 거야. 알파벳 배열 순서를 바꿔 볼까?"

비비는 이서웹에 'ADDOBUS'를 입력하고, 그 알파벳으로 만들 수 있는 단어를 모조리 조합해 보았다.

"아니, 없어. 아, 정말 답답하네!"

우리는 창고 문 앞에서 투명 잉크로 쓴 글씨를 빤히 쳐다보았다.

"잠깐만! 오든, 아까 그 단어가 다 대문자로 쓰여 있다고 했지?"

"응."

"그럼 혹시 줄임말일까?"

"그럴지도. 근데 뭘 줄인 거지?"

"모르……. 잠깐, DOB. 오든, 이거 어디서 자주 보지 않았어? Date of Birth. 생년월일. 서류에서 자주 보잖아."

비비 말이 맞았다. 비비가 중얼거렸다.

"그렇다면 나머지 글자는……."

이번에는 내 머릿속에 불이 반짝 켜졌다.

"A. D. 오든 데어. 오든 데어의 생년월일. 내 생일이었어!"

나는 안으로 달려 들어간 뒤 사다리에서 뛰어내렸다.

"오든, 잠깐만!"

나는 키패드에 생일을 입력했다. 키패드에서 경고음이 길게 울리더니 '1회 남았습니다.'라는 문구가 화면에 떠올랐다.

비비도 사다리를 타고 내려왔다.

"기다리라니까! 끝까지 잘 생각해야 해."

사다리를 다 내려온 비비는 손을 털며 말을 이었다.

"'ADDOBUS'. 오든 데어, 생년월일. 그럼 U하고 S는? 마음이 급해서 U하고 S는 까먹은 거야?"

나는 곰곰이 생각해 보았다.

"난 US밖에 모르겠어. United States. 미국 말이야."

비비가 외쳤다.

"그거야!"

"그게 뭐?"

"날짜를 쓸 때 미국 사람들은 달을 먼저 쓰고 그다음에 날짜를 쓰잖아. 그러니까 오든 데어의 생년월일을 미국식으로 쓰는 거야. 입력해 봐, 빨리."

"이번이 마지막인데. 확실해?"

비비도 확실하게 말할 수는 없는 것 같았다. 나는 비비의 대답을 기다리지 않고 숫자를 꾹꾹 눌렀다. 삐빗! 경쾌한 신호음이 울렸다. 마치 축하한다고 말하는 것 같기도 했다.

화면에 '개방'이라는 글자가 흘렀다. 곧이어 문이 양옆으로 갈라지면서 벽 안으로 밀려 들어갔다.

"네가 해냈어!"

비비가 외치자 내가 바로잡았다.

"우리가 해냈지."

그렇지만 우리의 기쁨은 오래가지 못했다. 열린 문 너머의 터널로 한 걸음 내딛는 순간, 텅 하는 금속음이 울려 퍼졌다. 세상에, 몇 미터 앞에 또 문이 있었다! 역시나 문 옆에 키패드가 보였다.

"이런."

"또 시작이야!"

이번에는 바깥의 키패드와 조금 달랐다. 숫자나 알파벳을 입력하는 버튼이 없었다. 전체가 화면이었다. 반짝반짝 빛나는 점이 열여섯 개

찍혀 있었다. 순서 없이 찍힌 듯한 점들은 크기도 제각각이었다. 나는 지친 기색을 숨기지 못한 채 다급히 물었다.

"이건 뭘까?"

비비는 아무 대답이 없었다. 화면 속 점들의 배열을 뚫어지게 바라보고 있었다. 나는 장난처럼 물었다.

"설마 이 배열에 어떤 규칙이 있다는 말을 하진 않겠지? 그냥 아무렇게나 찍은 거 아닐까?"

여전히 답이 없었다. 일이 분쯤 지나고 나서 비비가 씩 웃었다.

"블룸 박사님은 편지에……. 이 터널을 찾을 힌트를 남기셨어. 그리고 이런 말씀도 하셨지. 네가 별이나 우주에 관해 알아야 할 것이 생기면 식스식스에게 물어보라고. 맞지?"

내가 고개를 끄덕이자 비비가 물었다.

"아까 네 생일이 언제라고?"

"3월 2일."

"3월 2일……. 그럼 넌 물고기자리야."

비비는 다시 화면을 뚫어지게 쳐다보다가 이렇게 외쳤다.

"물고기자리, 좋아!"

비비의 손가락이 화면의 점 하나를 짚더니 다른 점으로 이동했다. 손가락이 움직이는 대로 화면에 선이 생겼다.

"난 지금 물고기자리의 성좌를 그리는 중이야."

비비는 화면의 점과 점을 이어 나갔다.

"성좌가 뭔지는 알지?"

"당연히 알지. 별하고 상관있는 거 아니야?"

"성좌는 별자리야. 별들의 집합이라고 할 수 있어. 이건, 네 별자리인 물고기자리야. 물고기 두 마리가 튀어 오르는 모습을 나타낸 거래."

비비가 화면에 그리는 선은 튀어 오르는 물고기와는 아무 상관이 없어 보였다. 선을 보고 굳이 생각나는 게 있다면 부러진 나뭇가지라고나 할까. 마지막 잎사귀가 매달려 있는…….

비비는 화면 오른쪽 아래에 고리 모양을 완성하고는 곧장 돌아섰다. 별자리는 화면에 그대로 떠 있었다. 삐빗, 개방! 오, 문이 열렸다.

나는 웃으며 외쳤다.

"비비 룩미니, 넌 천재야!"

"글쎄, 잘 모르겠는데. 사실은 분명히 그렇지만."

이번에도 문 너머에 작은 방이 있었다. 역시 캄캄했다. 비비가 손전등을 켜려고 했지만 쿼티가 또 작동하지 않았다. 내 쿼티도 마찬가지였다. 이윽고 방 안으로 들어서는 순간, 나는 그 자리에서 얼어붙었다.

"왜, 왜 그러니?"

비비에게는 아직 보이지 않았다. 그렇지만 나에게는 보였다. 앞에 뭔가가 있었다. 비비가 다시 물었다.

"뭐야?"

나는 비비의 귀에 대고 속삭였다.

"사람이 있어."

# 인간을 닮은 로봇, 파라곤

비비는 다용도실에서 들고 온 손전등을 검은 형체에 비추었다.

“뭐지? 살아 있는 건가?”

나는 무릎을 꿇고 앉아 눈앞의 형체를 위아래로 훑어보았다.

비비가 물었다.

“오든, 이거 혹시 드론일까?”

내가 대답했다.

“드론이라기엔 웃기게 생겼는데. 사람 모양 드론은 한 번도 못 봤어. 넌 본 적 있어?”

“아니, 새로 나온 드론일지도 모르잖아. 출시를 기다리는…….”

“그럴지도…….”

어두운 방에 홀로 쓰러져 있는 사람과 맞닥뜨렸다는 충격에서 벗어나자마자, 나는 그 형체에게 조심스럽게 다가가서 이리저리 살폈다.

가까이에서 보니 사람과는 거리가 멀었다. 사람의 형체를 하고 있을 뿐 금속과 전선과 전등으로 구성되어 있었다. '등'을 벽에 기댄 채 '얼굴'을 '가슴' 앞으로 푹 숙인 모습이 언뜻 졸고 있는 사람 같아 보였다.

비비가 물었다.

"여기서 뭐 하고 있는 걸까?"

질문이 턱 끝까지 차오르는 하루였다. 나는 손가락으로 그 형체를 꾹 눌러 보며 대답했다.

"나도 모르겠어."

"박사님은 왜 이 드론을 여기에 숨기신 거지? 지하에 비밀 터널까지 파고선 문까지 이중으로 달아 놓으셨잖아? 생각해 보니까 이 터널에 전파 방해 장치가 있는 것 같아. 우리 둘 다 쿼티가 안 켜졌어. 그건 절대로 우연일 리가 없어. 왜 그러셨을까?"

"내 생각에 이건 드론이 아니야. 더 발전된 형태야. 로봇 같아."

"로봇? 그렇지만 로봇은 배나 비행기, 자동차 같은 걸 만드는 데 쓰는 거 아니야? 옷을 만들거나. 제대로 못 만들긴 하지만. 아무튼 설계된 대로 단순 작업만 하잖아."

나는 그 형체의 팔을 다시 꾹 눌러 보았다. 아무 반응이 없었다. 번쩍거리는 차가운 금속 표면에 내 얼굴이 비칠 뿐이었다.

"혹시……."

비비는 알맞은 단어를 찾느라 고심했다.

"……죽었나?"

그때 버튼 하나가 눈에 띄었다. 커다랗고 동그란 버튼이 쇄골 바로 아래에 박혀 있었다. 초록색일 것 같았다. 초록색은 가라는 의미였다.

나는 가슴이 쿵쿵거렸다. 모든 것이 나를 위해 준비된 것 같았다. 외삼촌은 자신이 사망하면 엄마가 이 집을 상속받는다는 사실을 알고 있었다. 터널의 첫 번째 비밀번호는 내 생일이었고, 두 번째 비밀번호는 내 별자리였다. 외삼촌이 이걸 찾아내길 바란 사람은 바로 나였다.

나는 버튼을 눌렀다. 위잉, 소리와 함께 로봇이 몸을 떨기 시작했다. 고음의 위잉 소리는 교실 모니터에서 이서웹이 켜질 때 나는 소리와 비슷했다. 곧이어 쉬익, 소리가 들렸다. 로봇의 '가슴'이 환해지면서 양 '팔뚝'을 따라 차례로 불이 들어오기 시작했다.

나는 한 걸음 뒤로 물러서는 비비를 바라보며 흐뭇한 기분으로 씩 웃었다.

"전원 버튼을 찾은 것 같아."

로봇의 눈에 불이 켜지더니 얼굴이 나를 향해 회전했다. 인간의 것이 아닌 부리부리한 눈이 나를 바라보는 느낌은 생각보다 꽤 기묘했다. 갑자기 더럭 겁이 났다. 내가 무슨 짓을 한 거지? 로봇의 얼굴은 천천히 비비 쪽으로 회전했다. 비비는 겁먹은 강아지처럼 갑자기 딸꾹거렸다. 그리고 손전등을 든 손이 경련하듯 떨렸다.

로봇이 몸을 움직였다. 무게 중심을 천천히 앞으로 옮기더니 다리를 구부렸다가 폈다가 했다. 움직일 때마다 위잉, 쉬익, 삐삐 소리가 벽에 부딪혀 메아리쳤다. 이제 로봇은 완전히 일어섰다. 키가 컸다. 적어도 이 미터는 될 것 같았다.

나는 자리에서 일어나 비비에게 다가갔다. 비비가 겁에 질린 눈으로 말했다.

"아무래도…… 전원을 끄는 게…… 나을 것 같은데? 우리……, 여기서 그만둬야 할 것 같아."

나는 비비에게 속삭였다.

"아직은 아니야. 믿어 줘. 괜찮을 거야."

로봇의 고개가 양옆으로, 이어서 위아래로 회전했다. 주변의 상황을 파악하는 것 같았다. 용기를 내어 나는 로봇에게 인사를 건넸다.

"안녕!"

로봇의 얼굴이 나를 향해 회전했다. 나는 다시 한 번 인사했다.

"어……, 안녕."

무슨 생각이었는지 모르겠다. 나는 손을 내밀어 로봇에게 악수를 청했다. 진짜 사람한테도 악수를 청해 본 적이 없는데.

로봇의 빛나는 눈이 나를 가만히 내려다보았다. 유압 피스톤이든 수압 피스톤이든, 그 팔 안에 들어 있는 것이 뭐든지 간에, 로봇의 팔이 서서히 위로 올라갔다. 손가락이 구부러지면서 내 손을 감싸기 시작했다. 이러다가 손이 부서지겠다고 생각하는 순간에 로봇의 손가락이 움직임을 멈추었다. 로봇은 내 손을 정중하게 감싸 쥐었다.

나는 또다시 인사를 건넸다.

"안녕."

그리고 악수하듯 손을 위아래로 흔들었다. 놀랍게도 로봇이 나를 따라 움직였다. 부드럽고 가볍게.

로봇이 말했다.

"반가워."

그때 나는 로봇에게 어떤 반응을 기대하고 있었을까? 아마도 미기슈 정도의 반응을 기대했던 것 같다. 내가 한 말을 그대로 반복하는 것. 그런데 놀랍게도 반복이 아니었다. 로봇은 '안녕'이 아니라 '반가워'라고 말했다. 그 사실이 왠지 모르게 거슬렸다.

비비가 아주 조금 가까이 다가왔다.

"내 이름은 오든 데어야. 그리고 얘는 비비 룩미니."

로봇은 손을 들어 코앞에서 이리저리 뒤집으며 유심히 살폈다. 손이란 것을 이해하려 애쓰는 듯했다.

"반가워, 오든데어. 반가워, 비비룩미니."

로봇은 성과 이름을 붙여 말했다. 그러자 비비가 물었다. 한껏 용기를 낸 것 같았지만 목소리는 사뭇 떨리고 있었다.

"네 이름은 뭐야?"

로봇은 손을 내려놓고 우리 두 사람을 빤히 내려다보았다.

"내 이름?"

로봇은 자신의 이름이 무엇인지 찾아내느라 생각에 잠긴 것 같았다. 어쩌면 이름이 없을 수도 있었다. 누가 로봇한테 굳이 이름을 지어주었을까? 비비도 같은 생각인 듯, 이내 바보 같은 질문을 했다는 표정을 지었다. 비비의 시선이 로봇과 바닥 사이에서 갈팡질팡했다.

"내 이름은 파라곤……."

로봇이 대답했다.

"파라곤?"

"그래, 파라곤. 내 이름은 파라곤이야."

로봇은 미국식 발음으로 말했다. 금속으로 된 자동화 기계에게 미국식 발음이라는 말이 알맞은지는 모르겠지만, 어쨌든 미국 영화에서 막 걸어 나와 대답하는 것 같았다. 로봇은 조금 앞으로 나와 상체를 비틀었다. 자신이 놓여 있던 방을 둘러보는 듯했다.

"만나서 반가워. 오든데어, 비비룩미니."

비비가 나지막이 웃음을 터뜨렸다. 그동안 상상하던 로봇의 목소리가 아니었기 때문이다. 로봇의 목소리라고 하면 기계음이 먼저 떠오른다. 이-런-식-으-로 딱딱 끊어지는……. 그런데 파라곤은 안 그랬다. 아주 부드럽고 맑은 목소리였다. 다시 말하면, 매우 자연스러웠다.

비비가 대답했다.

"파라곤, 굉장히 좋은 이름이네?"

나는 비비를 힐끔 쳐다보았다.

"그래?"

"파라곤은 완전무결한 결정체를 뜻하잖아. 모범이라는 뜻도 있고. 다른 이들의 귀감을 뜻하기도 해."

"고마워, 사전 소녀."

나는 몸을 돌려 파라곤에게 진지한 표정으로 물었다.

"누가 널 만들었어? 혹시 조나 블룸이라는 사람이야?"

파라곤이 얼굴에서 불빛 두 개를 번쩍이며 대답했다.

"잘 모르겠어. 그런 정보는 가지고 있지 않아. 미안해, 오든데어."

나는 내 앞에 서 있는 존재가 전선과 회로판으로 이루어진 기계라는 사실을 잘 알고 있었다. 그래서일까? 이 기계가 미안해하는 것이 몹시 싫었다. 사람하고 생김새가 비슷해서 그런지, 자꾸 사람처럼 대해 줘야 할 것만 같았다.

나는 고개를 저으며 바보 같은 생각을 털어 버렸다. 기계는 사람이 만든 것이다. 도구일 뿐이다. 가짜 팔과 가짜 다리가 달린 도구.

내가 물었다.

"너는 어떤 일을 하라고 만들어진 거야?"

로봇은 또 생각에 잠긴 듯 한참 동안 말이 없었다.

"나는 그런 정보를 가지고 있지 않아, 오든데어."

"아니야, 알 거야. 외삼촌이 왜 만들었는지 너는 알고 있어야 해. 로봇은 다 용도가 있단 말이야."

파라곤은 몸을 곧추세우더니, 상처를 받은 것처럼 말했다.

"일반적으로 로봇은 인간을 대신해 단순 작업을 하기 위해 만들어져. 그런데 나는 아닐 거야. 내가 만들어진 목적은 모르지만, 일반적인 로봇이 아닌 것만은 확실해."

비비가 나에게 웃어 보였다. 나는 따지듯이 되물었다.

"그럼 드론이야? 그냥 드론이냐고?"

파라곤은 생각에 잠기는 듯 고개를 한쪽으로 기울였다.

"아닐걸?"

세상에 '아닐걸?'이라고 대답하는 로봇이 또 있을까? 똑 부러지게 '부정'이라고 말해야 하는 거 아니냐고!

파라곤은 다시 한 번 주위를 둘러보더니 우리에게 되물었다.

"그런데 오든데어, 비비룩미니. 여기는 어디지?"

파라곤은 능숙하게 사다리를 탔다. 고개를 조금 숙여 창고 밖으로 나온 뒤, 늦은 아침의 밝은 햇살 아래에 섰다. 그리고 주위의 모든 것을 스캔했다. 집과 정원, 그리고 하늘. 부디 호기심 많은 이웃이 없기를 바랄 뿐이었다.

파라곤이 말했다.

"또 다른 하늘이 있어. 늘 고요하고 맑고, 또 다른 햇살이 빛나는. 어둠이 함께하지만."

내가 물었다.

"무슨 소리야?"

비비가 대답했다.

"저건 시야."

비비는 눈앞에서 경이로운 금속의 기적을 드러내 보이는 기묘한 존재를 바라보았다. 로봇 공학에 관해 아무것도 모르는 나도 눈앞의 로봇이 공들여 정교하게 만들어졌다는 것만은 뚜렷이 느낄 수 있었다.

비비가 물었다.

"시를 낭독했어. 파라곤, 그렇지?"

파라곤이 대답했다.

"에밀리 디킨슨."

시라고? 기계를 프로그래밍하면서 왜 굳이 시를 저장했지? 시는 쓰레기를 수거하지 않는다. 시는 텔레비전을 고치지 않는다. 시는 자동차 바퀴를 갈지 않는다. 시를 외우는 기계를 만드는 것은 전자 부품을 낭비하는 일 아닐까? 이건 아까운 자원을 낭비하는 일이다.

하지만 나는 그 생각을 입 밖으로 꺼내지는 않았다. 파라곤한테 내게 꼭 필요한 정보가 저장되어 있을지도 모르니까.

내가 물었다.

"여기 와 본 적 있어?"

파라곤은 확신이 없는 듯했다.

"음……, 아니."

"확실해?"

"그런…… 것 같아. 아니, 분명히 와 본 적 없어."

또 한 번 뭔가가 이상했다. 로봇이라면 즉시 답을 알아야 하고, 곧장 답을 할 수 있어야 한다. 그게 컴퓨터가 작동하는 방식이다. '예' 아니면 '아니요'. 중간은 없다. 더군다나 '음…….'은 있을 수 없다. 그런데 왜 이 로봇의 '목소리'에는 자꾸 주저하는 흔적이 엿보이는 걸까?

파라곤은 혼자 마당 맞은편으로 걸어갔다. 아직 잔디 위에 널브러져 있는 잡동사니들을 유심히 보다가 '손'으로 집어 올려 이리저리 살피더니 가만히 내려놓았다.

나는 비비에게 컴퓨터의 작동 방식에 관한 내 생각을 말해 보았다.

비비가 대답했다.

"퍼지 논리라는 게 있어. 한마디로 설명하면, 컴퓨터에 틀릴 수 있는 여지를 남겨 두는 거야. 컴퓨터의 뇌를 인간의 뇌와 가깝게 만드는 과정이라고 할 수 있지."

"도대체 왜 그런 일을 해? 아무리 사람하고 비슷하게 행동한다 해도 결국은 로봇인데."

내 말에 비비는 그저 어깨를 으쓱해 보이기만 했다.

나는 엄마가 없는 틈을 타, 파라곤을 집 안으로 데리고 들어갔다. 그리고 거실과 주방, 창고를 차례로 함께 돌았다.

"정말로 여기가 처음이야?"

"응, 이곳은 전혀 기억에 없어. 사실은…… 기억나는 곳이 아무 데도 없다고 해야겠지만."

로봇은 '아무 데도'에 힘을 주어 말했다.

"그게 무슨 뜻이야?"

뒤에 서 있던 비비가 내 질문에 대신 대답했다.

"파라곤한테 프로그램이 새로 깔린 것 같아. 너희 외삼촌이 파라곤을 창고 아래에 숨기면서 메모리를 모두 삭제하신 게 아닐까?"

나는 파라곤에게 다시 물었다.

"조나 블룸이라는 이름을 정말 들어 본 적 없어?"

"응, 못 들어 봤어. 성경에 나오는 요나와 고래 이야기는 알아. 그건 너도 알지?"

나는 한숨이 나왔다.

"아니, 그런 이야기 몰라. 관심도 없고. 그럼 레인보우 머신은? 레인보우 머신의 배터리가 어디 있는지도 몰라?"

"오든데어, 미안해……. 레인보우 머신에 대해서는 전혀 몰라. 그렇지만 무지개가 어떻게 만들어지는지는……."

"됐어."

파라곤은 놀라기라도 했다는 듯 몸을 움찔하는 시늉을 했다. 그리고 비비를 바라보며 중얼거렸다.

"그것으로 됐다면 뭐."

로봇에게는 눈썹이 있을 턱이 없는데도 왠지 치켜뜨는 것 같았다. 나는 파라곤에게 다가가 전원 버튼을 꾹 눌렀다. 불빛과 기계음이 동시에 사라지면서 죽은 듯이 그대로 멈춰 섰다.

비비가 얼굴을 찌푸리며 물었다.

"너, 왜 그러니? 파라곤은 태어난 목적을 모르는 거지, 태어난 목적이 없는 게 아니야."

"제발 사람한테 하듯이 그렇게 말하지 좀 말아 줄래? 저건 로봇이야. 사람이 아니라고. 사람처럼 행동하지만 전선과 금속 덩어리에 불과해. 그러니까 제발 사람 얘기하듯이 좀 하지 마."

비비가 뾰로통한 얼굴로 중얼거렸다.

"꼭 용도가 있어야 존재하는 거야? 그리고 넌 파라곤이 그냥 기계라면서, 아까는 왜 악수하자고 손을 내민 건데?"

"잠깐 헷갈렸어."

"이젠 어떡할 거니? 파라곤을 다용도실에 이렇게 계속 둘 순 없잖아. 너희 엄마가 보시면 별로 좋아하지 않으실걸."

엄마를 깜빡 잊고 있었다. 엄마한테 이 로봇을 보여야 할까? 엄마는 뭐라고 할까? 아마 수자원 위원회에 알려야 한다고 하겠지. 그러면 로봇을 빼앗길 거고. 로봇은 자신이 레인보우 머신이나 배터리에 관해 아는 것이 없다고 했지만, 나는 아직 그 말을 믿을 수가 없었다.

어쩌면 외삼촌은 로봇에게 절대로 정보를 발설하지 말라는 명령을 내렸을지도 모른다. 비비 말대로 프로그램이 새로 깔렸다 해도, 메모리 저장 공간에 그 정보가 남아 있을지도 모르고. 내가 확실히 아는 사실은 로봇을 수자원 위원회에 빼앗긴다면 배터리를 찾을 기회가 영영 사라져서 레인보우 머신을 켤 수 없다는 거다.

나는 비비에게 이렇게 말했다.

"다른 사람들에게는 일단 비밀로 하는 게 좋겠어."

비비도 곧 찬성했다.

"맞아, 그런데 가만히 생각해 보면……. 파라곤이 여기, 그러니까 이

집이 처음이라는 말은 사실일 것 같아. 블룸 박사님이 파라곤을 여기서 만들진 않으셨을 거 아냐? 만약 우리가 파라곤의 메모리에 저장되어 있을 법한 장소로 데려가면, 자신의 용도를 스스로 생각해 낼지도 몰라."

"설마 파라곤을 외삼촌 연구실로 데려가자는 거야?"

"뭐……, 그럴 수 있다면 제일 좋겠지."

"저 로봇은 엄청나게 무겁잖아. 우리 둘이서 거기까지 어떻게 끌고 가?"

비비는 잠깐 생각에 잠겼다.

"그럼 케임브리지 대학까지는 가지 말고 이 근처 언덕으로 데려가자. 거기서 시내를 보여 주면 자신이 왜 설계됐는지 기억해 낼지도 모르잖아."

"그래, 그럼. 대신에 지금 말고 내일. 그때까지 지하실에 두자."

내가 전원 버튼을 꾹 누르자, 파라곤이 전원이 꺼지기 직전의 동작을 이어 갔다.

"다시 한 번 반가워, 오든데어, 그리고 비비룩미니. 둘 다 안녕."

내가 말했다.

"지금 지하실로 돌아가야겠어."

"뭐?"

비비가 파라곤 앞으로 나섰다.

"우린 내일 다시 올게. 널 밖으로 데리고 나가서 네 용도가 무엇인지 알아내 보려고."

"내일과 또 내일과, 그리고 또 내일은 이렇게 옹졸한 걸음으로 하루,

하루…….”

비비가 물었다.

“시에 나오는 구절이니?”

파라곤이 대답했다.

“셰익스피어야.”

나는 한숨을 푹 쉬었다.

“제발 시 좀 그만 외워! 지하실로 내려가, 당장.”

파라곤은 잠자코 지하실의 비밀 공간으로 내려갔다.

“내일 온다고 약속하는 거지?”

지하실의 어둠 속에서 공허하게 울리는 파라곤의 목소리가 왠지 슬프게 들렸다.

“알았어, 알았어.”

나는 짐짓 퉁명스럽게 대꾸하면서 전원 버튼을 꾹 눌렀다.

# 협박 편지

"안녕, 오든데어."

파라곤이 어둠 속에서 나를 향해 활짝 웃고 있는 것 같았다.

"저기, 있잖아."

"파라곤이야."

"알아, 파라곤."

사물을 이름으로 부르려니 조금 웃기다는 생각이 들었다.

"내 이름은 오든데어가 아니야. 그냥 오든이야."

파라곤은 이해했다는 듯이 금방 고개를 끄덕였다.

"아, 알았다. 오든이 이름이고 데어가 성이구나?"

"그래, 맞아."

파라곤은 내 앞으로 고개를 숙였다. 나와 비밀 이야기를 나누기라도 하려는 듯이.

"그러면 비비룩미니도 사실은 비비…… 룩미니겠구나. 맞지?"

"응."

어쩌다 보니, 깡통하고 한참이나 대화를 나누었다.

파라곤은 곧 사다리를 타고 올라가 군데군데 흙이 드러나 있는 마당으로 나섰다. 마당에서 기다리고 있던 비비가 파라곤을 보더니, 외삼촌이 살아 돌아오기라도 한 듯이 한껏 반겼다.

"비비, 이제 뭘 하는 거야? 오늘의 계획은 뭐야?"

파라곤이 묻자 비비가 친절하게 설명해 주었다.

"우선 네가 왜 제작되었는지 알아볼 거야."

내가 재빨리 덧붙였다.

"그리고 네가 레인보우 머신에 관해 뭘 알고 있는지 확인하는 거지."

나로서는 그 고급형 손수레 같은 것이 왜 만들어졌는지가 훨씬 더 궁금했다. 외삼촌이 내 문제를 해결할 방법을 정말로 발견했다면 당장이라도 시험해 보고 싶었다. 어쩌면 외삼촌은 이 로봇을 그저 취미 삼아 만들었을 수도 있다. 사람들이 옛날 차를 재조립하거나 버드나무 껍질로 바구니를 엮는 것처럼. 말하자면 파라곤 그 자체는 나에게 조금도 중요하지 않았다. 파라곤이 알고 있는 정보와 할 수 있는 일이 중요했다.

나도 안다. 이제까지 나는 색깔을 구별하지 못하는 것이 그렇게까지 큰 문제가 아니며, 때로는 나를 특별하게까지 만들어 주는 것처럼 말했다. 마치 내가 영웅이라도 된 것마냥.

가끔은 정말로 그렇게 생각할 때도 있다. 기분이 좋거나 일이 순조롭게 풀리면, 빨간색과 초록색의 차이 따위는 모르는 편이 더 낫다고 느끼기도 한다.

그런데 그렇게 생각할 수 없을 때도 많다. 내가 불완전하다는 생각에서 빠져나올 수가 없는……. 그런 날에는 기분이 우울해지면서 분노가 치민다. 분노가 밖으로 터져 나오는 날이면 베개를 내려치고 벽을 걷어찬다. 그런 날들이 싫다.

파라곤이 '고개'를 살짝 기울였다.

"그럼 뭘 해야 하지?"

나는 퉁명스럽게 대꾸했다.

"비비는 우리가 산책 가야 한다던데."

"산책?"

"내 말이……. 네가 생각해도 말이 안 되지?"

비비는 나에게 혀를 날름 내밀었다.

"파라곤, 우리랑 함께 걸으면서 네가 뭔가 떠올릴 수 있기를 바라는 거야. 네가 왜 설계되었는지 알아내는 거지."

나는 재빨리 덧붙였다.

"레인보우 머신에 관한 정보가 있는지도."

파라곤은 천천히 걷기 시작했다.

"좋아! 가자! 가자!"

"잠깐만, 잠깐만."

나는 두 팔을 벌려 파라곤의 '가슴' 앞을 가로막았다.

"그 모습으로 갈 수는 없어."

"어떤 모습 말이야?"

"그 모습, 그러니까 로봇 모습. 사람들이 다 쳐다볼 거야. 그러면 수자원 위원회에서 너를 데려가 버릴 거라고."

비비가 덧붙였다.

"그래, 스쿠트 드론이나 아리엘 드론한테 들킬 위험을 무릅쓸 수는 없어."

파라곤이 대답했다.

"드론은 괜찮을 것 같은데. 내가 다 처리할 수 있어."

"드론을 처리할 수 있다고?"

"응, 누가 나를 설계했는지는 모르지만, 그 사람은 나한테 EMD 기능을 추가했어. 모든 종류의 전자기 신호를 방해하는 기능이야. 이백 미터 이내로 접근하는 모든 전자 기기를 차단할 수 있어. 드론이 나한테 접근하면 기능에 오류를 일으킬 거야. 그러니까 드론은 걱정하지 않아도 돼."

비비와 나는 거의 동시에 각자의 쿼티를 내려다보았다. 비비의 쿼티는 그렇다 쳐도 내 쿼티까지 제대로 작동하지 않았다.

비비가 말했다.

"좋아, 드론은 걱정 안 해도 되겠다. 그런데 우린 사람들 시선도 신경 써야 해."

"좋은 생각이 있어? 비비……."

파라곤은 잠깐 말을 끊었다.

"룩미니."

비비는 어깨에 메고 있던 가방에서 낡은 트렌치코트를 꺼냈다. 큼지막한 버클이 달린 벨트가 허리께에 걸려 있었다.

"짠! 트리니티 칼리지 교수님 거야. 교수님이 이제 안 입는다면서 엄마한테 주셨거든. 그리고…….”

비비는 다른 한 손으로 가방을 뒤졌다.

“이것도!”

이번엔 모자였다. 챙이 어찌나 넓은지 아무리 밝은 곳에서도 얼굴을 다 가려 줄 것 같았다.

“저 코트를 입고 이 모자를 쓰면 될 것 같아.”

나는 고개를 절레절레 저었다. 발이 달린 드럼형 건조기에 옷을 입히는 꼴이었다. 파라곤도 그런 생각이 들었는지 나와 비비를 번갈아 보며 말했다.

“그, 글쎄. 나는 원래 옷을 안 입게 설계된 것 같은데. 안 그래?”

내가 냉큼 대답했다.

“물론이지. 옷을 입을 리가 없지. 넌 기계잖아, 인간이 아니라.”

“응?”

그냥 이건 내 느낌일까? 아니면 정말로 파라곤이 상처를 받은 걸까? 그것도 아니면 내가 아주 조금 죄책감을 느낀 걸까?

그때 비비가 나서서 파라곤에게 코트와 모자를 내밀었다.

“네가 아무것도 안 입으면 같이 갈 수가 없어. 그러니까…….”

파라곤은 비비가 내민 코트와 모자를 받았다. 모자는 바닥에 내려놓고 코트를 어깨에 휙 둘렀다. 코트란 걸 한 번도 걸쳐 본 적이 없는데도 물 흐르듯 자연스럽게 소매에 팔을 끼워 넣었다. 나는 조금 대단하다는 생각이 들었다.

파라곤은 몸을 굽혀 바닥의 모자를 줍더니 위로 슬쩍 날렸다. 그러고는 모자가 오른 팔뚝을 따라 굴러내리게 한 다음, 어깨를 으쓱해서 다시 공중으로 띄웠다. 잠시 후, 모자가 정확히 파라곤의 머리 위에 사뿐히 내려앉았다. 비비가 파라곤의 묘기에 감탄하며 입을 쩍 벌렸다.

"와우."

나는 씩 웃고 있었다.

"대단한데!"

파라곤은 모자를 푹 눌러 썼다.

"좀 나아? 어때?"

비비는 파라곤에게 다가가 코트의 단추를 채우고 벨트를 단단히 묶어 주었다.

"아주 잘 어울려. 굉장히 똑똑해 보이는걸."

우리는 군데군데 바닥이 드러난 밀밭을 가로질렀다. 피라미드형 관개 탑을 지나 인적이 드문 아스팔트 도로를 따라 걸었다. 비비와 나는 최대한 사람을 피하기로 했다. 파라곤은 코트를 입었는데도 어딘가 모르게 기묘한 느낌이어서 사람들의 호기심 어린 시선을 받기에 충분해 보였다. 우리는 시내에서 멀찌감치 떨어진 외곽으로 나갔다.

나는 도로 곳곳에 움푹 팬 구멍에 발이 빠져 발목을 접질릴 뻔했다.

"혹시 도로 보수용으로 설계된 게 아닐까? 그게 아니라면 지금이라도 하나 설계해야 할 것 같은데."

내가 중얼거리자 파라곤이 대답했다.

"아니, 도로 보수용은 분명히 아니야. 그것보다는 훨씬 중요한 임무가 주어져 있을 것 같아."

나는 로봇이 사람인 척하는 것이 몹시 역겨웠다.

"넌 아무것도 못 느껴. 그냥 네가 느낀다고 생각하는 거지. 아, 엄밀히 말하면 생각도 못 하지. 그저 머릿속의 전원을 켰다 껐다 하는 거야. 단지 그것뿐이야. 전원 스위치와 피스톤과 그런 것들의 결합."

저만치 앞서가던 파라곤이 걸음을 멈추고 나를 돌아보았다.

"오든, 내 생각에는 말이야. 넌 따지는 걸 정말로 좋아하는 것 같아."

"뭐?"

파라곤이 말을 이었다.

"세상의 모든 것을 잘게 쪼개서 가장 기본적이고 단순한 요소만 남기는 데 몰두하는 거지."

"잠깐, 그게 무슨……."

비비가 내 말을 자르며 파라곤의 소매를 잡아당겼다.

"오든 말 귀담아듣지 마. 원래 불평불만이 많은 애니까. 자, 가자."

둘은 앞서 걸어 나갔다. 나를 움푹 팬 구멍에 덩그러니 남겨 둔 채.

케임브리지의 외곽 지대는 어떤 거인이 밀대로 밀었거나, 아니면 구둣발로 짓밟아 놓기라도 한 것처럼 평평했다. 언덕이나 계곡은 드문드문 있었다.

오전이 거의 지나갈 무렵, 우리는 그중 한 언덕으로 느릿느릿 다가가고 있었다. 끝이 뾰족뾰족한 나무들 때문에 언덕바지가 흡사 왕관처럼 보였다.

그때 머리 위로 아리엘 드론 두 대가 나타났다. 아리엘 드론은 평상시처럼 센서의 불빛을 몇 번 깜박이다가 그대로 멀리 사라졌다.

비비가 물었다.

"우릴 봤을까?"

파라곤이 대답했다.

"아니, 아무것도 못 봤어. 날 믿어."

언덕은 별로 높아 보이지 않았다. 우리는 울타리의 허술한 간이 문을 넘어 풀들이 누렇게 죽어 있는 밭으로 들어섰다. 그리고 언덕바지로 올라가는 자갈길을 따라 계속 걸었다.

우리는 언덕 중턱에서 아래로 펼쳐진 광경을 내려다보았다. 체력이 나보다 훨씬 약한 비비가 숨을 헐떡이며 말했다.

"저, 저기 멀리, 케임브리지 시내가, 보이네. 저, 첨탑들도, 칼리지에, 있는 거고. 블룸 박사님 연구실, 쪽 첨탑은 어떤 거지? 블룸 박사님은 너를 만드신, 사람이야. 아마, 트리니티 칼리지에 교수로 계실 때였겠지……?"

비비의 말에 뭔가 힌트가 될 만한 것이 있기를 바라며 나는 파라곤을 빤히 쳐다보았다. 하지만 아무 반응이 없었다. 그 말 속에 힌트는 들어 있지 않은 모양이었다.

"그럼 계속할게. 이 주변은 다 밭이야. 관개 시설이 있는 밭에서는 주식인 밀하고 옥수수를 재배해. 다른 밭에서는 다육식물이 자라. 선인장이랑 용설란, 알로에 같은……."

파라곤이 대답했다.

"선인장, 알아들었어."

"다육식물은 물을 별로 안 줘도 잘 자라는 데다 관상용으로 많이 팔리니까. 이제 꽃을 사는 사람은 거의 없잖아."

비비는 한 손으로 햇빛을 가리면서 다른 손으로 먼 곳을 가리켰다.

나는 굳이 고개를 돌리지 않았다. 이렇게 햇살이 강한 날은 앞이 거의 보이지 않았다. 온 세상이 뿌옇게만 보였다.

"파라곤, 저쪽을 보면 이동식 물탱크가 있어. 그 옆에는 재활용품 처리 공장이 있고, 저쪽으로 멀리 보이는 건 곡물 유통 센터 건물이야. 그리고 눈을 살짝 찌푸려 봐. 아주 멀리에 가느다란 선 같은 것이 보일 거야. 캠강이야. 지금은 강에 물이 거의 없지만."

비비는 파라곤을 올려다보았다. 파라곤은 지평선을 쭉 스캔하는 중이었다.

"어때? 뭔가 떠오르는 게 있니?"

"아니, 그런데……."

파라곤은 고개를 돌려 오르막 쪽을 바라보았다. 잡초가 무성한 쪽으로 쿵쿵 걸어가더니 손으로 줄기를 그러쥐었다. 파라곤이 힘을 주어 당기자, 잡초가 뿌리째 힘없이 딸려 나오며 메마른 바닥에 흙 부스러기를 날렸다. 파라곤은 우리 쪽으로 돌아오더니 뽑아 온 잡초를 내밀었다.

내가 물었다.

"어쩌라고?"

파라곤이 되물었다.

"이게 뭔지 아냐고."

나는 최대치로 빈정대며 대답했다.

"아니, 모르는데. 나는 모른다고 생각하는데."

"흠, 빈정거리는 거군. 좋아."

파라곤은 끝에 노란색 꽃이 오종종하게 달린 긴 잡초 줄기를 살짝 흔들었다.

"우단담배풀이야. 학명으로는 버바스컴 탑수스. 별칭은 아론의 지팡이. 현삼과에 속하는 식물로 이년생 화초. 영국의 토종 식물이지만 스코틀랜드나 아일랜드에서는 찾아보기 힘듦. 주로 불모지에서 자생함. 과거에 호흡기 관련 치료제로 쓰임. 으깨서 파이프 담배 재료로 쓰기도 함. 일종의 약초."

파라곤은 비비와 나 둘 중의 하나가 대답하기를 기다리는 것처럼 한참을 가만히 서 있었다. 먼저 침묵을 깬 사람은 나였다.

"그래서 어쩌라고?"

내 말에 파라곤은 어리둥절한 표정을 지었다.

비비가 파라곤한테 다가가서 잡초의 줄기를 손으로 쥐었다.

"이게 약초구나. 그렇다면 네 설계 목적이 이것일지도 몰라. 치료용 로봇, 의사를 대신하는."

파라곤은 고개를 저었다.

"난 그렇게 생각하지 않아. 나는 식물을 아주 잘 알지만, 내가 아는 식물이 다 약초는 아니거든."

내가 끼어들었다.

"식물을 그렇게 잘 안다면 농업용 로봇일 수도 있겠네."

파라곤은 또 고개를 저었다.

"아니, 난 아주 많은 것을 알고 있는걸. 식물만이 아니야."

비비가 물었다.

"많은 거라면 어떤 거?"

"지금 여기서 다 나열하기에는 너무 많아. 너무너무 많아."

내가 말했다.

"몇 개만 말해 봐."

파라곤은 잠시 생각에 잠기는 듯한 표정을 지었다.

"좋아. 유럽 대륙과 영국에 서식하는 모든 새의 학명과 이름을 알아. 나무의 학명이랑 이름도 알고."

비비가 거들었다.

"넌 시도 낭독할 수 있잖아."

"그래, 나는 기원전 삼천 년부터 현재까지 유럽, 아시아, 북미 대륙의 시인이 쓴 시를 한 편도 빼놓지 않고 다 외우지. 그리고 인류 역사에서 이천 년 동안 제작된 모든 예술 작품을 감정할 수 있고. 또, 태양계 행성의 대기를 구성하는 기체의 종류를 모두 다 알아. 특정한 두 지점 간의 최단 거리를 알고, 최근 삼백 년간 지구상에 존재했고, 현재 존재하는 국가의 정부 관료 이름을 한 명도 빠짐없이 다 외우고 있어. 아, 어떻게 해야 치즈 토스트를 가장 맛있게 구울 수 있는지도 알지. 뭐, 그런 정도?"

나는 콧방귀를 뿡 뀌었다.

"수많은 정보를 알려 줄 수 있겠네. 이서웹에 검색을 해야 나오는 정보를. 다시 말해, 우리도 쿼티만 있으면 다 알 수 있는 정보야."

파라곤이 대꾸했다.

"그래, 맞아. 하지만 쿼티는 이렇게 사랑스럽게 웃으면서 검색 결과를 알려 주진 않잖아?"

파라곤은 장난이라도 치듯 양손으로 자신의 입꼬리를 가리켰다. 그런데 반들거리는 금속 재질인 파라곤의 입은 고정되어 움직일 수가 없었다.

"그걸 농담이라고 하는 거야?"

이렇게 말하면서도 나는 슬며시 웃음을 짓고 말았다.

"당연하지. 나는 이례적으로 똑똑할 뿐 아니라 최신 유머 감각도 타고났다고!"

"최신이라고? 나 참!"

나는 이렇게 대꾸한 뒤, 뒤로 돌아서서 언덕바지까지 올라가려면 얼마나 남았는지 가늠해 보았다.

파라곤이 내 옆에 와서 서더니 허리를 굽혔다.

"유머 감각은 누구처럼 빈정거린다고 생기는 게 아니야."

나는 파라곤의 말을 한 귀로 흘리며 언덕을 오르기 시작했다.

이윽고 언덕바지에 다다르자, 메마른 나무들이 빽빽하게 앞을 가로막고 있었다. 바닥의 썩은 나뭇등걸과 미끄러운 이끼를 조심해 가며 수풀을 헤치고 나가자 눈앞에 공터가 펼쳐졌다. 공터의 주인은 가시덤불 같았다. 덤불의 가시들이 플루트 드론의 돌기처럼 내 바짓단에 마구 엉겨 붙었다.

일이 분쯤 지나자 비비와 파라곤도 수풀을 헤치고 나왔다. 파라곤은 주위를 둘러본 다음, 아주 오래 산 것 같은 나무 한 그루로 다가가 그 껍질을 손으로 툭툭 쳤다.

"영국참나무, 학명은 케르쿠스 로부르."

내가 혀를 쯧쯧 차자, 비비가 얼굴을 찌푸렸다. 나는 반쯤 기운 나뭇등걸로 가서 걸터앉으며 투덜거렸다.

"내가 뭘?"

파라곤이 내 옆으로 다가왔다.

"괜찮아, 비비. 이제 점점 익숙해지고 있어. 오든이 내 지식에 크게 감동할 거라고 생각하지 않아."

나는 건성으로 대꾸했다.

"맞아, 사실……."

파라곤이 내 말을 뚝 끊었다. 나는 로봇이 하기에는 너무 무례한 행동이라고 생각했지만, 굳이 입 밖으로 꺼내 말하지는 않았다.

"오든 데어는 꽃이나 나무, 시를 감상하기에는 너무 바쁘잖아? 아마 그런 건 다……."

파라곤은 알맞은 표현을 찾으려고 고민하는 것 같았다.

"쓸모없다고 생각할 거야. 그래, 오든은 내가 아는 지식이 너무 비실용적이라고 생각해."

"아니, 나는 그게 아니라……."

내 말은 또 끊겼다. 이번에는 트렌치코트 자락이 펄럭였기 때문이다. 다음 순간, 코트가 공터 바닥으로 스르르 흘러내렸다.

"실례, 오든. 그런데 이걸 내 상체에서 꼭 벗겨 내야만 했어. 어떻게든 참으려고 했는데 도저히 안 되겠어서."

파라곤은 손가락으로 전원 버튼 바로 아래를 가리켰다.

"여기에 작은 표시등이 있어. 그런데 고장난 것 같아. 빨간색 불빛이 들어와야 할 것 같은데 지금은 꺼져 있거든. 다른 데는 다 불이 켜졌는데 여기만 이래. 문제 해결 진단 루틴을 돌렸는데도 아무 소용이 없어. 처음에는 LED 경고등이 고장난 건 줄 알았는데, 이제 보니까 그건 아닌 것 같아. 어디로 연결된 건지도 모르겠고. 솔직히 말하면 좀 답답해.”

파라곤은 비비와 나를 빤히 바라보더니 나지막이 덧붙였다.

“사실은 좀 걱정돼.”

비비가 다정하게 말했다.

“별거 아닐 거야. 없어도 되는 것일지도 모르잖아. 너무 사소해서 미완성으로 남겨 뒀을 수도 있고. 나라면 아무 걱정 안 할 거야.”

내가 유리 조각이나 뾰족한 가시를 밟고 돌아온 샌드위치를 달랠 때나 나오는 목소리였다.

비비의 말에 파라곤은 이상할 정도로 안심하는 눈치였다.

“비비, 그렇게 생각해? 그래, 네 말이 맞을 거야. 그렇지?”

불빛이 안 들어온다고? 아주 작은, 눈에 잘 보이지도 않는 표시등에? 그러니까 **빨간색** 불빛이? 나는 둘이서 색깔 이야기를 하자 공연히 뿔이 나서 씩씩거렸다. 파라곤이 내 기색을 눈치챘다.

“오든, 괜찮아?”

“그럼, 난 괜찮아. 아주 좋은걸.”

나는 짐짓 빈정거렸다.

“목소리는 전혀 괜찮지 않은 것 같은데?”

“아니, 나는 신경 쓰지 마. 그냥 계속 걱정해. 뭐더라, 그 불빛이 무슨 색이라고 했지? 분홍색, 보라색? 아니, 연두색 점이 박힌 형광 주황색이라고 했던가…….”

비비가 나에게 다가왔다.

“오든, 괜찮아? 오든?”

나는 금세라도 눈물이 쏟아질 것 같았다.

"혹시 파란색 아냐? 사람들이 하늘이 파란색이라던데. 아니면 우리 아빠 머리카락 색이라는 금색일지도 모르지. 나도 아빠 머리 색깔을 보고 싶어. 엄마 눈동자 색깔도……."

파라곤은 나만큼 흥분한 것 같았다.

"색깔을 보지 못한다고? 그럼 넌……."

나도 모르게 내 입에서 그 단어가 툭 나왔다.

"난 단색형 색각이니까."

그 순간 파라곤이 이상해졌다. 갑자기 각성이라도 한 것 같았다. 지금까지 보여 주었던 사람처럼 자연스러운 움직임은 사라지고, 진짜 로봇이 된 것마냥 동작이 뚝뚝 끊어졌다. 파라곤은 양팔을 몸통 옆으로 붙이더니 두 다리를 직선으로 쭉 폈다. 머리를 정면으로 고정한 뒤 지평선 너머를 바라보았다.

나는 깜짝 놀라서 소리쳤다.

"파라곤, 왜 그래?"

그러자 파라곤이 대답했다. 자연스러운 사람의 목소리가 아니라 아무런 감정이 없는 단조로운 기계음이었다.

"내, 이름은, 파라곤, 나를, 만든, 사람은, 케임브리지, 대학, 트리니티, 칼리지, 물리학부, 조나, 블룸, 박사. 현재, 케임브리지, 유니콘, 코티지, 거주. 친자녀, 없음. 혈육 중, 생존자는, 여동생인, 크리스터벨, 데어, 그리고, 조카, 오든, 데어. 현재, 런던, 포레스트, 게이트, 거주. 오든, 데어는, 희귀 질환인, 단색형, 색각, 상태. 색깔, 판별, 불가."

비비와 나는 파라곤을 멍하니 쳐다보았다. 바람 한 줄기가 수풀을 비집고 공터로 불어왔다.

한참 만에야 파라곤의 동작이 다시 자연스러워졌다.

비비가 말했다.

"단어가 파라곤을 해제한 거야. 단색형 색각이라는 단어가 파라곤을 해제했다고. 너희 외삼촌이 단어를 암호처럼 쓰신 거지. 특정 단어를 들으면 정보가 발사되도록."

비비는 파라곤 앞으로 다가가 가만히 올려다보았다. 파라곤의 머리에서 모자가 달랑거리고 있었다.

"혹시 다른 정보는 없니? 새로 깨달은 거 없어?"

파라곤은 조금 비틀거리는가 싶더니 모자를 고쳐 썼다.

"없어. 박사님 연구 자료가 몇 가지 기억나긴 했는데, 그다지 특별한 건 아니야."

비비는 땅에 떨어져 있던 트렌치코트를 주워 파라곤에게 내밀었다. 파라곤은 코트를 받아 어깨에 걸쳤다. 처음 입을 때만큼 기분이 좋은 듯하지는 않았다. 조금 떨고 있는 것 같기도 했다.

파라곤이 중얼거리듯 말했다.

"기묘한 느낌이었어. 아주, 아주, 아주 묘한……."

나는 피식 웃으며 나뭇등걸에서 일어섰다.

"그러니까 넌 우리 외삼촌을 아는 거네. 외삼촌이 기억나?"

"기억나, 조금이지만."

"예를 들면?"

"내 중앙 냉각 장치를 수리하실 때 혼자 흥얼거리던 모습이나, 내 하지 경동맥 피스톤을 설치하실 때 T접합 밸브를 빠뜨리시던 일. 그런 거……."

파라곤은 곧 시무룩한 표정을 지었다. 목소리 음량도 작아졌다.

"내겐 박사님이 전원을 켠 상태에서의 기억만 있는 것 같아."

비비가 물었다.

"전원을 몇 번이나 켜셨는데?"

"열일곱 번. 정확히는 열다섯 번이야. 실수로 박사님 팔꿈치가 전원 버튼에 닿았던 두 번을 빼면."

열다섯 번? 그리고 한 번에 겨우 몇 분씩?

내가 물었다.

"그럼 레인보우 머신은? 레인보우 프로젝트는? 레인보우 머신의 배터리가 어디 있는지 기억나?"

파라곤은 고개를 저었다. 그렇지만 비비는 한껏 들떠 보였다.

"오든, 특정 단어가 파라곤의 기억을 되살린다는 건 앞으로 얼마든지 정보를 들을 수 있다는 뜻이야. 이제 단어만 찾으면 돼. 어쩌면 기억을 되살릴 단어가 한두 개가 아닐지도 모르고."

비비가 파라곤에게로 고개를 돌렸다.

"네 안에 엄청난 정보가 숨어 있을지도 몰라."

"내 목소리 들리나, 식스식스?"

나는 쿼티에 대고 속삭였다. 쿼티의 무전기 기능은 아주 단순한 수준이었지만, 트리니티 칼리지의 복도에서 사용하기에는 충분했다.

"아주 잘 들린다, 골든. 통신 끝."

비비의 목소리가 지지직거리며 들려왔다. 연극배우 같은 목소리에 웃음이 터져 나오려는 걸 애써 꾹 눌러 참았다. 멀리서 나이 지긋해 뵈는 교수님이 다가왔다. 문득 파라곤을 두고 와서 다행이라는 생각이 들었다.

교수님의 발소리가 멀리 사라지자 나는 퀴티에 대고 또 속삭였다.

"그쪽의 상태는 어떤가, 식스식스?"

침묵.

"비비, 괜찮아? 지금 어디야?"

"너, 통신 끝이라고 안 했어. 통신 끝이라고 해야 네 말이 끝났다는 걸 알지."

"알았어, 알았어. 상태가 어떤가, 식스식스? 통신 끝."

"들어왔다. 독수리는 착륙했다. 알파, 브라보."

"그래그래."

나는 통신을 끊었다. 복도를 두 번 돌아 침착한 표정으로 한 무리의 대학생들을 지나친 다음, 열려 있는 문으로 재빨리 들어갔다.

외삼촌의 연구실은 지난번에 왔을 때보다 훨씬 깔끔해져 있었다. 비비 엄마 말이 맞았다. 연구실에서 나와 마주친 뒤에 학교에다 연구실 청소를 요청했다고 했다. 책상과 책장에 서류와 책, 폴더, 파일들이 무작위로 꽂혀 있었다. 레인보우 프로젝트라고 적힌 쪽지를 찾은 벽난로마저 깨끗하게 치워져 있었다.

우리는 식스식스의 침투 성공을 자축하는 뜻으로 하이파이브를 했다. 잠시 후, 내가 중얼거렸다.

"여기 분명히 뭔가가 있어, 우리한테 뭔가를 말해 줄……."

비비는 비스듬하게 쌓인 파일 더미 뒤로 갔다.

"여기 있는 파일 가운데 파라곤에 관한 자료가 남아 있을까?"

나는 어깨를 으쓱했다. 솔직히 말해서 내 머릿속은 온통 레인보우 머신 생각뿐이었다. 지금까지 있었던 일로 미루어 봤을 때, 레인보우 머신은 내가 받을 수 있는 최고의 선물 같았다.

나는 비비와 나란히 서서 산더미같이 쌓인 연구 자료를 뒤졌다. 비비는 아무 의미 없이 느껴지는 자료를 뒤적이며 몇 번씩이나 엄청난 사실을 알았다는 듯 감탄사를 터뜨렸다. 비비의 두뇌는 나보다 훨씬 더 많은 것을 이해하고 있는 모양이었다.

우리는 쓸모없다는 생각이 드는 파일을 주저 없이 던져 버리고 새로운 자료를 찾아 부지런히 읽어 나갔다. 내가 뭔가를 찾아낸 것은 일곱 번째 파일에서였다. 파일 커버에 달린 비닐 주머니에 반으로 접은 A4 용지가 들어 있었다. 나는 A4 용지를 꺼내 펼쳐 보았다.

편지였다. 아니면 편지의 복사본이든가. 누군가 외삼촌에게 보낸 것이었다.

블룸 박사님께,

11월 2일자로 보내 주신 편지는 잘 받았습니다. 다만, 할당된 연구를 완수하지 못하면 박사님께서 기소될 것이라는 사실을 양해해 주셨으면 합니다. 박사님, 지금은 위태로운 시국입니다. 우리는 조국의 안전과 국민의 안녕을 지키는 데 최선을 다해야 합니다.

마지막 줄은 협박 같기도 했다.

박사님께서도 조심하시는 편이 좋을 겁니다.

보내는 사람의 서명은 성도 이름도 정확히 알아보기가 힘들었다. 이름의 첫 자는 H인 듯했지만 나머지를 전혀 알아볼 수가 없었다. 이니셜로 쓴 성은 M 아니면 W 같았다.

나는 편지를 비비에게 보여 주었다. 비비가 얼굴을 찌푸리며 되물었다.

"설마 너희 외삼촌이 스파이였다고 생각하는 건 아니지?"

나는 고개를 끄덕이며 연구실을 둘러보았다.

"잠깐, 여긴 쿼티 스크린이 없잖아. 외삼촌의 쿼티 스크린은 어디 있는 거지?"

비비가 힐끔 쳐다보았다.

"그러고 보니 이상한걸. 박사님은 분명히 쿼티 스크린을 가지고 계셨어. 학교에서 가져간 걸까? 다른 교수님한테 주려고? 가끔 그러기도 하거든."

그렇지만 나는 왠지 그게 아닌 것 같았다.

그날 오후 트리니티 칼리지에서 나와 집으로 걸어가는 내내, 누군가 따라오고 있다는 생각을 떨칠 수가 없었다. 연구실에 몰래 다녀온 것이 영 불안했다.

골목을 돌자마자 수자원 위원회의 위협적인 대형 포스터가 보였다. 포스터는 서슬 푸르게 경고하고 있었다.

> 암시장의 장사꾼을 주의합시다.
>
> 그들이 파는 물은 당신의 목숨을 앗아 갑니다!

나는 뒤를 휙 돌아보았다. 그 순간, 앞에서 걸어오던 남자아이와 퍽, 부딪쳤다. 내 어깨에 팔을 세게 부딪히는 바람에 그 아이의 몸이 반쯤 뒤로 넘어갔다.

"아야!"

그 남자아이 옆에는 다른 아이가 둘 더 있었다. 코가 뭉툭한 아이가 휘청거리는 아이를 급히 붙잡았다.

그때 다른 아이가 소리를 꽥 질렀다. 입술이 무척 두꺼웠다.

"조심해! 똑바로 보고 다니라고."

그러자 뭉툭한 코가 말했다.

"파비우스, 괜찮아? 다친 건 아니지?"

휘청거리던 아이는 뭉툭한 코의 팔을 뿌리치며 자세를 가다듬었다.

"놔! 네 녀석 도움 따윈 필요 없으니까."

파비우스 보일이었다. 파비우스는 잔뜩 열받은 눈빛으로 나를 쏘아보았다. 내가 누구인지 떠오른 듯, 곧장 썩은 미소를 지었다.

"이게 누구야! 돋보기를 갖고 다니는 꼬마 아니야? 이름이 뭐랬더라? 오든. 맞다, 오든이라고 했지."

"오든이랑 어떻게 놀아 줄 생각이야?"

푸터였다. 녀석이 파비우스 뒤에 떡 버티고 섰다.

"아까 파비우스한테 이렇게 달려들던걸. 사고를 낼 법도 하지."

킨이 말했다. 녀석은 푸터 주위에서 연방 촐싹거렸다.

파비우스는 말을 씹어 뱉었다.

"킨, 닥치고 있어. 내가 알아서 할 테니까."

세 녀석의 뒤를 슬쩍 보았다. 거리에는 아무도 없었다.

내가 먼저 말을 꺼냈다.

"저기, 파비우스. 널 쓰러뜨릴 뻔한 건 미안해. 그런데……."

파비우스가 대꾸했다.

"미안해? 그래야지. 그런데 이제 더 미안해지게 될 거야."

파비우스는 다짜고짜 내 멱살을 낚아채고는 그대로 들어 올려 벽 쪽으로 밀어붙였다. 그리고 주위를 살피더니 낮게 속삭였다.

"잘 들어. 난 너 같은 병신이 싫어. 병신 녀석이 남들보다 더 잘난 줄 안다니까. 돋보기나 걸고 다니는 주제에."

멱살을 쥐지 않은 파비우스의 다른 손이 내 돋보기를 꺼냈다. 파비우스는 돋보기를 힐끗 보고는 푸터에게 휙 던졌다.

"이 녀석은 교육을 좀 받아야 해. 누구 불만 있어?"

두 녀석 중 하나가 대답했다.

"전혀. 파비우스, 제대로 한 방 먹여."

"그래, 한 방 먹여. 병신 녀석이 먼저 잘못했으니까."

파비우스는 팔에 힘을 주며 주먹을 그러쥐었다. 더러운 이빨 사이로 웃음이 비어져 나왔다.

"케임브리지에 온 것 자체가 잘못이라는 걸 깨닫게 해 주지. 이렇게 얻어터져 보기도 쉽지 않을 거야."

나는 일부러 씩 웃었다.

"글쎄."

순간, 파비우스가 나의 반응에 어리둥절한 표정을 지었다.

"뭐?"

기회는 그때였다. 나는 벽을 힘껏 찬 뒤 그 반동으로 공중제비를 돌았다. 그러고는 왼발로 파비우스의 머리를 잽싸게 날렸다. 파비우스가 비명을 지르며 비틀비틀 뒤로 물러섰다. 자기들 대장만큼이나 반사 신경이 둔한 푸터와 킨이 얼빠진 얼굴로 나를 멍하니 쳐다보았다.

나는 그 틈을 타서 파비우스를 풀쩍 뛰어넘었다. 멍청해 빠진 두 부하 곁을 쏜살같이 지나면서 돋보기를 낚아챈 다음, 내 다리가 허용하는 최대한의 속도로 달아났다.

거리가 어느 정도 멀어지자, 뒤에서 고함 소리가 들려왔다.

"오든 데어! 절대로 가만두지 않겠어! 그 잘난 여자 친구한테도 몸조심하라고 해!"

나는 뒤도 돌아보지 않았다.

집에 도착하자마자 창문의 커튼을 모두 친 다음, 샌드위치를 안고 소파에 웅크렸다. 샌드위치는 침을 질질 흘리기 시작했다.

6시 30분이 되자 엄마가 일을 마치고 집으로 돌아왔다.

엄마가 커튼을 젖히며 물었다.

"커튼을 왜 이렇게 다 내려놨어? 여름이라 아직 밖이 환한데."

나는 거짓말로 대답했다.

"아……, 머리가 좀 아파서요. 근데 엄마, 궁금한 게 있어요."

나는 샌드위치를 내려놓으며 소파에서 일어났다.

"외삼촌이 그…… 들판에서 발견되었을 때요, 쿼티를 차고 있었어요?"

엄마는 나를 빤히 쳐다보았다.

"그런 게 왜 알고 싶을까?"

나는 엄마 눈길을 슬그머니 피했다.

"지금 어디 있는지 궁금해서요. 그 안에 중요한 자료가 저장되어 있을지도 모르잖아요."

"그러고 보니 희한하네. 외삼촌은 쿼티를 안 차고 있었어. 늘 최신형 쿼티만 차는 사람인데."

엄마는 탁자에 가방을 내려놓으며 말을 이었다.

"병원에서 없어진 게 아닐까 싶어. 누가 가져갔을 수도 있고, 그냥 잃어버렸을 수도 있고. 그때 신고를 하려고 했는데, 마음이 너무 안 좋아서 그냥……. 어쨌든 별로 중요한 문제는 아니지?"

"네."

나는 편지의 마지막 문장을 떠올렸다. 그건 협박이었다. 사라진 쿼티와 쿼티 스크린. 분명히 그들이 가져갔을 것이다. 외삼촌의 연구 자료를 봐야 했을 테니까. 아니면 비밀 자료를 유출하지 않기 위해서 가져간 것인지도 몰랐다.

그 순간, 확신이 들었다. 외삼촌의 죽음은 단순한 사망이 아니다. 누군가 외삼촌을 제거한 것이 분명했다.

# 잔인한 농담

"바가지, 바늘, 바다, 바보, 바위, 바퀴……."

"비비."

비비가 사전에서 눈을 떼고 파라곤을 바라보았다.

"응?"

"이런 말을 하기는 좀 그런데……."

파라곤은 뭔가 난처한 사람처럼 의자 주위를 이리저리 서성대고 있었다.

"뭐라고 해야 할까, 지금 이 '단어' 계획 말인데……. 조금 지루해."

"하하하!"

나는 배를 붙잡고 웃어 댔다. 그 바람에 매달려 있던 나뭇가지를 손에서 놓치면서 트램펄린으로 툭 떨어졌다.

"지루하다고?"

"응, 단어를 계속 크게 읽어 주기만 하는 거잖아. 그건 좀…… 싫증이 나. 벌써 사흘째야. 게다가……."

파라곤은 손가락으로 사전을 가리켰다.

"이제 겨우 ㅂ이잖아."

비비는 마음이 조금 상한 듯한 눈치였지만, 나는 웃음이 비어져 나오는 걸 막을 수가 없었다. 사실 비비의 계획으로 파라곤뿐 아니라 나 역시 미치기 일보 직전이었다.

내가 미치기 일보 직전인 이유는 그것 말고도 아주 많았다. 그동안 나는 외삼촌의 죽음에 관한 의심을 누구에게도 말하지 않았다. 엄마에게도, 비비에게도.

그러다 보니, 혼자 마음속에 깊이 묻어 둔 비밀이 나를 천천히 갉아먹고 있었다. 신경이 곤두설 대로 곤두섰다. 밤마다 뜬눈으로 지새며 온갖 가능성을 곱씹었다. 외삼촌을 제거하고 싶어 할 만한 사람이 누가 있을까? 트리니티 칼리지의 교수들에서 우리 학교 교장 선생님까지, 가능한 한 모든 사람을 의심하며 며칠 밤을 지샜다.

심지어 집 밖으로 나갈 때면 끊임없이 주위를 둘러보며 미행당하지 않는지 확인했다. 얼마 전부터는 침대에 누워서조차 이불을 뒤집어쓴 채 혹시 방에 누가 들어오지나 않는지 살피며 신경을 바짝 곤두세웠다. 그만큼 나는 불안감에 휩싸여 있었다. 그러면서도 레인보우 머신과 사라진 배터리 생각을 떨치지 못했다.

파라곤은 상처받은 기색이 역력한 비비에게 설명을 이어 갔다.

"그 단어들은 어차피 다 알고 있는 거야. 네가 말한 단어의 뜻을 당장이라도 줄줄이 꿸 수 있어."

"지금 그게 중요한 게 아니잖아."

비비의 목소리가 살짝 갈라졌다.

"넌 단색형 색각이라는 단어도 알고 있었을걸. 오든이 말하기 전에도?"

"맞아, 알고 있었어."

"그 단어를 실제로 '말했을' 때 블룸 박사님이 널 만들었다는 사실을 기억해 낸 거잖아."

"그렇지. 난 단지……."

"단지, 뭐?"

파라곤은 한숨이라도 내쉬고 싶은 듯이 말했다.

"단지 지루하다는 거야."

비비는 사전을 무릎에 내려놓았다.

"넌 로봇이잖아. 그런데 어떻게 지루해할 수가 있니?"

"비비, 드디어 나와 같은 생각을 하게 된 거야?"

내가 반갑다는 듯이 외치자 비비가 대뜸 쏘아보았다.

파라곤이 자리에서 벌떡 일어섰다.

"시 한 편 읊을까? 분위기도 전환할 겸."

"아, 제발."

짜증이 잔뜩 배인 내 불평은 파라곤의 목소리에 금방 묻혀 버렸다.

결코 보지 못하리라 생각했지
한 그루 나무처럼 아름다운 입간판은.
그런데 입간판이 쓰러지지 않는 한

나무는 한 그루도 보지 못하리.

비비가 웃음을 터뜨렸다. 나도 함께 웃었다.

"오그던 내시(미국 시인. 관습에 얽매이지 않은 시를 발표해 인기를 얻었다.) 지음."

나는 트램펄린에서 마당으로 풀쩍 뛰어내렸다. 며칠 동안 계속 가라앉았던 기분이 조금 나아진 것 같았다.

"재미있는 시는 좋아. '아름다운 수선화' 어쩌고 하는 것보다."

파라곤은 나를 뚫어질 듯 바라보았다.

"에드워드 리어의 시는 어때?"

"누구?"

"에드워드 리어. 난센스 시를 쓰는 시인이야. 재미있는 시를 많이 썼어."

파라곤은 주먹을 쥔 손을 입가에 댄 다음, 목청을 가다듬는 흉내를 냈다.

한 노인의 취미는 자신을 토끼에게 먹이로 주는 것.
열여덟 번째 먹히던 날, 노인은 초록색으로 변했네.
그때였다지, 노인이 토끼를 놓아준 것은.

나도, 비비도 웃지 않았다.

"그건 그냥 엉터리 시잖아."

내가 투덜거리자 파라곤이 대답했다.

"난센스라니까. 처음부터 엉터리를 추구하는 거야."

비비가 말했다.

"파라곤, 다른 시 없어?"

"아니! 시는 그만! 더는 못 듣겠어!"

이번에도 파라곤은 내 말을 흘려들었다.

> 한 노인이 생각했네,
>
> 현관문이 조금 닫혀 있다고.
>
> 그런데 거대한 쥐 떼가
>
> 노인의 코트와 모자를 먹어 버렸지.
>
> 깊이 잠든 사이에.

"진짜로 재미없어."

내가 소리치자 파라곤이 대꾸했다.

"옛날 시야. 그때의 유머 감각은 지금과 달랐을 거야. 세상은 진화하니까. 농담도 마찬가지야. 같은 모습으로 계속 머무는 건 없어."

"이 시를 듣고 웃는 사람이 있다고? 믿을 수 없어. 아무리 옛날이라고 해도 말이야. 하나도 재미없는데."

나는 비비의 손에서 사전을 빼앗아 저쪽으로 휙 던져 버렸다.

"오든! 뭐 하는 거니?"

"네 사전 낭독회도, 파라곤의 저질 시 낭독회도 다 질렸어. 차라리 어디 가서 재미있게 좀 놀자."

우리는 반쯤 허물어진 울타리를 넘어 발자국이 어지럽게 흩어져 있는 들판으로 들어갔다. 비비가 불안한 얼굴로 물었다.

"파라곤을 데려가도 괜찮을까? 혹시 야영객이라도 있으면 어쩌지?"

내가 대답했다.

"당연히 야영객이 있겠지. 하지만 한가하게 거구의 로봇이나 관찰하고 있지는 않을걸. 철학과 노교수가 버린 트렌치코트도 입었는데, 뭘. 빨리 시작하자. 파라곤, 숨바꼭질할 줄 알지?"

"나는 수천 가지 게임 규칙을 숙지하고 있어. 브릿지, 주사위, 마작. 포커라면 모든 경우의 배당금을 계산할 수 있다고. 그런데 숨바꼭질 규칙 정도도 이해 못하면 그게 무슨 고차원 생명체겠어?"

나는 생명체라는 표현이 거슬렸지만 그냥 넘어가기로 했다.

"좋아. 그런데 여기서 숨바꼭질을 할 땐 지켜야 할 규칙이 하나 더 있어."

"무슨 규칙?"

파라곤이 묻자 비비가 대신 대답했다.

"다른 사람한테도 들키지 않아야 해. 술래 말고도 여기 있는 사람들 전부 다한테."

파라곤은 어깨를 으쓱해 보였다. 로봇한테 눈썹이라는 게 있다면 이 시점에서 치켜떴겠지.

"오늘 데려온 거대한 금속 덩어리 때문에 지금 막 만든 규칙이 아닌 거 확실해?"

나는 또 웃음을 터뜨렸다.

"혹시 지나가던 오지랖 넓은 사람한테 나를 들킬까 봐 즉석에서 만든 규칙 아니지?"

비비도 미소를 지었다.

"우린 원래 그렇게 놀았어. 여긴 우리 마음대로 들어오면 안 되는 곳이잖아."

파라곤은 이해했다는 듯 어깨를 들어 올렸다.

"아하, 일명 무단 침입자라 이거지?"

나는 문득 파라곤이 로봇이라는 사실이, 그리고 로봇은 모든 일을 흑백으로만 판단한다는 사실이 떠올랐다. 그래서 파라곤에게 물었다.

"혹시 너한테 불법행위를 금지하는 프로그램이 깔린 건 아니겠지?"

파라곤은 얼굴에서 입술이 있을 법한 자리를 손가락으로 쳤다.

"흠, 글쎄? 잘못의 정도를 1에서 10으로 잡으면, 써니 계곡 카라반 파크 무단 침입은 몇에 해당하는데?"

"음, 그러니까……."

내 대답이 끝나기도 전에 비비가 끼어들었다.

"3."

파라곤이 되물었다.

"3?"

내가 재빨리 덧붙였다.

"그 정돈 아니다. 한 0.05?"

"0.05라고?"

파라곤은 곰곰이 계산해 보는 것 같았다.

"0.05는 별거 아니지. 사실 0에 가까우니까. 5퍼센트라는 뜻이고. 20분의 1이기도 하지. 흠……, 그 정도는 괜찮아."

파라곤의 손가락이 일정한 박자로 입술을 두드렸다.

"확실해?"

"응."

우리는 버려진 카라반 대열이 시작되는 곳으로 이동했다.

"파라곤, 넌 네 기술이나 장비를 쓰면 안 돼. 알겠지? 열 감지 센서나 동작 감지 센서, 그런 거 다 안 돼. 레이더도 안 되고."

"아예 눈을 감고 하라는 말이지?"

"응."

파라곤은 코트 깃을 올려 얼굴을 가렸다.

"자발적으로 시야를 포기함으로써 인간의 삶이 얼마나 괴로운지 확인하는 기회로 삼을게. 상당한 통찰을 얻게 되겠군."

"그렇게 유난 떨 것 없어. 그냥 숨바꼭질이야. 자, 이제 100까지 세."

파라곤이 손바닥을 쫙 편 다음 반짝이는 얼굴을 덮으며 물었다.

"내가 눈을 가렸으면 좋겠어?"

내가 대답했다.

"그럴 필요 없지 않아? 100까지 세는 동안만 시각 관련 시스템을 꺼두면 될 것 같은데."

하지만 비비는 단호했다.

"아니, 손으로 눈을 다 가려야 해. 제대로 해야지. 안 그래?"

정말이지, 가끔은 비비한테 졌다는 생각이 들었다.

파라곤이 숫자를 세기 시작하자, 비비와 나는 카라반을 향해 나란히 달렸다. 맨 앞의 카라반이 가까워지자 비비는 나를 따돌리고 쓰레기 더미 뒤로 가서 숨었다. 나는 그대로 계속 달렸다. 내가 갈 곳은 따로 있었다.

안쪽으로 세 열을 더 들어가면, 실제로 묵고 있는 운수 나쁜 야영객을 만나게 될 확률이 거의 없는 카라반이 있었다. 그 카라반의 지붕 바로 아래는 누군가가 아주 낙천적인 생각으로 가져다 둔 물탱크가 두 개 나란히 놓여 있었다. 지붕 위에 완전히 구부러진 빗물받이용 홈통이 있었는데, 그 홈통 끝에 낡은 플라스틱 파이프를 연결해 아래의 물탱크로 떨어지게 했다.

그 물탱크 사이에는 내가 들어가면 딱 맞을 정도의 공간이 있었다. 비비와 숨바꼭질을 할 때도 몇 번 써먹은 비밀 장소인데, 숨쉬기가 힘들 만큼 꽉 끼기는 했지만 밖에서 보면 그야말로 감쪽같았다. 나는 물탱크 사이로 비집고 들어가 카라반 외벽에 등을 기대고 앉았다.

그렇게 쭈그려 앉은 채로 한참을 기다렸다. 산들바람이 웃자란 풀잎과 삐죽삐죽 솟아오른 산울타리를 스치고 지나갔다. 쉬익, 갑자기 뭔가 번쩍이는 것이 내 옆을 지나갔다. 나는 숨소리를 죽였다. 일 분이나 지났을까?

"으악!"

멀리서 비비 목소리가 들렸다.

"찾았다!"

파라곤이었다.

"이제 오든 찾아야지."

쉬익! 번쩍이는 불빛이 또 한 번 옆을 지났다.

나는 몸을 한껏 움츠렸다. 만약 조금 전에 지나간 불빛이 파라곤이라면 믿기지 않을 만큼 빠르게 움직이고 있는 셈이었다. 어쩌면 파라곤이 만들어진 용도가 그것일지도 몰랐다. 빠른 속도를 내는 것. 파라곤은 일종의 메신저 드론일 수도 있으니까. 기밀 정보를 전달하기 위한……. 아니면 뉴스 드론일 수도 있겠다. 새로운 뉴스를 이서웹의 구성 센터로 보내는 일을 하는 거다.

쉬이익!

나는 움츠린 채로 눈만 가늘게 떴다. 가슴이 조마조마했다. 바로 그때였다. 톡, 톡, 톡. 뭔가가 내 정수리를 치고 있었다. 고개를 들어 위를 올려다보니, 금속으로 된 파라곤의 두 눈이 나를 내려다보고 있었다. 파라곤은 반대편 벽을 타고 지붕으로 올라간 다음, 지붕 가장자리로 머리를 쑥 내민 채 긴 손가락으로 내 머리를 톡톡 치고 있었다.

"안녕, 오든? 찾은 것 같은데! 하하하!"

나는 물탱크 사이에서 기어 나왔다. 옷에 묻은 흙먼지를 툭툭 털면서. 그리고 머리 위에서 자존심 상하게 나를 내려다보고 있는 금속 덩어리에게 짐짓 놀라지 않은 척하며 말했다.

"그래그래, 너 참 잘한다. 아주아주 완벽했어. 그렇지만 그 위에 올라가면 위험할걸. 사람들한테 들킬지도 몰라. 멀리서 누가 널 볼지도 모른다고. 부주의한 행동이었어."

"안 그럴걸."

지붕 위의 파라곤은 아예 엎드려 있었다. 한쪽 손으로 뺨을 받친 채 팔꿈치를 괸 모습이 흡사 휴식을 취하고 있기라도 한 것 같았다.

"너를 감지하는 센서는 껐지만, 나머지 세상을 감지하는 센서는 그대로야. 세상이 어떻게 돌아가고 있는지 여전히 잘 파악하고 있다고. 아까 웃기게 생긴 녀석 하나도 피했는걸."

"웃기게 생긴 녀석이라니?"

"어디서 맞았는지 얼굴이 벌겋게 부은 녀석이었어."

그 순간, 멀리서 고함 소리가 들렸다.

"어딜 무단으로 들어와? 대체 뭐 하는 짓이야?"

"무슨 소리야?"

내가 파라곤에게 물었다. 파라곤은 지붕에서 일어나 소리 나는 쪽을 살폈다. 고함이 이어졌다.

"여기가 어디라고 마음대로 들어와? 경찰을 부르겠어. 이참에 무단 침입죄로 유치장 신세를 져 보시든지."

파라곤이 목을 길게 뺀 채 대답했다.

"어떤 남자애가 비비한테 뭐라고 하고 있어."

"뭐라고?"

파라곤이 지붕에서 황급히 내려오기 시작했다.

"아니, 잠깐. 넌 들키면 안 돼. 여기에 숨어 있어."

"그렇지만, 오든……."

나는 단호하게 말했다.

"아니! 넌 여기 있어!"

파라곤은 불평을 하면서도 그 자리에서 움직이지는 않았다.

나는 카라반을 지나 목소리가 들리는 쪽으로 달려갔다. 모퉁이를 돌자 비비가 보였다. 비비는 낡은 창고 벽에 등을 붙이고 서 있었다. 부들부들 떨고 있는 비비의 두 뺨에서 눈물이 흘러내렸다. 머리카락 색깔이 짙은 녀석이 비비를 막아서고 있었다. 녀석의 얼굴은 보이지 않았지만, 화가 머리끝까지 치밀었다는 것만은 분명히 알 수 있었다.

"여기서 얼쩡거릴 생각을 하다니! 하! 네 그 병신 남자 친구가 나한테 무슨 짓을 한 줄이나 알아?"

녀석은 자기 이마를 가리켰다. 마침 녀석이 옆으로 몸을 조금 트는 바람에, 왼쪽 이마에 난 멍 자국이 보였다. 보일 파비우스였다!

"네 남자 친구는 지금 여기 없잖아. 그래서 너한테 대신 교훈을 가르쳐 주려고 해. 어차피 그 녀석은 겁쟁이라 감당하지 못할걸."

비비가 부탁하듯 말했다.

"파비우스, 너 왜 이래……?"

그때 어딘가에서 고음의 여자 목소리가 들려왔다.

"파비우스! 파, 비, 우, 스! 파비우스, 점심 다 됐어!"

파비우스는 한숨을 푹 내쉬더니, 목소리를 한결 누그러뜨리고서 대답했다.

"알았어요! 갈게요, 엄마! 금방이요!"

파비우스는 곧장 비비에게로 돌아섰다. 목소리는 다시 사나워져 있었다.

"네 병신 남자 친구한테 가서 전해. 개학하면 내가 너희 둘 다 학교생활을 지옥으로 만들어 주겠다고."

파비우스는 비비의 어깨를 잡더니 그대로 바닥에 내동댕이쳤다.

나는 분노가 훅 치밀었다. 당장 달려 나가려는데 누군가가 뒤에서 조용히, 그렇지만 단호하게 잡아당겼다. 차가운 금속 손가락에 입이 막혀 소리조차 낼 수 없었다. 파라곤이 냉정한 눈빛으로 나를 내려다보고 있었다.

"아, 그리고 그 남자 친구한테 똑바로 전해. 이건 내가 주는 약소한 선물이라고!"

파비우스는 비비의 배를 발로 세게 걷어찼다. 그 순간, 나는 파라곤의 손아귀에서 발버둥쳤다. 어떻게든 빠져나가 그 나쁜 자식한테 내 친구를 그렇게 때릴 권리가 없다는 걸 알려 주고 싶었다. 하지만 파라곤의 손아귀에서 풀려날 도리가 없었다.

파비우스가 비비를 향해 빈정댔다.

"이대로 그냥 가자니 아주 유감인걸. 그런데 어쩌지? 점심이 다 되었다고 하네. 안녕, 비비 룩미니."

파비우스는 거들먹거리는 걸음으로 야영장 한쪽의 작은 집으로 갔다. 파라곤은 집 안으로 완전히 들어갈 때까지 나를 움켜쥔 손을 풀지 않았다. 나는 파라곤이 손을 놓자마자 비비에게 달려갔다. 비비는 배를 감싸 쥔 채 눈물을 흘리고 있었다.

"비비, 괜찮아?"

나는 비비를 잡아 일으킨 뒤, 머리에 묻은 흙먼지를 털어 주었다.

"비비, 다친 거야?"

파라곤도 비비 옆으로 와서 함께 부축했다. 나는 화가 머리끝까지 치밀어 올라, 파라곤에게 소리를 냅다 질렀다.

"왜 잡았어? 때리는 거라도 막을 수 있었잖아!"

파라곤은 고개를 절레절레 저었다.

"무작정 나서는 게 좋은 생각은 아니야. 특히 화가 나 있을 땐 상황을 더 나쁘게 만들 수도 있어."

"넌 이해 못 해! 넌 사람이 아니니까! 넌 이해 못……."

그때 비비가 소리쳤다.

"제발 좀! 싸우지 마. 난 괜찮아."

비비는 바지 주머니에서 흙덩어리를 탈탈 털어 냈다.

우리는 유니콘 코티지 뒷마당에 앉아 있었다.

비비가 말했다.

"걔네 집이 카라반 파크를 하나 봐. 너도 봤겠지만 파비우스가 성격이 좋진 않잖아. 자기 기준으로 정상이 아닌 건 무조건 다 싫어해."

파라곤이 틈새를 놓치지 않고 끼어들었다.

"정상이라는 개념은 전적으로 개인의 인식에 의존해. 한 개인에게 정상인 것이 다른 사람에게는 비정상일 수도 있는 거지. 따라서 정상의 개념을 일반화하는 것은 전적으로 쓸데없는 시도야. 즉, 정상이라는 것은 그 어디에도 없어. 바꿔 말하면 모든 것이 정상이라는 말도 성립이 돼."

"친절한 설명 고마워, 아인슈타인."

나는 얼마 전에 파비우스 일당과 거리에서 마주쳤던 일을 털어놓았다. 내 말을 듣고 난 뒤, 비비가 빈정거리는 투로 말했다.

"그래서 나까지 가만히 두지 않겠다는 거야? 고마워, 오든. 정말 고마워. 파비우스는 잘해 낼 수 있을 거야."

파라곤이 또다시 끼어들었다.

"자, 자, 비비. 우리 빈정거리는 건 오든한테 맡겨 두자고. 사실 그 분야는 오든이 아주 뛰어나기도 하고."

나는 최대한 빈정거리는 미소를 지어 줌으로써 파라곤의 의견에 힘을 실어 주었다.

"비비, 미안해. 파비우스는 비겁한 놈이야. 여자를 그렇게 걷어차다니! 그때 내가 녀석을 걷어차고 도망치지 않았다면 그렇게까지 화가 나진 않았을 거야. 너한테까지 이러지도 않았을 거고. 미안해. 다 내 잘못이야."

비비가 대답했다.

"아니, 그렇지 않아. 그냥 걔가 나쁜 놈인 거야."

파라곤이 거들었다.

"맞아. 교훈을 좀 배워야 할 놈이지."

파라곤이 나를 힐끔 바라보았다. 그러자 비비가 파라곤을 뚫어지게 쳐다보았다.

"파라곤, 너 무슨 소릴 하는 거야?"

하지만 파라곤이 던진 말은 씨앗이 되어 내 머릿속에서 제멋대로 줄기를 뻗었다. 여러 가지 생각이 하나로 모여 계획이 되었다. 그 계획에는 파라곤이 꽤 도움이 될 것 같았다.

비비는 세차게 고개를 저었다.

"아니, 나는 위험한 일에 동참하지 않을래. 옳지 않은 일이야."

"비비, 그 녀석은 네 배를 걷어찼어."

"상관없어. 옳지 않은 건 옳지 않은 거야."

비비는 고개를 젓기만 했다. 비비 말이 맞았다. 비비는 복수에 적합하지 않았다.

"비비, 넌 끼지 않아도 돼. 사실 아예 모르는 게 차라리 더 나아."

그다음 날 저녁, 나는 파라곤과 함께 써니 계곡으로 향했다. 그리고 오랫동안 야영객이 들지 않은, 창문이 깨지고 벽이 지저분한 카라반으로 다가갔다. 손잡이를 돌리자 문이 쉽게 열렸다. 안으로 들어서자 우리를 가장 먼저 맞이한 것은 수년간 그 누구의 방해도 받지 않은 것 같은 먼지 뭉치와 퀴퀴한 냉기였다

가구는 망가진 채 방치되어 있었다. 과거에 이 카라반을 찾은 누군가가 손에 닿는 대로 다 때려 부순 것 같았다. 부서진 가구의 일부와 날카롭게 깨진 플라스틱 조각이 바닥 곳곳에 흩어져 있었다. 쿠션과 침구도 갈가리 찢겨서 그 안을 채웠던 솜과 깃털, 폴리스티렌 뭉치들이 바닥에 굴러다녔다.

파라곤이 말했다.

"흠, 근사한데?"

나는 돌아서서 파라곤을 마주 보았다.

"지금 빈정거린 거야?"

"그런 것 같아. 좋은 선생님이 계시거든."

나는 웃음을 터뜨렸다.

"좋아, 그럼 난 해가 뜰 때쯤 다시 올게. 넌 여기서 기다려."

"좋아, 대장."

나는 파라곤의 코트 앞자락을 열었다.

"저기, 파라곤."

전원 버튼을 누르기 전에 하고 싶은 말이 있었다.

"응?"

"내가 널 좀 오해한 것 같아. 사실 넌 좋은 녀석 같아."

이윽고 버튼을 누르자 파라곤이 그대로 멈춰 섰다.

나는 몇 시간 눈을 붙인 다음 침대에서 일어났다. 퀴노아 번을 입 안에 꾸역꾸역 밀어 넣고, 샌드위치의 머리를 쓰다듬어 준 다음 조용히 뒷문으로 빠져나갔다. 엄마를 깨우고 싶지 않았다. 시나 읊조리는 로봇의 부추김에 넘어가, 못된 친구에게 복수를 하기 위해 새벽에 집을 나서는 아들을 따뜻한 눈으로 바라보지는 않을 테니까.

딱 20분 뒤, 나는 카라반으로 가서 파라곤의 전원을 켰다.

"오든, 안녕."

파라곤이 인사하는 사이에 몸통 여기저기에서 불이 들어왔다. 파라곤은 여전히 불이 들어오지 않는 작은 표시등을 손으로 가리켰다.

"흠, 아직도 안 돼."

"신경 쓰지 마. 나중에 알아서 켜질지도 모르잖아. 우린 지금 당장 해야 할 일이 있어. 준비됐지?"

"물론이지."

"좋아."

밖은 여전히 어스름했지만 어두울 때 사물을 더 잘 보는 나에게는 차라리 다행이었다. 모든 것이 또렷해 보였다. 아주 작은 부분까지 선명했다. 화창한 햇살 아래 '정상'인 사람들에게 보이는 것만큼 생생했다.

파라곤과 나는 파비우스가 사는 집을 향해 조용히 움직였다. 야영장에는 불이 켜진 카라반이 한 채도 없었다. 혹시라도 야영객이 있었다면 아직 자는 것이 분명했다. 숲속의 새들도 일어날 기미가 없었고, 이른 아침의 산들바람도 고요했다.

어느새 파비우스의 집 앞이었다. 파라곤이 조심스럽게 집 주위를 정찰하고 돌아왔다.

“큰 방에 성인 여자 한 명, 이층의 작은 방에 어린 남자 한 명. 둘 다 깊이 자고 있어.”

파비우스는 엄마와 단둘이 살고 있는 모양이었다. 우선 파비우스의 방으로 갔다.

파라곤이 말했다.

“이제 어쩌지?”

“파비우스의 방 창문 위로 올라갈 수 있어?”

“하! 나는 등반의 제왕인걸.”

파라곤은 그 자리에서 뛰어올라 벽에 딱 붙더니, 거미처럼 빠르게 기어 올라갔다. 일이 초 만에 파비우스의 방 창문 옆까지 갔다.

내가 속삭였다.

“우아! 좋아, 이제 목소리를 내!”

나는 재빨리 대형 플라스틱 쓰레기통 뒤로 몸을 숨겼다. 냄새가 지독했다. 창문을 연 파라곤은 목청을 가다듬는 척하더니, 이내 말을 하기 시작했다.

“파비우스 보일.”

파라곤의 거친 목소리는 진짜로 소름 끼쳤다. 쇳소리가 섞인 낮은 목소리에 내 몸에도 오소소 소름이 돋는 것 같았다.

“파비우스 보일! 어디 있는가, 파비우스 보일!”

위에서 파비우스가 씩씩거리는 소리가 들렸다. 침대에서 일어나는 모양이었다.

“뭐야? 어, 이게 뭐야?”

“파비우스 보일……, 널 찾고 있다. 파비우스 보일.”

파비우스가 놀랐는지 딸꾹질을 했다.

“뭐야? 누구야? 엄마!”

“부르지 마라, 파비우스 보일. 네 엄마는 널 구하지 못한다.”

위에서 또 한 번 딸꾹질 소리가 들렸다.

“무슨 소릴 하는 거야! 너, 누구야?”

“나는 네 영혼의 일부다. 네 안의 증오와 두려움이다.”

나는 쓰레기통 뒤에서 기어 나와 먼지를 대충 털어 낸 뒤, 파비우스의 방 창문이 보일 만한 곳으로 뛰어갔다.

“증오와 두려움이 오랜 시간 축적되어 나를 만들었다. 파비우스 보일, 너의 어린 시절은 타인의 증오와 두려움으로 점철되었다. 그때의 두려움이 너에게 재앙을 안기러 돌아온 것이다!”

“도대체 무슨 소릴 하는 거야!”

파비우스의 목소리가 떨리는가 싶더니 울먹거리기 시작했다.

“창문을 내다보면 알게 될 것이다!”

파라곤은 재빠르게 움직여 창문 위로 올라갔다. 몇 초가 지났다. 파비우스는 밖을 내다봐야 할지 말아야 할지 갈등하고 있는 것 같았다. 잠시 뒤 커튼이 젖혀지더니, 창문 사이로 새하얗게 질린 얼굴이 나타났다. 어둠 속에서 경직된 채 서 있는 나를 본 파비우스는 뒤로 나자빠질 듯한 기색이었다.

“오든 데어?”

파라곤이 대답했다.

“그렇다. 나는 지금 네 운명의 적의 모습으로 형상화되었다. 네 두려움의 민낯을 마주할 시각이다.”

"도대체 어떻게 된 일이야?"

나는 유령이 된 것처럼 그대로 선 채 창문을 빤히 바라보았다.

"파비우스 보일, 나와라."

"싫어!"

"나와서 네 두려움과 마주하라."

"아니야! 아니라고!"

"시간이 되었다."

"안 나가!"

"파비우스 보일, 넌 반드시 나와야 한다. 나오지 않는다면, 아침 해가 떠오르기 전에 죽을 것이다."

"죽는다고?"

"죽는다. 죽, 을, 것, 이, 다!"

파비우스의 얼굴이 창문에서 사라졌다. 그와 동시에 파라곤이 주방 쪽 뒷문 위로 이동하는 것이 보였다. 문이 쭈뼛쭈뼛 열렸다. 그리고 놀랍도록 천천히 파비우스가 밖으로 나왔다.

"뭐……야?"

파비우스의 목소리가 떨리고 있었다. 무섭기도 했겠지만 새벽 공기도 아주 차가웠다.

"어, 어떻게 된 거야? 자, 장난이야? 오든 데어? 지금…… 장난치는 거야? 어?"

나는 죽은 사람처럼 꼼짝 않고 서서 파비우스를 바라보기만 했다. 파비우스는 더 겁을 집어먹었다.

"나, 지금 꿈을 꾸는 건가? 아, 그래. 이건…… 꿈이야."

파비우스는 계단을 내려와 자갈밭에 섰다.

"지금 이게 다, 이상……."

그때였다. 파라곤이 파비우스를 훅 덮쳤다.

파라곤은 문 위에 앉은 채 양손으로 파비우스의 머리를 잡더니 그대로 들어 올렸다. 파비우스의 발이 허공에 둥둥 떴다.

"으아아악!"

파비우스가 비명을 질렀다. 파라곤은 재빨리 손가락으로 파비우스의 입을 틀어막았다. 파비우스의 두 다리가 허공에서 허망하게 허우적거렸고, 두 손은 파라곤의 손을 떼어 내려고 버둥거렸다. 하지만 파라곤의 손아귀 힘은 파비우스와 상대가 되지 않았다. 파비우스는 곧 축 늘어진 채 모든 것을 포기했다.

내가 가까이 다가가자 파비우스가 애원하는 눈빛으로 바라보았다.

그때 파라곤이 소름 끼치는 목소리로 말했다.

"너는 평생토록 아이들을 겁주고 괴롭히며 살아왔다. 이제 그만둘 때가 왔다. 새 학기가 시작되면 너는 단 한 사람의 아이도 때리거나 괴롭혀서는 안 된다. 선생님과 친구들이 모두 네 행동의 변화를 알게 될 것이다. 혹시라도 운이 좋다면 너를 좋아해 주는 아이가 생길지도 모르지. 그렇게 되면 너에게도 친구가 생길지 모른다, 진정한 친구가. 너는 완전히 새로운 삶을 살게 될 것이다."

파라곤은 양손을 흔들어 파비우스가 똑똑히 듣고 있는지 확인했다.

"너의 학교생활을 확인하는 것은 무척 쉬운 일이다. 학교 이서웹에 접속해서 자료를 찾으면 된다. 또다시 아이들을 괴롭힌다는 기록을 발견하면, 내가 다시 찾아올 것이다. 파비우스 보일, 알아듣겠는가?"

파비우스는 파라곤의 거대한 금속 손아귀에서 보일 듯 말 듯 고개를 끄덕였다. 그 모습이 너무 우스워서 나는 피식 웃고 말았다. 내 표정을 보고선 파비우스의 이마가 금세 일그러졌다.

"이제 너를 땅에 내려놓겠다. 그렇지만 내가 한 말은 꼭 기억해라."

파비우스는 고개를 끄덕이지 않았다. 나를 쏘아보기만 했다. 파라곤이 파비우스를 바닥에 가만히 내려놓았다. 파비우스는 두 발이 땅에 닿자마자 고개를 들어 자신을 그토록 쉽게 들어 올린 존재의 정체를 확인하려고 했다. 하지만 파라곤은 이미 사라지고 없었다. 파비우스는 허리를 곧추세우고 숨을 가다듬으며 중얼거렸다.

"뭐였지?"

나한테 하는 질문이라기보다는 혼잣말에 가까웠다.

내가 대답했다.

"네가 이제까지 다른 사람들을 괴롭히며 보낸 시간이 응축되어 나타난 거야."

나는 여전히 얼굴에서 웃음을 지울 수가 없었다. 남을 괴롭히기만 하던 녀석이 겁에 질린 채 공중에서 발을 대롱거리며 어쩔 줄 몰라 하는 모습을 눈앞에서 보자 더없이 고소했다.

"나한테 뭘 어떻게 한 거야? 방금 날 들어 올린 건 뭐야?"

파비우스의 표정은 여전히 뭐가 뭔지 모르는 것 같았지만, 두 눈에는 이미 분노의 빛이 나타나고 있었다.

내가 대꾸했다.

"그런 건 중요하지 않아. 진짜 중요한 건, 네가 다시는 다른 아이들을 괴롭히지 말아야 한다는 거지. 또 그랬다간……. 아니, 넌 모르는 게 좋겠다."

파비우스는 잠옷을 단단하게 여몄다.

"방금 무슨 일이 일어난 건지 도무지 이해가 안 돼. 네가 왜 여기에 있는지도."

나는 한숨을 쉬었다.

"난 너한테 교훈을 가르쳐 주러 온 거야. 다른 아이들을 괴롭히지 말라고. 어쨌든 누굴 괴롭히는 건 비겁한 행동이잖아."

"하! 이거 웃기네! 다른 사람도 아닌 네 입에서 그런 말이 나오다니."

나는 파비우스에게 한 발자국 다가섰다.

"무슨 뜻이야?"

이번에는 내가 뭐가 뭔지 모를 차례였다.

"알잖아."

나는 얼굴을 찌푸리며 고개를 저었다.

"정말 모르겠는데?"

파비우스는 보란 듯이 큰 소리로 웃어 보였다.

"네가 모르긴. 아주 잘 알지. 우리 야영장에는 사람들이 많이 와. 특히 런던에서 많이 오지. 우리 엄마는 야영객들하고 얘기를 많이 나누고. 그 사람들이 해 주고 간 얘기가 있단 말이지."

"무슨 소린지 전혀 모르겠어."

갑자기 파비우스의 기분이 좋아 보였다.

"너희 아빠 얘길 하는 거야. 너희 아빠 유명하잖아."

나는 다리가 뻣뻣해지면서 그 자리에서 굳어 버렸다.

"무슨 소리야? 무슨 말을 하는 거냐고!"

내 얼굴에서 웃음기가 싹 사라졌다.

"너희 아빤 비겁한 사람이야, 바로 너처럼."

"아니, 아니야. 우리 아빤 지금 유럽 대륙에서 싸우고 계셔. 벌써 몇 달째 집에 안 계시다고."

파비우스가 크게 웃었다.

"그렇지. 몇 달째 집에 없겠지. 군 교도소에 있으니까!"

나는 피가 거꾸로 솟는 듯했다. 파비우스가 말을 이었다.

"아마 탈영이라지? 다들 그러던걸. 동료 군인들을 다 죽게 내버려 두고 혼자서 도망쳤다고. 그래서 교도소에 간 거야. 너희 아빠가 외국에서 싸우고 있다니……. 천만에! 정말 몰랐어? 너희 아빤 지금 교도소에 있어. 비겁한 행동을 한 대가로!"

아니, 이건 사실이 아니었다. 그럴 리가 없었다.

"거짓말이야!"

파비우스가 다시 크게 웃었다.

"거짓말? 그럼 너희 엄마한테 가서 물어봐."

나는 주먹을 꽉 쥐었다. 당장이라도 파비우스의 얼굴을 세게 갈겨 주고 싶었다. 때려눕히고 싶었다. 하지만 꾹 눌러 참았다.

"파비우스! 무슨 일이니? 이게 무슨 소리야?"

그때 파비우스 엄마가 눈을 게슴츠레하게 뜨고서 허름한 차림으로 우리 앞에 나타났다.

"너희, 여기서 뭐 하니?"

파비우스는 엄마 말을 못 들은 척하고서 독기 어린 말을 이어 갔다.

"너희 엄마한테 물어보라니까. 과연 진실을 털어놓을 수 있으실까!"

나는 돌아서서 뛰기 시작했다. 머릿속에서는 여전히 피가 빙글빙글 돌고 있었다. 뒤에서 파비우스의 고함 소리가 들렸다.

"그래야지! 도망쳐야지, 너희 아빠처럼!"

나는 계속 달렸다. 들판을 가로질러 달렸다. 두 다리를 쉬지 않고 움직였다. 해가 떠오르기 시작했는지도 모르겠다. 심장이 고통스럽다고 외쳤는지도 모르겠다. 새벽 공기가 차갑게 얼굴을 때렸는지도 모르겠다. 새들이 새로운 하루를 반기며 노래를 불렀는지도 모르겠다.

그렇지만 나는 그 어떤 것도 알아차리지 못했다. 아니, 아무것도 상관없었다. 오직 아빠 생각뿐이었다. 설마 아빠가!

드디어 유니콘 코티지로 이어지는 길로 접어들었다. 마당을 지나 집 안으로 뛰어들었다. 엄마는 주방에 있었다. 내가 들어오는 소리를 듣자마자 돌아서서 얼굴을 찌푸렸다.

"오든! 어디 있었니? 얼마나 걱정했는지 알아? 새벽에 문소리가 나서 나와 보니 벌써……."

"엄마! 헉, 헉……."

숨이 찼다.

"헉, 얘기해 주세요. 아빠, 아빠요."

"뭐라고?"

나는 소리를 냅다 질렀다.

"사실을 알고 싶다고요! 아빠요. 아빠, 지금 어디 계세요?"

엄마는 굳이 설명할 필요가 없었다. 엄마의 표정이 내가 알고 싶은 모든 것을 말하고 있었다. 나는 비명처럼 외쳤다.

"아니야!"

엄마가 의자에 털썩 주저앉았다. 엄마 어깨가 힘없이 움츠러들었다. 풍선에서 바람이 빠지는 것 같았다.

"오든, 미안해. 너한테 어떻게 말해야 할지 몰랐어. 그냥 여기로 오면 새로 시작할 수 있을 거라고 생각했어. 그 일은 다 털어 버리고. 엄마는……."

더는 듣고 싶지 않았다. 이미 충분했다. 나는 마당으로 뛰어나갔다. 울타리 사이의 좁은 틈을 지나 피라미드 관개 탑이 있는 밭으로 뛰어갔다. 달리고 또 달렸다. 발 아래에서 마른 곡식 낟알들이 마구 밟혔다.

집에서 얼마나 멀어졌을까? 눈앞에 누군가가 보였다. 누군가가 두 팔을 벌린 채 나를 기다렸다는 듯이 서 있었다. 나는 달리고 또 달렸다. 이마에서 땀방울이 뚝뚝 떨어져 내렸다. 거리가 가까워질수록 그 두 팔은 더 활짝 벌어졌다. 나를 그 품으로 힘껏 달려갔다.

나는 아빠를 생각했다. 공원에서 나와 함께 뛰고, 내 그네를 밀어 주던 아빠. 아빠와 했던 축구 시합, 잠들기 전에 아빠가 읽어 주던 동화책, 아빠가 자주 하던 재미 없는 농담……. 달아오른 뺨 위로 눈물이 흘러내렸지만 계속 달렸다. 아빠와 함께 부르던 노래, 그리고 함께 타던 자전거…….

아빠……. 아빠는 나의 영웅이었다.

나는 달리고 또 달렸다. 그리고 활짝 열린 품 안으로 뛰어들었다. 두 팔을 벌려 차가운 몸통을 힘껏 껴안았다. 지금은 그 지독한 진실을 마주하고 싶지 않았다. 가슴의 통증이 사라져 주기만 해도 견딜 수 있을 것 같았다.

나는 흐느껴 울었다. 눈가의 눈물이 모래알처럼 느껴지고, 세상 모든 것이 회색빛 얼룩으로 변할 때까지 울었다. 그렇게 우는 사이에, 두 팔이 나를 꼭 감싸 주었다. 차근차근 달래 주었다. 모든 것이 다시 좋아질 거라고, 다 괜찮아질 거라고 느끼게 해 주었다.

나는 고개를 들고 가슴에서 깜박이는 불빛을 바라보았다. 팔을 타고 올라가는 전선이 보였다. 입이 있어야 할 자리에 촘촘히 박힌 창살도…….

파라곤이 내 머리를 다정하게 쓰다듬으며 속삭였다.

"괜찮아, 오든 데어. 괜찮아."

# 참새와 허수아비

"복수를 한다고 한 것부터가 문제였어."

비비가 천체 망원경의 렌즈에 오른쪽 눈을 대고 왼쪽 눈을 가늘게 떴다. 창문 밖으로 뻗은 망원경은 트리니티 칼리지의 광장 위 밤하늘로 향해 있었다.

나는 짜증 섞인 목소리로 대꾸했다.

"복수하려고 했던 게 아니야. 파비우스한테 교훈을 주려고 했던 거지. 파비우스가 너를 발로 걷어찼잖아."

"아, 날 위해서 그런 거라고?"

나는 우물거렸다.

"그렇다고도 할 수 있지……."

"이리 와 봐, 빨리."

비비가 나에게 손짓을 하더니 망원경에서 물러섰다. 나는 허리를 숙이고 망원경 렌즈에 눈을 가져다 댔다.

"저기 별 보여? 가운데 있는 별?"

보이는 것 같았다.

"그 별은 안타레스라고 해. 전갈자리의 주성이지. 화성의 라이벌이라고도 해."

밤하늘 한가운데에서 점이 깜박이는 것 같았다.

"왜 하필 화성의 라이벌이야?"

"안타레스도 빨간색이니까 그렇지."

나는 고개를 돌려 비비를 째려보았다.

"그렇다면 내가 알 리가 없잖아?"

"아, 참. 그렇지. 미안해."

나는 엄마가 팔목에 두른 고무줄을 튕기는 모습을 떠올렸다. 색을 볼 수 없다는 것은 가끔씩 너무나 짜증스러웠다. 나는 매일매일 끊임없이 모두가 하는 경험을 놓치고 있었다.

"사과 받아들일게."

나는 한숨을 푹 내쉬고서 대답했다. 다시 망원경에 눈을 대고 유난히 반짝이는 점을 바라보았다. 렌즈 속에서 별이 천천히 움직이고 있었다. 옆에서 비비가 계속 재잘거렸다.

"있지, 맨눈으로 별을 볼 때 가장 좋은 방법은 곁눈으로 보는 거야. 별을 정면에서 보려고 하면 놓치는 것들이 많거든. 초점을 맞추기도 힘들고. 그런데 곁눈으로는 훨씬 더 또렷하게 보이지."

"흠."

나는 비비와 자리를 바꾸었다. 비비는 망원경에 달린 두 개의 길쭉한 금속 손잡이를 조정하며 물었다.

"이제 어떻게 할 거니? 너희 아빠 말이야."

나는 어깨를 으쓱했다.

"내가 할 수 있는 건 아무것도 없어. 엄마 말로는 편지를 써도 된대. 아빠는 몇 달에 한 번씩 쿼티로 전화할 수 있다고 하고. 그 정도야."

막상 말을 하고 나자 마음이 더 무거웠다. 비비가 내 마음을 눈치챈 모양이었다.

"왜, 왜 그러는데?"

"그냥……, 내가 편지를 쓰고 싶은지 잘 모르겠어서."

"왜?"

"우리 아빠는 동료 군인들을 버려 두고 갔어……. 아니, 갔대. 다른 군인들은 죽게 내버려 두고."

그 생각만 하면 나는 가슴이 몹시 울렁거렸다. 방 안에 갑자기 어색한 침묵이 흘렀다. 한참 만에 비비가 침묵을 깼다.

"그래도 너는 아빠가 계시잖아. 나한테는 그게 중요해. 설령 교도소에 계신다 해도."

나는 아무 말도 하지 않았다.

"어쨌든 파비우스한테 복수한다고 나설 때부터 내 말을 들었어야 했어. 결국 너한테 잘된 건 하나도 없잖아. 안 그렇니?"

나는 귀족들의 말투를 흉내내며 대답했다.

"예, 그렇습니다. 여왕 폐하. 다음번에는 폐하의 사려 깊은 말씀을 새겨듣겠사옵니다. 폐하의 충고를 듣지 않은 소인이 얼마나 어리석었는지! 폐하의 광대한 지혜를 받들겠습니다."

비비는 손잡이를 돌리던 손을 멈추고 나를 빤히 보았다.

"오든, 넌 왜 그렇게 매번 빈정대니? 이해가 안 돼."

나는 예상치 못한 비비의 말에 움찔했다.

"나는……."

"너는 빈정대는 걸 방어막으로 쓰는 것 같아. 빈정대는 말 뒤에 숨으면 네 진짜 속마음을 들키지 않을 수 있다고 생각하는 것 같다고."

순간, 나는 충격을 받았다. 비비의 설명은 정확했다. 비비가 말하기 전에는 나조차 제대로 깨닫지 못하고 있었지만. 분명히 그랬다.

물론 이번에도 속마음은 말하지 않았다.

"아닌데! 전혀 그렇지 않은데!"

비비가 웃음을 터뜨리며 말했다.

"오든, 넌 정말 답이 없다."

나는 씩 웃으며 창문 밖을 올려다보았다. 별이 빛나는 하늘은 트리니티 칼리지의 외삼촌 연구실에 걸려 있던 포스터와 꼭 닮아 보였다.

우리는 셋이 나란히 앉아 시프터 드론들이 고철 더미 사이를 분주하게 오가는 모습을 내려다보았다. 드론은 펜치로 고철을 집어 영상 센서로 분석한 다음, 재활용이 가능한 부분은 뜯어내 이동식 창고에 쌓고, 쓸모없는 부분은 네모난 대형 쓰레기통으로 보냈다.

내가 비비랑 파라곤과 앉아 있는 곳은 곧 재활용 센터로 보내질 폐기물 더미 꼭대기였다. 내리쬐는 햇살 탓에 목이 타는 듯이 말랐지만, 비비랑 파라곤과 함께 앉아 있으니 마음만은 편안했다. 외삼촌의 죽음이나 아빠의 탈영에 관해 헛된 상상을 하지 않아도 되었다.

"우린 아직도 파라곤 네가 할 수 있는 일이 뭔지 못 알아냈어. 저런 일일지도 모르지."

나는 턱으로 시프터 드론을 가리키며 말했다. 시프터 드론 하나가 찌그러진 철판을 넘지 못해 끙끙대고 있었다.

파라곤이 픽 웃었다.

"난 아니라고 생각해. 어쨌든 저기 아래에 있는 기계들은 크리스티나 로제티의 시, 존 쿠스타블의 회화에 대해 아무것도 모를 거고, 이아손의 아르고호 선원들 쉰다섯 명의 이름, 세발가락나무늘보의 학명도 들어 본 적 없을 테니까. 안 그래? 사실 저 기계들이 왜 그걸 알겠어?"

내가 물었다.

"너는 왜 아는 거야? 선생님으로 설계된 건가? 그럼 우리 학교에 좀 와 줘. 짜증나는 선생님들 좀 보내고."

파라곤이 웃음을 터뜨렸다.

"내 생각에 그건 아니야. 왜 아닌지는 모르겠지만, 어쨌든 그런 느낌이 들어."

며칠 전이었다면 분명히 파라곤의 말에 얼굴을 붉히며 잔뜩 흥분했을 것이다.

'로봇은 느낌으로 판단하지 않아. '예'와 '아니요' 둘 중 하나라고. 중간은 없어. 안 그래?'

하지만 지금은 세상이 흔히 생각하는 논리대로만 구성된 공간이 아니고, 사람의 마음은 성경만큼이나 읽기 어렵다는 생각을 하게 되었다. 삶은 일직선으로 이어지지 않는다. 어릴 때 생각하는 것처럼 세상일은 하나의 사건이 끝나고 다음 사건으로, 그러니까 A 다음에 B, 그

다음에 C, 그런 식으로 일어나지 않는다. 훨씬 더 복잡하다. 훨씬 더 꼬여 있다. 한마디로 실뭉치 같다. 수많은 실뭉치가 서로 꼬여 있는 것 같다. 하나만 떼어 내는 것은 불가능하다.

그런 세상에서 로봇이 생각할 수도 있다는 사실이 뭐가 문제일까? 감정을 느낄 수도 있는 것 아닌가? 내가 겪고 있는 상황을 이해할 수도 있는 거지. 나는 내 몸을 감싸 안던 금속 팔의 부드러운 느낌을 지금도 또렷이 기억하고 있다.

내가 말했다.

"넌 엄청나게 빨라. 그게 네 목적일까? 빠른 속도가 굉장히 중요한 일?"

파라곤은 어깨를 으쓱했다.

"잘 모르겠어. 그런데……."

파라곤은 엉덩이 아래 고철 더미에서 둥그런 고무공 같은 것을 집어 들었다. 집게와 엄지로 잡은 공을 우리에게 구경시키듯 천천히 돌렸다. 그러다 갑자기 손바닥으로 공을 감싸 쥐었다.

"자, 이제 내 손에 뭐가 있을까?"

파라곤의 목소리에 장난기가 스며 있었다.

비비가 대답했다.

"공이 있지. 공처럼 생긴 거. 공처럼 생긴 물체가 있어."

"과연 그럴까?"

비비가 고개를 끄덕였다.

"그래, 공이라고 하지, 뭐. 진짜 공처럼 생겼으니까. 그런데 그 공을 내가 정말로 진짜로 가지고 있을까?"

파라곤이 '정말로 진짜로'라고 하는 말에 평소의 내 모습이 겹쳐졌다. 비비가 고개를 끄덕였다.

"응, 가지고 있어."

"좋아."

천천히 펴 보인 파라곤의 손에는 아무것도 없었다. 비비는 헉하고 놀라고, 나는 그냥 피식 웃었다.

내가 물었다.

"부숴서 가루로 만들어 버린 거야?"

"아니."

비비가 신기하다는 듯 물었다.

"그럼 어디로 간 거야?"

파라곤은 다른 쪽 손도 번쩍 들어 손바닥에 아무것도 없다는 것을 보여 주었다. 그리고 천천히 손가락을 접어 주먹을 쥐었다가 다시 쫙 폈다. 손바닥 위에 공이 있었다.

이번엔 내가 놀랄 차례였다.

"우아! 어떻게 한 거야? 팔들이 안에서 연결되기라도 한 거야?"

파라곤이 대답했다.

"요술이지."

파라곤은 다시 한 번 손바닥을 쫙 펴 보였다.

"마술이라고!"

비비가 물었다.

"뭔가 요령이 있는 거야? 손으로 뭔가 한 거지?"

파라곤이 고개를 끄덕였다.

"응, 쉽게 배울 수 있는 거야. 그냥 연속 동작이거든. 요술이 그런 거지. 여러 가지 기술을 섞어서 그럴듯하게 설계하는 거야. 잘하게 되려면 인간들은 오래 연습해야 하지만 나한테는 그 기술이 이미 저장되어 있거든."

파라곤은 손을 뻗어 내 왼쪽 귀에서 오천 파운드짜리 지폐를 뽑아냈다. 내가 대꾸했다.

"어디서 물 좀 가져오는 요술 좀 부리면 좋겠다. 목말라 죽겠어."

정말로 목이 타는 것 같았다.

오후의 해가 길게 꼬리를 드리우자, 우리는 천천히 유니콘 코티지로 돌아갈 준비를 시작했다. 이제 버려지다시피 한 케임브리지 근교 외곽 지역에서는 사람을 마주칠 일이 거의 없었다.

혹시 지나가는 사람이 보이면 파라곤은 울타리 뒤로 숨거나, 아니면 코트 깃을 바짝 세우고 최근 들어 멋 부리듯 삐뚜름하게 쓰기 시작한 챙 넓은 모자를 푹 눌러 쓴 채 서둘러 옆을 지나가곤 했다. 다행히도 이날은 아무도 없었다. 사람이 없으면 훨씬 더 마음 편히 걸을 수 있었다.

우리는 평상시보다 조금 돌아서 완들버리 링을 거쳐 가기로 했다. 수천 년 전, 완들버리 링은 언덕 위의 요새였다. 원형 요새라는 장점 덕에 요새 안의 사람들은 아래서 공격해 오는 적을 쉽게 방어했다. 그러다가 언제부터인가 한쪽에 거대한 성벽이 있는 공원으로 바뀌었다.

"학교에서 배웠는데 이 근처에 고그와 마고그라는 신이 묻혀 있대."

공원 가장자리에 배수로 같은 게 파여 있는 걸 보며 비비가 말했다.

"신들은 불사의 말이 이끄는 황금 마차를 타고 올라갔겠지."

언덕바지에 다다를 때쯤, 내 발바닥이 삐끗하더니 왼쪽 다리가 쭉 미끄러졌다. 몸이 바닥으로 고꾸라지면서 한쪽 뺨이 뾰족한 돌멩이에 그대로 내리찍혔다. 눈앞이 아찔해졌다. 나는 그대로 뻗었다.

"오든!"

파라곤이 달려 내려와 내 옆에 무릎을 꿇고 앉았다. 파라곤의 손이 내 어깨를 붙들었다.

"오든! 괜찮아? 자, 일어나 봐."

파라곤은 겨드랑이에 손을 넣어 나를 일으켜 세운 다음, 셔츠에 묻은 흙을 탁탁 털어 냈다.

"이런, 다쳤잖아. 얼굴에 상처가 났어."

내 뺨을 어루만지는 파라곤의 손가락 끝에 핏방울이 맺혔다.

"괜찮아. 별거 아니야."

나는 이렇게 대답하며 얼굴을 손으로 더듬었다. 방금 핏방울이 맺힌 상처가 만져졌다. 파라곤은 허리를 숙여 트렌치코트 밑단을 잡고 길게 쫙 찢었다.

"이리 와 봐."

파라곤은 찢어 낸 밑단을 내 얼굴에 동여맸다. 빠른 솜씨로 상처를 단단히 묶었다. 나는 자동으로 눈 한쪽이 찡그려졌다.

"됐다. 당분간은 이걸로 상처를 보호할 수 있어. 그렇지만 집에 도착하자마자 물로 깨끗이 씻어 내야 돼. 알았지?"

"그럴게. 그런데 이거 별거 아니야."

내 말에 파라곤이 대답했다.

"알아, 알아. 네 생명을 위협하진 않을 거야."

파라곤은 내 등을 쓰다듬었다.

"계속 올라갈래? 아니면 집으로 갈까?"

나는 언덕 위쪽을 가리켰다.

언덕바지는 경사가 거의 없었다. 평평한 공터에 나무가 드문드문 보였다. 잔디는 거의 말라 죽은 것 같았다. 거대한 성벽도 무너져 있었다. 아주 오랜 시간 동안, 그 누구의 발길도 닿지 않은 듯했다.

새들이 머리 위에서 새로운 아침이 밝은 것처럼 지저귀고 있었다. 우리 셋은 가만히 서서 피리새와 솔잣새, 참새, 검은방울새들의 노랫소리를 들었다. 파라곤이 오후 내내 애쓴 덕분에, 나와 비비는 새들의 소리를 조금씩 구별하기 시작했다. 새들은 음역대가 넓은 합창단원들처럼 서로의 목소리를 쌓아 화음을 만들어 냈다.

갑자기 파라곤이 코트와 모자를 벗어 던지고 공원 한가운데로 성큼성큼 걸어갔다. 그러더니 하늘을 향해 두 팔을 활짝 들어 올렸다. 나무 꼭대기들을 살피듯 좌우를 둘러보았다. 잠시 후, 파라곤은 휘파람을 불기 시작했다. 아주 높은 음으로. 마치 새들이 지저귀는 소리 같았다.

나는 비비를 힐끔 쳐다보았지만, '나한테 물어보지 마.'라는 표정이 돌아왔다.

얼마가 지나지 않아 나무 한 그루에서 뭔가가 내려와 파라곤의 오른팔에 앉았다. 참새였다. 참새는 머리를 갸웃대며 자신이 방금 앉은 이상한 물체가 뭔지 확인하는 것 같았다. 그러더니 팔을 따라 총총 뛰어가 파라곤의 얼굴로 다가갔다.

잠시 후, 참새 한 마리가 또 날아와 파라곤의 머리에 내려앉았다. 곧

바로 또 한 마리가 날아와 처음 오른팔에 앉은 참새 옆에 나란히 앉았다. 참새 세 마리는 파라곤의 휘파람에 맞추어 함께 지저귀었다.

파라곤이 우리를 향해 천천히 돌아섰다. 평소에 파라곤의 표정을 읽기란 거의 불가능했다. 파라곤의 몸을 통틀어 가장 움직임이 적은 부위가 바로 얼굴이었다. 입이 있어야 할 자리에는 조그만 창 같은 것에 창살이 촘촘히 박혀 있었는데, 그건 전혀 움직이지 않았다. 그저 눈이 빛날 뿐이었다. 하지만 이 순간만큼은 파라곤이 미소 짓고 있다는 것을 알 수 있었다. 전에는 한 번도 미소를 지어 본 적 없다는 듯 환히 웃고 있었다.

파라곤은 새들이 놀라지 않도록 최대한 목소리를 낮춰 말했다.

"이곳은 특별한 장소야."

네 번째 참새가 날아와 파라곤의 왼팔에 앉았다.

"나중에 내 몸이 모두 부식되어 더는 움직일 수 없을 때 이곳에 남겨진다면 조금도 아쉬울 게 없을 듯해. 이만하면 썩 괜찮아."

오른쪽 팔에 앉아 있던 참새 중 한 마리가 파라곤의 머리를 훌쩍 넘어 새로 온 왼팔의 참새에게 다가갔다. 어느새 나도 파라곤을 따라 웃고 있었다.

"비비, 나 허수아비 하면 정말 잘할 것 같지 않아?"

비비가 빙그레 웃었다.

"아니, 전혀. 최악의 허수아비가 될 거야."

더 작은 참새 한 마리가 같이 놀자는 듯 다가왔다. 파라곤의 팔꿈치에서 깜박이는 불빛을 몇 번 쪼고는 다시 날아갔다.

파라곤이 시를 읊었다.

희망은 날개 달린 것
영혼의 횃대에 걸터앉아,
가사 없는 곡조를 노래하네
결코 그칠 줄 모르고,
모진 바람이 불 때 더욱 감미롭고,
참으로 매서운 폭풍만이
많은 이들의 가슴을 따뜻하게 감싸 준
그 작은 새를 당황하게 할 수 있을 뿐…….

비비가 물었다.

"크리스티나 로제티?"

파라곤이 대답했다.

"아니, 에밀리 디킨슨."

"에밀리 디킨슨을 진짜 좋아하나 봐?"

나는 속마음을 들키지 않으려고 조심스레 물었다. 이상하게도 눈물이 터질 것 같았다. 시 때문인지, 파라곤과 참새들이 만드는 풍경 때문인지, 도대체 무엇인지 알 수 없는 것이 내 마음 깊은 곳을 흔들어 바닥에 주저앉아 펑펑 울고 싶게 했다. 나는 눈물을 꾹 참으며 물었다.

"에밀리 디킨슨의 시를 좋아하는 거지? 늘 에밀리 디킨슨의 시를 인용하잖아."

파라곤은 나를 빤히 바라보았다. 내 마음을 알고 있었다. 그제야 알아차렸다. 파라곤은 언제나 내 마음을 알고 있었다.

파라곤은 윙크하듯 눈의 불빛을 깜박였다.

"아, 뭐. 에밀리 디킨슨 괜찮지? 좋잖아. 동의?"

"엄마한테 나에 대해 언제 말씀드릴 거야?"

파라곤은 내 방에서 창문 밖을 내다보고 있었다. 피라미드형 관개탑이 밀밭에 물을 찔끔찔끔 뿌리고 있었다.

"계속 비밀로 할 수는 없잖아. 비밀이란 아무리 감추려 해도 결국에는 터져 나오는 법이니까."

침대 끄트머리에는 샌드위치가 앉아 있었다. 낮에 파라곤을 보는데 이미 익숙한 샌드위치는 이제 파라곤이 있어도 별다른 반응을 보이지 않았다. 이따금 파라곤이 쓰다듬어 주면 한층 더 크게 가르랑거리며 침을 흘렸다.

나는 연필로 스케치를 하고 있었다.

"모르겠어. 딱히 심각하게 생각해 본 적이 없어. 그냥 평생 비밀로 할 수 있지 않을까? 밤에는 네가 지하실에 숨어 있으니까."

파라곤의 머리 윤곽선을 똑같이 따라 그리기가 쉽지 않았다. 스케치를 시작하고 나서 벌써 지우개의 삼 분의 일이나 썼다.

"엄마가 자기 집 창고 지하실에 산다는 거대 로봇에 대해 어떻게 반응하실지 모르겠거든. 그렇게 좋아하시진 않을 거야."

파라곤이 피식 웃었다.

"충격을 좀 받으시겠지. 그렇지만 난 쓸모 있을 거야. 집 안도 청소하고, 마당도 가꾸고, 식사 준비도 하고. 집안일이 많잖아. 아마 굉장히 쓸모 있을걸. 특히 너희 아빠가 지금 안 계시니까."

나는 계속 그림만 그렸다. 그림은 엉망이었다.

파라곤이 창문에서 돌아서서 나를 보았다.

"아빠 얘기는 거의 안 하네. 그 일 뒤로."

"별로 할 말이 없잖아."

나는 파라곤의 눈 한쪽을 지우개로 지우고 나서 입김으로 가루를 훅 불었다.

"오든, 할 말은 언제나 있어."

나는 한숨을 쉬며 스케치북을 샌드위치 옆에 내려놓았다.

"모르겠어. 내가 사실이라고 생각한 모든 것이 알고 보니까 다 틀린 것 같은 느낌이야. 알고 보니까 달이 존재하지 않는다든지, 알고 보니까 삼각형 세 각의 합이 180도가 넘는다든지, 뭐 그런 거. 지금까지 진실이라고 생각했던 모든 것을 이제는 믿을 수가 없어."

파라곤은 벽에 기대어 선 다음 팔짱을 꼈다.

"오든, 사람이 불완전한 존재인 것은 사실이야. 행동에도 빈틈이 많지. 그런데 그 빈틈은 아주 사소해. 엄밀히 말하면 사람은 자신들이 생각하는 것보다도 훨씬 더 불완전해. 남에게 상처를 주고 거짓말을 하면서 즐거워하는 사람들도 있잖아. 그 파비우스라는 친구가 그런 종류겠지. 그렇지만 친절하고 현명하고 올바른 사람들이 대부분이야. 만약 누군가 다른 사람한테 도움을 청하면 도움을 받게 될 확률이 아주 높아. 최초의 인류가 늪에서 기어 나와 두 발로 선 이래로 쭉 그래 왔어. 그렇지 않았다면 인류는 벌써 수백만 년 전에 멸종했을걸? 서로를 도와주고 믿고 사랑한 덕분에 지금껏 살아남은 거야."

내가 물었다.

"그럼 전쟁은 왜 일어나는데? 왜 바로 지금 이 순간에도 유럽 대륙에서 수백만의 사람들이 싸우고 있는 건데?"

파라곤은 고개를 저었다.

"나도 몰라. 정말 모르겠어. 그거야말로 내가 이해할 수 없는 사람의 단면이야. 전쟁이 세계의 균형을 잡아 준다고 하는 사람들도 있지. 전쟁은 식량을 구하기 위해 투쟁해야 했던 시절부터 인류에게 각인된 행동이라고도 해. 진화를 거듭하면서도 그 행동을 잊지 못했다는 거지. 그렇지만 난 잘 모르겠어. 그건 정말 이해 못 하겠어."

나는 분통이 터졌다.

"내가 전쟁을 끝낼 수 있다면 좋겠어. 이 멍청한 전쟁이 아예 일어나지 않았다면 더 좋았겠지. 그랬다면 아빠는 지금 집에 계실 거고, 부대에서 이탈하지도, 수치스럽게 교도소에 갇히지도 않으셨을 텐데."

눈가에 눈물이 맺히는 것이 느껴졌다.

"나하고 축구도 하고 비행기도 조립하고, 그냥 다 괜찮았을 텐데."

파라곤이 내 어깨에 손을 얹었다.

"오든, 네 아빠랑 똑같지는 않겠지만 내가 같이 축구를 해 줄 수 있어. 비행기도 같이 조립해 줄 수 있고. 네가 하고 싶다면."

나는 파라곤에게 빙긋 웃어 보였다.

"파라곤, 고마워."

샌드위치가 일어나더니 등을 둥글게 말아 기지개를 켰다.

파라곤이 대답했다.

"별말씀을. 그나저나 비비가 지금은 좀 괜찮아졌으면 좋겠는데."

아침에 비비는 몸이 안 좋아서 그냥 집에 있겠다고 쿼티를 했다. 배탈이었다. 평소보다 물을 많이 마셔야 한다는 뜻이었다.

아이의 배탈은 부모에게 악몽이나 다름없다. 배탈이 난 아이는 일주일치 물 배급량을 몇 시간 만에 다 마셔 버릴 수도 있으니까. 그러면 나머지 가족은 물을 아껴 마시거나, 암시장에서 파는 더러운 고양이 오줌을 불법으로 사야 했다.

나는 소매로 코를 훔치며 대답했다.

"괜찮을 거야. 비비 엄마는 비상시를 대비해서 선반에 물을 보관해 두셨어. 비비는 그걸로 버틸 수 있어."

"다행이네."

나는 하던 얘기로 돌아왔다.

"전쟁에 관해서 제일 믿기지 않는 사실이 뭔지 알아? 전쟁하는 데도 따라야 하는 법이 있다는 거야. 전투 중에 어떤 일은 해도 되고, 어떤 일은 하면 안 되고. 아주 옛날에 전 세계 정치가들이 한자리에 모여서 어떤 행동을 금지하고, 또 어떤 행동을 허용할지 결정했다는 거야. 전쟁 중에는 적군을 최대한 많이 죽이는 게 최고라고 생각하잖아. 그런데 그게 아니야. 특정 방식으로만 사람을 죽일 수 있어."

파라곤이 나를 빤히 바라보았다. 나는 계속 주절거렸다.

"그렇게 한 보따리 만든 법의 이름이 뭐냐면……. 뭐더라? 유럽 도시의 이름을 따서 지은 거였는데. 뭐였지? 아, 제네바 협약. 그러니까 제네바 협약은……."

나는 갑자기 주절거리던 걸 멈췄다.

위이잉 소리와 함께 파라곤이 몸을 곧추세웠다. 철컹 소리와 함께 정지 자세로 돌아가고 있었다. 두 팔이 수직으로 내려오고, 고개가 정면을 바라보도록 수평으로 고정되었다. 몇 주 전에 언덕에서 단색형 색각이라는 단어를 처음 들었을 때와 똑같았다.

파라곤은 또 한 번 그때처럼 움직이고 있었다. 갑자기 파라곤이 말을 하기 시작했다. 그때와 똑같이 어색하고 단조로운 기계음이었다.

"마일로, 트레블, 박사. 헌팅던, 다트퍼드, 로드. 웰스프링, 과학, 혁신, 센터. 플레밍관, 3층, 18호."

파라곤은 말을 마치더니, 쿵 소리와 함께 카펫 위로 고꾸라졌다.

"파라곤! 왜 그래? 무슨 일이야?"

이번에는 내가 도울 차례였다. 파라곤은 힘겹게 일어서며 등을 벽에 기댔다.

"으음……, 괜찮아. 걱정하지 마. 그냥 또 잠깐 변한 것뿐이야. 역시 아주 이상한 느낌이지만."

나는 파라곤의 팔을 붙잡았다.

"지금 무슨 얘기야? 너, 사람 이름을 말했어, 주소하고. 누구를 말한 거야?"

파라곤은 자신의 상태를 점검했다. 팔다리를 굽혔다가 펴고는 손가락으로 스위치와 버튼을 확인했다. 모든 것이 정지하기 전으로 돌아왔다.

"마일로 트레블."

내가 물었다.

"마일로 트레블이 누군데?

"몰라. 그런데 이걸 해결하는 데 도움을 줄 사람 같아."

파라곤은 자신의 가슴을 가리켰다. 불이 들어오지 않는 표시등이었다. 나는 전부터 자꾸 잊어버리는…….

"그 사람이 이 등을 살려 낼 것 같아."

나는 자리에서 펄쩍 뛰며 외쳤다.

"레인보우 머신도!"

헌팅던은 케임브리지에서 삼십 킬로미터 정도 떨어져 있었다. 헌팅던까지 가는 방법은 세 가지였다. 먼저 엄마한테 파라곤에 관해 다 털어놓고, 엄마가 충격에서 벗어나기를 기다린 다음 봇잡으로 거기까지 태워다 달라고 하는 것이다. 엄마가 충격에서 벗어나자면 적어도 몇 주가 걸리겠지만.

여러 가지로 그다지 합리적인 선택은 아니었다. 봇잡이 우리를 무사히 도시 외곽까지 데려다줄 것 같지도 않았기 때문이다. 봇잡은 우리 집에 온 이래로 벌써 여덟 번이나 고장이 났다. 바퀴가 완전히 가라앉는 건 시간문제였다. 모든 면에서 위험 부담이 컸다.

둘째, 헌팅던까지 걸어갈 수 있다. 삼십 킬로미터는 엄청나게 빠르게 달릴 수 있는 파라곤에게는 아무것도 아니었다. 그렇지만 나나 비비한테는 백 킬로미터나 다를 바 없었다. 한나절 안에 걸어서 갔다가 걸어서 돌아오기는 불가능했다. 너무너무 멀었다.

우리는 고심 끝에 세 번째 방법으로 결정했다. 버스를 타는 것이다. 한 번 갈아타야 하니까, 편도에 버스를 두 번 타는 셈이었다. 먼저 버스를 타고 케임브리지로 간 다음, 버스 터미널에서 내려 헌팅던행 버스로 갈아타야 했다. 여기에도 위험은 도사리고 있었다. 그렇지만 우리 셋이 함께 헌팅던까지 갈 방법이 달리 없기에 그 정도 위험은 감수할 수밖에 없었다.

지금까지 비비와 나는 파라곤을 시내 중심지에서 멀리 떨어진 곳으로만 데리고 다녔다. 밭지대나 외곽의 언덕은 사람들이 굳이 찾지 않는 곳이었다. 그런 곳에 있으면 의심의 눈초리를 받을 일이 거의 없었다. 그런데 파라곤을 시내로 데리고 들어가면? 수백, 수천 명의 사람들 앞에 파라곤을 내놓게 되는 셈이었다. 변장을 더 철저하게 해야 했다.

"뭐야, 이건?"

파라곤이 엄지와 집게로 마치 죽은 쥐 잡듯 가발을 집어 들었다.

비비가 싱긋 웃었다.

"가발이지."

"내 머리에 쓰라는 뜻이야? 나한테 머리카락이 있는 것처럼 보이게?"

나는 고개를 끄덕였다.

파라곤은 번쩍번쩍 빛나는 금속 두개골에 가발을 얹고 우리를 향해 돌아섰다. 그렇잖아도 앞으로 기울어져 두 눈을 가리고 있던 가발이 파라곤이 고개를 돌리는 바람에 왼쪽 뺨까지 덮었다.

"어떻게 생각해? 내 스타일이야? 나, 지금 제대로 소화하고 있어?"

비비와 내가 미친 듯이 낄낄거리자, 파라곤은 가발 한가운데에 가르마를 타서 더 우스꽝스러워 보이게 했다.

비비가 가까스로 웃음을 멈추며 말했다.

"이따가 접착제로 좀 붙여야 할 것 같아."

비비는 집에서 나올 때 엄마의 재료 상자에서 옷가지와 액세서리를 잔뜩 챙겼다. 이번에는 가방을 뒤져서 선글라스를 꺼냈다.

"이거 써 봐."

파라곤은 비비의 손에서 선글라스를 낚아채며 대꾸했다.

"그냥 놀리려고 하는 것 같은데."

파라곤은 선글라스를 코에 얹은 다음 다리를 가발 아래 귀가 있을 위치의 작은 돌기에 걸쳤다. 그리고 목소리를 낮게 깔고 짐짓 진지하게 말했다.

"거기, 친구! 이거, 정말 멋진데? 내기 당구 한판 어때? 저 아래 골든 너겟에서 끝내주는 밴드가 연주를 한다더군."

비비와 나는 또 한 번 웃음을 참느라 허우적거려야 했다.

파라곤은 상황극의 천재였다. 진지한 건 딱 질색인 듯했다. 우리가 좋아하기만 하면 이상한 목소리를 흉내내며 미친 사람처럼 굴기도 했다. 우리가 자신을 보고 웃기만 하면 다 그만이었다. 그런 면에서 파라곤은 우리 아빠와 많이 닮았다.

비비가 말했다.

"어쩌면 넌 연기자 로봇일지도 몰라. 무대에서 연기하도록 설계된 거지."

파라곤의 변장이 끝날 즈음이 되자, 우리는 옆구리가 결리는 것도 모자라 웃다가 흘린 눈물로 뺨이 따가울 지경이었다. 비비와 나는 나란히 한 걸음 물러서서 우리의 작품을 감상했다.

비비는 파라곤의 발에 사백 밀리미터 사이즈의 신발을 꿰어 넣는 데 성공했다. 신발 뒷부분을 조금 잘라 내야 했지만 어쨌든 발이 들어가기는 했다. 하의로는 면바지를 입힌 다음, 허리에 허리띠를 둘러 흘러내리지 않게 했다.

상의로는 큼지막한 울스웨터를 입혀 몸통과 두 팔을 가렸다. 그 위에 지금까지 여러 번 입어서 다소 추레해진 트렌치코트를 입힌 다음 목 끝까지 단추를 채웠다. 금속 손가락은 가죽 장갑으로 가리고, 가발은 비비가 접착제를 발라 양옆을 고정했다. 눈은 선글라스로, 얼굴은 평상시처럼 삐뚜름하게 멋을 내서 쓴 챙이 넓은 모자로 가렸다. 문제는 완벽하게 가리지 못한 입과 뺨이었다.

내가 말했다.

"다른 곳을 다 가려도 입이 보이면 소용없잖아? 눈에 확 띌 텐데."

"잠깐만."

비비는 가방을 뒤져 줄무늬 목도리를 찾아냈다.

"파라곤, 이걸로 얼굴 아랫부분을 감아."

파라곤은 목도리로 입가를 칭칭 감았다.

"좀 나아?"

나는 팔짱을 끼고 서서 고개를 끄덕였다.

"로봇처럼 보인다고 사람들이 쳐다볼 일은 없겠어. 그런데 이 더운 날에 옷을 잔뜩 껴입은 미친 사람 같아 보여서 쳐다보긴 하겠는데?"

비비가 말했다.

"그건 괜찮아. 문제없어. 우리 삼촌이나 뭐 친척인 척하면 돼. 몸이 엄청 안 좋은."

내가 씩 웃었다.

"몸이 엄청 안 좋다고? 이 차림이면 나라도 몸이 안 좋겠다."

파라곤은 제자리에서 한 바퀴 빙그르르 돌았다.

"난 근사해 보이는 것 같아. 진짜 사람이 된 느낌이야. 내 생각엔 아무도 안 쳐다볼 것 같아. 감쪽같이 섞여들겠어."

버스가 우리 앞에 와서 서더니 쉬익, 하고 문이 열렸다.

내가 속삭였다.

“차비는 내가 낼게. 파라곤, 넌 그냥 가만히 있어.”

“오키도키.”

셋이서 차례로 버스에 오르고 난 다음, 나는 주머니에서 쿼티를 꺼냈다.

“어른 한 사람에 청소년 둘이요. 트리니티 시내까지 가요.”

기사 아저씨가 입을 떡 벌리고서 파라곤을 한참 동안 쳐다보았다. 갑자기 파라곤이 목도리 너머로 말을 시작했다.

“전 이 아이들 삼촌입니다. 몸이 좀 안 좋아서요.”

기사 아저씨의 입이 더 크게 벌어졌다. 파라곤은 목도리를 잘 여미며 주변을 둘러보았다.

“날씨가 아주 화창합니다. 기사분 버스도 참 멋지네요. 이 버스는 정말…… 좌석이 많군요.”

나는 쿼티를 카드 단말기에 갖다 댔다. 기사 아저씨가 고개를 털면서 정신을 가다듬었다. 그러고서도 나와 파라곤을 여전히 번갈아 쳐다보았다.

우리가 통로로 걸어 들어가자 승객들의 시선이 일제히 쏠렸다. 나는 파라곤을 창가 좌석으로 밀어 넣은 뒤 그 옆에 앉았다. 비비는 앞좌석에 앉은 다음 우리 쪽으로 돌아앉았다. 곧바로 버스가 출발했다.

나는 파라곤에게 조용히 말했다.

“아무 말도 하지 말라고 했잖아.”

“알아. 그런데 기사 아저씨가 자꾸만 쳐다보잖아. 아무래도 이 목도리하고 스웨터 때문에 내 의사 결정 회로가 과열되는 것 같아. 난 사람들이 왜 그렇게 옷을 많이 입는지 모르겠어. 쓸모도 별로 없는데."

"어쨌든 조심해. 우리에게 시선이 쏠려서 좋을 게 없잖아."

"알았어."

시내가 가까워질수록 버스에 새로 타는 사람이 많아졌다. 울퉁불퉁한 나무 지팡이를 짚고 올라선 할머니가 뒤쪽으로 오더니 통로 맞은편 좌석에 앉았다. 똑바로 쳐다보지 않아도 할머니의 시선을 충분히 느낄 수 있었다. 아니나 다를까, 할머니가 결국 나에게 말을 걸었다.

"실례해요."

나는 일부러 못 들은 척했다.

그때 파라곤이 팔꿈치로 나를 쿡 찔렀다.

"오든, 저기 나이 든 여성이 너한테 뭔가 말씀하고 싶어 하셔."

"쉬이잇."

파라곤은 또 한 번 나를 쿡 찔렀다.

"무례하게 굴지 마. 너하고 얘기하고 싶어 하신다니까."

"실례해요."

나는 한숨을 쉬며 할머니를 바라보았다.

"네?"

"안쪽에 앉은 양반, 괜찮은가요? 조금 더워 보여서, 내가 마음이 안 좋은데."

나는 씩 웃어 보였다.

"예, 괜찮아요."

파라곤이 끼어들며 나와 비비를 가리켰다.

"저는 이 아이들 삼촌입니다. 그리고 몸이 매우 좋지 않습니다. 염려해 주셔서 감사합니다, 부인."

"어머나."

할머니는 의아한 표정을 지으며 물러나 앉은 다음 창밖으로 시선을 고정하더니, 버스에서 내릴 때까지 우리 쪽으로 돌리지 않았다.

버스 터미널에서도 긴장되기는 마찬가지였다. 좁은 공간에 너무 많은 사람이 있었고, 그 사람들 중 대부분은 키 큰 남자한테 무슨 문제가 있는지 궁금해했다. 왜 모자를 쓰고서 선글라스를 꼈는지, 햇살이 따갑게 내리쬐는 날씨에 왜 두꺼운 목도리를 하고 있는지, 머리카락은 왜 한쪽으로 쏠려 있는지…….

"접착제가 녹는 것 같아."

비비가 말했다. 우리는 전광판을 보며 몇 번 버스를 타야 할지 확인하고 있었다.

"파라곤이 과열되면서 접착제가 녹아내리는 거야."

"이런. 파라곤, 고개를 빨리 돌리지 마. 가발이 떨어질 수도 있어."

파라곤이 대꾸했다.

"노력해 볼게."

우리는 6번 정류장을 찾아가서 버스가 오길 기다렸다.

그래도 헌팅던으로 가는 길은 케임브리지까지 온 길보다 평온했다. 우리 셋은 버스 맨 뒤칸의 긴 좌석에 앉았다. 파라곤이 창밖의 경치를 구경하는 사이에 나는 비비와 이야기를 나누었다.

"파라곤을 또 움직이게 한 단어가 뭐였다고?"

“얘기 중에 내가 제네바 협약이라고 했어. 그러니까 파라곤이 갑자기 사람 이름하고 주소를 말하는 거야.”

“왜 제네바 협약일까? 이해가 안 돼. 제네바 협약은 전쟁이랑 관련 있는 거잖아? 이 마일로 트레블이란 사람은 전쟁하고 관련된 사람일지도 몰라. 아니면 살인이나.”

비비는 문득 불안해진 것 같았다.

“그런데 우리가 이 사람을 믿어도 될까? 파라곤은 나나 너나 엄마한테도 비밀로 했어. 그런데 지금 우리는 생전 처음 보는 사람한테 파라곤을 보여 주려는 거잖아. 그러다 파라곤을 뺏기면? 그땐 어떡하지?”

그런 건 생각하고 싶지 않았다. 아주 먼 길을 돌아온 뒤에야 파라곤을 있는 그대로 받아들일 수 있었다. 이제 와서 파라곤을 잃는다고? 그것만은 정말로 원하지 않았다. 생각만으로도 끔찍했다. 파라곤을 믿어야 했다. 다른 방법은 없었다.

나는 비비에게 대답했다.

“파라곤은 그 사람이 자기를 도와줄 거라고 했어. 내 바람으로는 그 사람이 레인보우 머신도 작동시킬 수 있었으면 좋겠어. 배터리가 어디 있는지도 알려 주면 좋겠고. 외삼촌과도 아는 사이일지 몰라…….”

나는 일단 용기를 내기로 했다.

“비비.”

“왜?”

“아주 중요한 이야기가 있어. 그렇지만 절대로 소리를 지르지 않겠다고 약속해 줘. 저기 저 덩치 큰 남자하고 좁은 공간에 갇혀 있다는 점을 고려해서라도.”

"오든! 빨리 얘기하기나 해."

"내 생각에…… 외삼촌은 그냥 돌아가신 게 아닌 것 같아."

비비의 눈동자가 그랜드캐니언 계곡 너비만큼 확장되었다.

"아직 살아 계신다는 뜻이야?"

"아니, 내 말은, 그냥 돌아가신 게 아니라고."

이번에는 비비의 두뇌 회전이 그랜드캐니언 계곡을 뛰어넘을 만큼 도약했다.

"살해당하셨다고 생각하는구나?"

나는 우울한 눈빛으로 비비를 바라보았다.

"응, 거의 확실해."

# 웰스프링 과학 혁신 센터

우리가 버스에서 내린 곳은 헌팅던에서도 외곽 지역이었다. 거기서부터 이 킬로미터가 넘게 걸어가야 웰스프링 과학 혁신 센터가 나왔다. 도로는 길고 까마득했다. 갓돌을 따라 잡초가 마구 자란 것으로 보아, 다니는 사람이 거의 없는 길이 분명했다. 시내 쪽과 반대편으로 갈수록 점점 더 후미지고 으슥해졌다.

얼마나 걸었을까? 한참 만에 도로가 탁 트이면서 건물들이 보였다. 꽤 대규모 단지였다. 외벽을 거울로 마감한 네모반듯한 고층 건물이 여기저기 솟아 있었다. 그 모습이 마치 멀티 플러그를 뒤집어 놓은 것 같았다.

나도 모르게 혼자 중얼거렸다.

"엄청난걸."

과학 기술 단지는 가시철조망을 얹은 십 미터 높이의 철책으로 둘러싸여 있었다. 철책을 따라 전류가 흐르는 소리가 우리가 서 있는 아래쪽까지 울렸다. 소리만으로 부족한 듯, 철책 앞의 경고판에는 딱딱한 글씨로 이렇게 쓰여 있었다.

전기 철책, 접근 금지, 사망 위험.

도로는 과학 기술 단지의 정문으로 이어져 있었다. 정문에서는 무장한 보안 요원 하나가 아스팔트에 말라붙은 껌을 군화 끝으로 툭툭 차며 긁어내고 있었다.

내가 말했다.

"생각보다는 환영받을 분위기가 아닌데. 우리를 들여보내 줄까?"

비비가 나섰다.

"부딪혀 보기 전엔 모르지. 일단 가 보자."

나와 비비, 파라곤은 최대한 자연스럽게 정문 쪽으로 걸어갔다. 껌을 떼어 내는 데 실패한 보안 요원이 우리를 보고 소총을 겨누었다.

"정지!"

우리는 그 자리에 곧장 멈춰 섰다.

"무슨 일로 왔니?"

"마일로 트레블 박사님을 뵈러 왔어요."

비비가 또렷한 목소리로 당차게 대답했다. 비비도 속으로는 나처럼 겁을 먹었을지도 모르지만, 어쨌든 밖으로는 전혀 티를 내지 않았다.

보안 요원이 물었다.

"사전 약속은?"

“약속은 미리 못 했어요. 하지만 중요한 문제가 있어서 이렇게 찾아왔어요.”

비비는 자신이 무척 현명하게 대답했다고 생각하는 것이 분명했다. 나에게 고개를 살짝 끄덕여 뿌듯한 마음을 드러내 보였다.

그렇지만 보안 요원에게는 아무 의미가 없었다.

“사전 약속 없이는 들어갈 수 없어. 당장 물러서. 그렇지 않으면 테러 행위로 간주해 총을 쏘겠다.”

보안 요원은 우리에게 소총을 휘휘 내저었다. 우리는 멍하니 그대로 서 있었다. 얼마나 무작정 찾아왔는지 새삼 놀라워하면서.

“가라. 당장 물러가.”

파라곤이 중얼거렸다.

“그래, 가자.”

나는 머뭇거리며 중얼거렸다.

“그렇지만…….”

“그렇지만은 없어. 어서 가자.”

파라곤은 이렇게 말하고선 왔던 방향으로 천천히 걸었다. 어깨가 축 처져 보였다. 비비와 나는 서로를 잠시 쳐다보고는 파라곤의 뒤를 얼른 좇아갔다.

나는 파라곤 옆으로 가면서 말했다.

“그냥 이렇게 포기하면 안 돼. 트레블 박사가 널 도와줄 것 같다고 했잖아. 어떻게든 노력해 봐야 하는 거 아니야?”

파라곤은 아무 말이 없었다. 한참 동안 묵묵히 걷기만 했다.

비비는 파라곤의 보폭을 맞추느라 뛰다시피 하며 말했다.

“우리의 상황을 잘 설명하면 들여보내 줄 거야.”

파라곤은 고개를 숙인 채 걷기만 했다. 결국 나는 불평을 터뜨렸다.

“난 네가 더 강하게 나갈 줄 알았는데. 최소한 말이라도 해 볼 줄 알았다고. 어휴, 네가 용감한 줄 알았잖아.”

그제야 파라곤이 우뚝 멈춰 섰다.

“오든, 걱정하지 마. 아직 포기한 거 아니니까.”

파라곤은 뒤를 돌아보고 보안 요원의 동태를 살폈다. 군화로 바닥에 붙은 껌을 긁어내는 데 다시 열중하고 있었다. 파라곤은 재빨리 도로 옆의 덤불로 들어갔다. 나도 비비와 함께 얼른 뒤따라갔다.

“정문으로는 못 들어간다고 했지? 그럼 뒷문으로 들어가면 되지!”

파라곤은 포기한 것이 아니었다. 간단한 방법을 생각하고 있었다.

“옆문으로 들어가거나. 가자.”

얼마쯤 걷다 보니 보안 요원이 더는 보이지 않았다. 보이는 것이라고는 끝없이 펼쳐진 철책뿐이었다. 철책에서는 화장실에 파리가 들어갔을 때 날 법한 위잉위잉, 소리가 계속 울리고 있었다. 한참을 가다 보니 철책이 거의 직각으로 꺾였다. 우리는 계속 걸어갔다. 몇백 미터는 더 걸었을 즈음, 파라곤이 갑자기 멈춰 섰다.

“이만큼 왔으면 된 것 같아.”

파라곤은 양손의 장갑을 벗어 비비에게 내밀었다.

“자, 지금부터 무슨 일이 있어도 나를 만지면 안 돼. 알겠지? 잘못하면 너희가 죽을 수도 있어.”

비비와 나는 고개를 끄덕이며 반사적으로 한 걸음 뒤로 물러섰다. 파라곤은 철책으로 다가가 왼손을 들었다. 전류가 흐르는 철책이 코앞이었다. 비비가 비명을 질렀다.

"파라곤!"

파라곤이 비비를 돌아보고 속삭였다.

"쉿!"

파라곤은 손을 뻗어 철책을 거머쥐었다. 철책에서 불꽃이 튀면서 파라곤의 몸이 모자가 미끄러져 내릴 정도로 부르르 떨렸다.

내가 물었다.

"파라곤, 괜찮아?

파라곤은 아무 대답이 없었다. 파라곤만 혼자 다른 세상에 있는 것 같았다. 파라곤의 눈에서 불빛이 들어왔다 나가며 깜박거렸다.

비비가 걱정스러운 표정으로 물었다.

"파라곤 괜찮을까?"

그때 파라곤이 설명하기 시작했다.

"마일로 트레블 박사는 지금 단지 내에 있어. 오늘 아침 8시 30분에 전자 출근부에 서명했어. 이 단지의 보안 요원은 모두 셋이야. 하나는 정문을 지키고, 다른 둘은 단지 내부를 순찰해. 플레밍관 담당자는 약 16분에 한 번씩 건물 앞으로 지나가고 있어. 7분 전에 왔다 갔으니까, 우리가 플레밍에 들어갈 수 있는 시간은 9분 남아 있는 셈이야."

비비가 말했다.

"그 사람이 다시 지나갈 때까지 기다리자. 그러면 16분을 다 쓸 수 있잖아."

파라곤이 대답했다.

"아니. 플레밍관 담당자는 곧 보안실에서 점심을 먹을 텐데, 거기서는 플레밍관 현관이 보여. 그러니까 지금 안 들어가면 한 시간 넘게 기다려야 해. 게다가 점심시간에는 스쿠트 드론 두 대가 단지를 정찰하거든.”

내가 물었다.

“너는 상공의 드론도 무력화시킬 수 있잖아?”

파라곤은 고개를 저었다.

“여긴 사방이 트여 있어. 만약 드론이 단지 반대편에서 날아오면, 내 사정거리에 들어오기 전에 우리를 감지할 거야.”

“그런데 이 안으로 어떻게 들어가지?”

파라곤은 왼손은 그대로 철책을 쥔 채 오른손을 들어 집게손가락을 세웠다. 신기한 일이 벌어졌다. 집게손가락 끝이 딸깍 뒤로 접히더니 안에서 아주 작은 파이프가 나왔다. 파이프에서 짧은 불꽃이 맹렬히 타올랐다. 파라곤은 손가락의 불꽃으로 철책을 자르기 시작했다. 이윽고 철책선이 버터처럼 녹아내렸다.

“우아!”

“말도 안 돼!”

“철책을 끊은 자리에서 전류를 돌려보내고 있어. 아무도 눈치 못 챌 거야.”

만약 몇 달 전에 누군가 나에게 이런 말을 해 주었다면? 그러니까 케임브리지 변두리에서 학교 친구랑 로봇 친구와 함께 과학 기술 단지의 전기 철책을 잘라 몰래 숨어 들어가서 생전 처음 보는 과학자를 찾아 헤매게 될 거라고……. 나는 분명 별 이상한 놈을 다 보겠다고 하면서 코웃음을 쳤을 것이다. 그런데 지금 그 일이 눈앞에서 벌어지고 있었고, 나는 너무나 자연스럽게 받아들이고 있었다.

파라곤은 침착하게 철책을 계속 잘라 냈다. 4분 정도가 지나자 마지막 철사가 잘려 나감과 동시에 철책에 우리가 기어서 통과할 만한 넓이의 구멍이 생겼다. 파라곤이 철책을 쥐고 있던 왼손을 놓았다.

"됐어. 가자."

파라곤이 앞장서고 그 뒤로 비비가, 마지막으로 내가 들어갔다.

"플레밍관은 이쪽이야. 평소처럼 걸어, 사람들 시선을 끌지 않게."

나는 케임브리지행 버스 기사 아저씨가 파라곤을 바라보던 눈길이 생각나서 웃음이 비어져 나오려고 했다. 파라곤의 옷차림으로 사람들의 시선을 끌지 않기란 매우 힘들었다.

어디선가 전기차 한 대가 빠르게 다가왔다. 파라곤은 날렵하게 우리를 돌려세워 하늘을 가리키는 시늉을 했다. 자신은 아이들에게 하늘에 뭔가 신기한 것이 있다고 가르쳐 주는 어른이고, 우리는 거기에 정신이 팔린 아이들인 것처럼 보이게 하려는 듯했다. 전기차는 그대로 우리 곁을 지나쳐서 어딘가로 사라졌다.

"가자."

우리는 지루하게 이어지는 긴 보도를 따라 걷다가 방향을 꺾어 다시 한 번 끝없이 이어지는 긴 도로로 들어섰다. 단지에는 사람이 거의 없었다. 이곳에서 연구하던 사람들 대다수는 지금 전쟁터에 나가 있을 것이다.

파라곤이 턱으로 앞쪽을 가리켰다.

"저기 있다."

눈앞의 잔디밭에 '알렉산더 플레밍관'이라고 적힌 화려한 건물 안내판이 있었다. 우리는 재빨리 건물 입구의 계단을 올라가 현관의 대형 유리문 앞에 섰다. 내가 나서서 문을 밀어 보았지만 꼼짝도 하지 않았다. 그때 비비가 어딘가를 가리켰다.

"저길 봐."

문은 잠겨 있었다. 문 바로 옆 벽면에 큼지막한 터치패드가 붙어 있었다. 아마도 손바닥으로 인증을 해야 열리는 것 같았다.

내가 부루퉁해져서 말했다.

"우린 못 들어가겠네."

비비가 물었다.

"파라곤, 몇 분 남았어?"

"정확히 1분."

"그럼 어쩌지?"

"잠깐 비켜 봐."

파라곤은 터치패드 앞에 서더니 오른손을 번쩍 들었다. 새끼손가락의 끝이 딸깍 젖혀지더니 바늘처럼 생긴 침이 나왔다. 터치패드를 이리저리 만지다가 어딘가에 침을 삽입했다. 터치패드에 잠깐 불이 들어왔다가 곧 사라졌다.

"오든, 이제 네 손을 터치패드에 대."

"내 손바닥은 인식하지 못할 텐데."

"맞아, 못 해. 그렇지만 터치패드가 네 손바닥을 검색하는 백만 분의 일 초 사이에 내가 네 손바닥을 새로 등록할 거야. 인식 시스템과 경주를 하는 셈이지. 준비됐어?"

나는 파라곤과 나란히 선 뒤 터치패드 앞으로 손바닥을 내밀었다.

"좋아, 오든. 지금이야."

내가 터치패드에 손바닥을 대기가 무섭게 현관문이 쉬익, 소리를 내며 열렸다.

"됐다!"

"휴! 아슬아슬했어. 여기 소프트웨어 성능이 엄청나. 자칫하다간 늦을 뻔했어. 십억 분의 일 초더라고."

비비가 빙긋 웃었다.

"그렇다면 세계에서 제일 짧은 경주네."

우리 셋은 플레밍관으로 안으로 잽싸게 뛰어들었다. 문밖에서 보안요원이 지나가는 모습이 보였다. 소총을 까닥이며 점심을 먹으러 가고 있었다.

플레밍관은 무서울 정도로 조용했다. 마치 철거를 앞두고 사람들이 모두 떠나 메아리만 공허하게 울리는 건물 같았다. 대리석 계단을 한 단 올라갈 때마다 발소리가 계단 벽에 부딪혔다가 불청객처럼 되돌아왔다. 발소리가 채우지 못한 정적이 찾아오면 평소에는 알아채지도 못한 파라곤 본체의 기계음이 또렷하게 들리곤 했다.

내가 속삭였다.

"다들 어디 있는 거야?"

이곳에서는 속삭임도 천둥 소리처럼 울렸다. 파라곤이 재빨리 고개를 저었다.

"전쟁 때문이겠지? 유럽 대륙으로 떠난 사람도 있을 거고, 정부 출연 연구소로 불려간 사람도 있을 거고. 지금 이 단지에는 과학자들이 별로 안 남은 것 같아."

실제로 계단을 올라가는 내내 사람이라고는 한 명도 보이지 않았다. 삼층에 도착한 우리는 벽에 붙어 있는 안내판을 확인하고서 길게 뻗은 복도로 들어섰다. 복도에는 건물이 평소와 다름없다는 걸 보여주려는 듯 전등이 환하게 불을 밝히고 있었고, 벽을 따라 설치된 화면에도 간간이 메시지가 뜨고 있었다.

물은 소중한 자원입니다. 낭비하지 않도록 합시다.

창의력이 평화와 발전의 열쇠입니다.

우리 아이들에게 보다 나은 미래를 주기 위해 연구에 매진합시다.

메시지를 보자 섬뜩한 기분이 들었다. 세뇌의 냄새가 났다. 여기는 무얼 하는 곳일까? 그런데 갑자기 파라곤이 멈춰 섰다.

내가 물었다.

"왜 그래?"

"드론이야."

"드론? 실내에?"

"응, 우리 뒤에 있어. 총 백스물두 대가 이쪽으로 오고 있어."

"뭐, 백……?"

"쉿!"

파라곤은 비비와 나를 복도 벽면의 철제 캐비닛 옆으로 밀었다. 어떻게 된 걸까? 백스물두 대나 되는 드론이 어떻게 한꺼번에 몰려올 수 있는 거지? 심지어 소리도 없었다. 무슨 소리든 들려야 했다.

나는 캐비닛 너머를 뚫어지게 쳐다보았다. 뭔가 이상한 일이 벌어지고 있었다. 복도 끝에서 공기가 흔들리는 것 같았다. 먼지 구름 같은 것이 천장과 바닥 가운데에서 소용돌이치고 있었다. 소리는 여전히 없었다. 그런데 구름이 점점 커지고 있었다. 설마! 구름이 우리를 향해 몰려오고 있었다.

"저게 뭐야?"

비비가 속삭이듯 파라곤에게 물었다. 파라곤은 복도 한가운데 버티고 서더니, 고통스러운 듯 주먹을 꽉 움켜쥐었다.

"지금……은, 말하기가……, 백스물두 대를 다…… 막기가……."

"파라곤! 왜 그래?"

우리에게로 다가오던 먼지 구름이 창문으로 쏟아지는 햇살을 막 통과할 때였다. 그제야 정체가 보였다. 구름은 나비 떼였다. 자그마한 로봇 나비 떼……. 그러니까 나비 모양의 드론이었다. 드론 하나가 나비만 했다.

"거의…… 다, 돼 가. 한 번에…… 다, 막……기가 힘들어서……."

파라곤은 온 신경을 집중하는 것 같았다.

"이제 거……의, 마지막…… 하나까지!"

드론의 거대한 덩어리가 점차 가까워졌다. 파라곤하고 일이 미터밖에 떨어져 있지 않았다. 파라곤은 주먹을 더 세게 쥐었다.

"좋아……. 이제…… 마지, 막……."

나비 한 마리가 대열을 이탈해 천장으로 솟구쳐 올랐다. 나선형 더듬이의 날개가 큰 나비였다. 나비는 천장을 스쳐 다시 곤두박질치더니 왔던 방향으로 돌아섰다. 곧이어 두 마리가 똑같이 솟구쳐 방향을 바꾸었다. 잠시 뒤, 나비 떼가 한 덩어리처럼 멈춰 서더니 방향을 틀었다. 초소형 드론 떼는 날개를 팔락이며 우리에게서 멀어졌다.

비비가 속삭였다.

"우아, 나비 드론들 정말 예쁘다."

구름이 복도를 꺾어 완전히 사라진 다음에야, 파라곤은 마음을 놓은 듯 주먹에 힘을 풀었다.

"휴우! 한 번에 드론 백스물두 대라니! 쉽지 않았어. 그래도 내 다차원 작업 수행 능력을 테스트하기엔 딱 맞았지. 오늘 내 시스템이 큰일을 여럿 해내는구나."

파라곤이 뿌듯해서 우쭐거리는 것인지, 지쳐서 후들거리는 것인지, 어느 쪽인지 구분하기가 힘들었다.

내가 물었다.

"그런데 저건 무슨 드론이야? 난 처음 봐."

파라곤이 대답했다.

"제피로스 드론이야. 실내 감시용이지. 아직 시험 제작 단계야."

우리는 복도를 걷기 시작했다. 비비가 덧붙였다.

"오늘부터 제피로스 드론을 좋아할래. 아리엘 드론보다 예쁘잖아."

파라곤이 경고했다.

"비비, 예쁜 것이 늘 좋은 건 아니야. 겉으로 보이는 모습으로 판단해선……. 잠깐만!"

"응?"

"쉿! 이 소리 들려?"

비비와 나는 귀를 바짝 기울였다.

"아니, 아무 소리도 안 들리는데?"

"나도 안 들려."

파라곤은 중앙 복도에서 방향을 틀었다.

"이쪽에서 들리고 있어."

비비와 나는 파라곤의 뒤를 따라갔다. 얼마 지나자 우리에게도 소리가 들리기 시작했다. 음악 소리였다. 클래식 음악…….

비비가 물었다.

"이게 무슨 곡이더라?"

"라흐마니노프 피아노 협주곡 2번 C단조 작품 번호 18번. 1965년, 얼 와일드의 연주 녹음."

그 정도는 아무것도 아니라는 듯 파라곤이 정보를 유유히 읊었다. 우리는 음악 소리가 나는 쪽으로 다가갔다. 소리는 다가갈수록 점점 더 커졌다.

바로 그때 문이 벌컥 열리면서 복도 벽에 쾅! 부딪혔다. 뒤이어 방 안에서 연구 노트 같은 것에 고개를 파묻은 남자가 걸어 나왔다. 뭘 읽고 있었는지는 몰라도 거기에 얼마나 빠져들었는지 우리가 코앞에 있다는 것도 알아차리지 못했다.

남자는 혼잣말로 중얼거렸다.

"쓰레기야! 실체 없는 공허한 쓰레기!"

남자는 복도 창문을 열더니 종이를 구겨서 그대로 날려 버렸다. 창문 밖으로 날아간 종이 뭉치는 곧장 잔디밭으로 떨어졌다. 잔디밭에는 수천 장의 종이 뭉치가 널려 있었다.

남자는 창문을 닫고 금세 발길을 돌렸다. 우리를 본 것도 그때였다.

남자는 성가시다는 듯 다짜고짜 이렇게 물었다.

"누구냐? 여기서 뭘 하는 거지?"

비비가 나섰다.

"트레블 박사님이세요?"

남자는 사십 대 정도 되어 보였다. 짙은 색 긴 곱슬머리에, 입 주변으로 동그랗게 턱수염이 나 있었다. 뚱뚱하진 않지만 마르지도 않았다. 빤 지 오래되어 보이는 티셔츠와 청바지를 입고 있었다. 그리고 무엇보다 눈이 몹시 피곤해 보였다.

남자가 미심쩍은 듯 대답했다.

"그런데?"

내가 나섰다.

"조나 블룸 박사님에 관해 말씀드릴 것이 있어서 왔어요. 괜찮으시다면 몇 가지 여쭤 보고 싶어요."

트레블 박사님은 흥, 하고 코웃음을 쳤다.

"블룸에 관해서라면 대답할 만큼 다 했다. 그런데 너희는 누구냐? 어떻게 들어왔지? 여긴 보안 구역인데."

"박사님, 제 이름은 오든 데어예요. 조나 블룸 박사님 조카고요."

트레블 박사는 눈살을 찌푸리며 나를 빤히 쳐다보았다.

"그럼 네가 색깔을 보지 못한다는 그 아이로구나."

"네."

트레블 박사는 다른 말은 하지 않았다. 속으로 상황을 가늠해 보는 것 같았다.

"얘야, 나는 블룸, 아니 네 외삼촌에 관해서는 더 말할 게 없어. 수자원 위원회에 보낸 진술서만도 이미 수십 통이 넘을 거다. 궁금한 게 있으면 그쪽에 물어보는 편이 빠를 거야."

트레블 박사는 박차고 나왔던 실험실의 문손잡이로 손을 뻗었다.

"외삼촌 일은 유감이다. 나도 몹시 안타까워. 그렇지만 나는 지금 해야 할 일이 있어. 이제 그만 가거라."

"잠시만요. 박사님, 꼭 아셔야 할 것이 있습니다."

파라곤의 말에 트레블 박사는 손잡이를 슬며시 놓았다.

파라곤은 단번에 모자와 선글라스, 목도리, 코트, 스웨터를 몸에서 벗겨 냈다. 창문에서 쏟아지는 눈부신 햇살이 파라곤의 금속 몸체에 반사되어 순간적으로 트레블 박사의 시야를 가렸다. 트레블 박사는 깜짝 놀라 입을 떡 벌렸다. 파라곤은 박사에게 성큼 다가섰다.

한동안 정적이 복도를 가득 채웠다. 맨 처음 플레밍관에 들어섰을 때 느껴졌던 정적보다 더 먹먹했다. 한참 동안 아무도 말을 꺼내지 않았다. 마침내 트레블 박사의 한 마디가 정적을 깨뜨렸다.

"파라곤인가?"

우리는 트레블 박사의 넓고 훌륭한 실험실로 들어갔다. 곳곳에 거대한 장비가 널려 있었다. 생전 처음 보는 물질이 부글거리면서 불꽃을 튀겼다. 책장에는 어려운 제목의 과학 책들이 끝없이 꽂혀 있었다.

실험실은 기묘한 신흥 마법의 세계 같았다. 벽의 화면과 기기의 모니터에서는 신호음이 요란하게 울렸고, 낡은 화이트보드에는 이상한 모형과 수식이 잔뜩 휘갈겨 쓰여 있었다. 그리고 냄새! 달걀 썩는 냄새에 금속 타는 냄새, 그리고 지독하게 단 설탕 냄새가 뒤섞여 진동했다.

트레블 박사는 연신 감탄을 쏟아 내며, 파라곤의 몸체며 머리를 샅샅이 살폈다.

"이런……, 세상에……! 정말 엄청난 역작이야. 이것으로 블룸은 자신을 넘어섰겠군. 대단해. 진심이야."

비비가 물었다.

"박사님은 파라곤을 어떻게 아세요?"

트레블 박사는 방해를 받아 귀찮다는 듯한 기색으로 비비에게 돌아섰다.

"내가 어떻게 아느냐고? 그야 내가 이름을 지었으니까."

"박사님이 파라곤의 이름을 지었다고요?"

"별 뜻 없이 짓기는 했지만. 블룸은 자신의 새 프로젝트에 무슨 이름을 붙일지 고민하고 있었어. 그게 뭔지 구체적으로 알려 주지는 않았지만, 세상을 뒤집을 만큼 완벽한 프로젝트라고 하더군. 그래서 내가 파라곤은 어떠냐고 한 거지. 파라곤에는 완벽이라는 뜻이 있으니까."

트레블 박사는 다시 파라곤을 탐색하기 시작했다.

"그 결과가 바로 이것이었어. 블룸의 작품! 이런, 이런. 세상에!"

내가 끼어들었다.

"파라곤이에요."

트레블 박사는 내 말은 듣는 둥 마는 둥 하면서 물었다.

"뭐라고?"

"파라곤이라고요. '이것'이라고 하지 마세요."

트레블 박사가 내 말을 바로잡았다.

"이건 인간형 로봇일 뿐이야. 인간이 아니야. 인간의 모습을 한 것

뿐이지. 우리처럼 내장 기관이 없고. 또 독립적인 사고를 하지 못해. 그러니 이것은 '이것'이야."

파라곤이 헛기침을 했다.

"흠흠. 꼭 그렇게 제가 여기 없는 것처럼 대화를 나누셔야 하나요? 제 생각에는 예의에 어긋나는 일 같습니다만."

나는 큰 소리로 웃음을 터뜨렸다. 비비도 따라 웃었다. 트레블 박사는 곧장 눈살을 찌푸렸다.

비비가 물었다.

"그러면 박사님은 블룸 박사님하고 친하셨겠네요?"

트레블 박사는 잠시 머뭇거렸다.

"글쎄……, 아주 오래전에는 그랬지."

트레블 박사가 파라곤의 귀 쪽을 손으로 쿡 찔렀다.

"아얏!"

파라곤이 과장되게 펄쩍 뛰며 되물었다.

"아, 제가 무례했나요?"

트레블 박사는 또 한 번 눈살을 찌푸렸다.

내가 물었다.

"아주 오래전이라는 게 무슨 뜻이에요?"

"말 그대로 아주 오래전에는 친구였지만 지금은 아니라는 뜻이지."

"왜 그렇게 됐어요?"

트레블 박사는 한숨을 쉬었다.

"시시한 사연이야. 너희가 별로 궁금해할 필요 없는……."

"얘기해 주세요. 궁금할 수도 있잖아요."

"다리를 쭉 펴."

트레블 박사가 명령하자 파라곤은 정확히 그 동작을 수행했다.

"멋지군. 멋지다고밖에 할 수 없어."

"박사님!"

내가 부르자, 트레블 박사는 한숨을 푹 쉬었다.

"우린 전문 분야와 관련해서 논쟁을 좀 벌였어. 어떤 상에 관해서였지. '제네바 과학상'이라는 건데, 굳이 밝히고 싶지는 않다만."

제네바? 그래서 파라곤이 갑자기 트레블이라는 이름과 이곳의 주소를 말한 거였다. 제네바 협약이 아니었다. 그냥 제네바였다. 나는 비비를 쳐다보았다. 비비도 나를 쳐다보고 있었다.

트레블 박사가 말을 이었다.

"어쨌든 누가 최초의 제네바 과학상 수상자가 될 것이냐를 두고 언쟁이 벌어졌어. 그래, 유치하지. 그렇지만 과학자들은 그런 일에 종종 유치해지곤 해. 허영심이라고나 할까. 우리는 각자의 연구로 수상에 도전하기로 했고, 그 뒤로 그렇게 각자의 길을 간 거야."

트레블 박사는 갑자기 슬픈 표정을 지었다.

"마지막 몇 년은 연락 한 번 못 했는데."

나는 실험실을 둘러보았다.

"지금은 어떤 연구를 하시는 거예요?"

"뭐, 여러 가지. 성적이 시원치 않다만."

트레블 박사가 파라곤의 등을 손으로 쓰다듬었다.

"아무래도 이만한 것은 없지."

트레블 박사가 비비와 나를 돌아보았다.

"인지 성능은 어떻지?"

"인지, 뭐라고요?"

비비가 나를 도와주었다.

"파라곤의 사고 능력은 어떻느냐고."

내가 대답했다.

"직접 물어보시지 그래요? 어쨌든 시를 상당히 좋아해요."

"시?"

비비가 나섰다.

"특히 에밀리 디킨슨을 좋아해요."

트레블 박사는 무슨 소리냐는 듯한 표정을 지었다.

"지금 한 편 읊어 드릴 수도 있어요. 원하신다면……."

파라곤이 목소리를 큼큼 가다듬었다. 또 시작하려는 모양이었다.

트레블 박사가 말을 뚝 잘랐다.

"됐어, 그만둬."

파라곤은 설핏 김이 샌 듯한 눈치였다.

"기동성은?"

비비가 대답했다.

"굉장히 빨라요. 숨바꼭질도 아주 잘하고요."

트레블 박사가 눈썹을 치켜떴다. 파라곤이 나직이 말했다.

"박사님, 그런데 저한테 문제가 좀 있습니다. 여기 이 표시등이 고장 난 것 같아요. 어떤 기능을 나타내는지도 모르겠고요. 도와주실 수 있을까요?"

트레블 박사는 불이 들어오지 않는 표시등을 손으로 툭툭 쳤다.

"그냥 퓨즈가 나간 거 아닌가?"

파라곤이 대답했다.

"아니요, 퓨즈는 멀쩡합니다."

트레블 박사는 턱수염을 손으로 쓰다듬으면서 생각에 잠겼다. 그러다 파라곤을 두고 실험실 뒤쪽의 컴퓨터로 갔다. 버튼을 클릭하자 화면에 구불구불한 선이 떴다.

"혹시 이 로봇에 동축 케이블 연결 잭이 있나?"

트레블 박사가 나와 비비에게 물었다. 그 순간 파라곤이 직접 나서서 손가락 끝을 딸깍 젖혔다. 트레블 박사는 파라곤의 손가락에 케이블을 연결하며 싱긋 웃었다.

"블룸은 뭐 하나 빠뜨리는 법이 없지. 역시 대단해."

트레블 박사는 케이블의 반대쪽 끝을 컴퓨터에 연결한 다음, 구식 키보드를 두드리기 시작했다.

"좋아……, 이제 뭐가 문제인지 살펴보자고……."

컴퓨터 화면에 일련의 모형이 지나가기 시작했다. 3D 모형이었다. 철사로 만든 것 같은 정육면체와 직육면체, 구, 삼각뿔, 삼각기둥이 화면에서 이리저리 비틀렸다. 이어서 더 복잡한 모형이 나타나기 시작했다. 그다음에는 2D 모자이크가 화면을 가득 메웠다. 모자이크는 왼쪽에서 오른쪽으로, 다시 위에서 아래로 흘렀다. 나로서는 뭐가 뭔지 하나도 이해할 수 없었지만, 트레블 박사는 분명히 이해하고 있는 것 같았다.

나는 화면 앞에서 눈을 반짝이고 있는 트레블 박사에게 조심스럽게 말을 꺼냈다.

"저기, 박사님? 제 생각에 저희 외삼촌은 제가 색깔을 볼 수 있게 하기 위해 어떤 기계를 연구 중이셨던 것 같아요."

"그래?"

"외삼촌이 그 기계에 붙인 이름은 레인보우 머신이에요. 저희가 그 머신을 창고 밑에서 찾았는데 배터리가 없었어요. 혹시 뭔가 아시는 것 없으세요? 저희 외삼촌한테 들으신 얘기라도?"

트레블 박사는 여전히 화면의 모자이크에만 집중하고 있었다.

"글쎄……. 아니, 아니야. 미안하다. 아는 게 전혀 없어."

가슴에 또 한 번 돌덩이가 내려앉는 듯했다. 도대체 그 잘난 레인보우 머신이란 걸 작동시킬 날이 오기는 하는 걸까?

트레블 박사가 파라곤에게 물었다.

"중앙 보조 시스템으로 2차 부하가 걸리는 건 피해 보았나?"

파라곤은 실망스러운 기색으로 대답했다.

"물론이죠. 제일 먼저 해 본 일인데요. 전압과 저항 비를 가능한 한 모든 퍼뮤레이션으로 시도해 봤지만 아무 소용 없었습니다."

"흠."

트레블 박사는 거기서 막힌 것 같았다.

"전구가 나간 게 아닌 건 확실한가?"

파라곤은 한숨을 쉬었다.

"확실합니다."

트레블 박사가 키보드를 치자 화면이 지그재그로 바뀌었다.

"그렇다면…… 전체 모터 시스템을 약화시킨 다음, 가상 매개 변수하에서 1차 부하를 역추적하면 어떨까? 물론 일시적으로."

파라곤은 잘 모르겠다는 듯 고개를 한쪽으로 기울였다.

"전혀 움직일 수 없게 될 수도 있는데, 그런 위험을 무릅쓸 필요가 있을까요?"

나와 비비의 머릿속에서 두 사람의 대화는 처음부터 끝까지 스쿠트 드론이 날아갈 때처럼 스쳐 지나갔다.

"작업을 천만 분의 일 초 내로 끝낼 수만 있으면 심한 손상은 없을 거야. 모든 게 정상으로 돌아오겠지. 원한다면 지금 해 볼 수도 있고."

트레블 박사의 손가락이 키보드의 한 키 위에서 머뭇거렸다.

"아닙니다. 좋은 생각인지 잘 모르겠어요. 게다가……."

"늦었어."

그 순간, 트레블 박사가 탁 소리가 나게 키보드의 키를 눌렀다.

"안 돼! ……어."

파라곤은 자신의 두 팔과 손을 바라보았다.

"어, 괜찮네요. 움직여져요. 휴!"

일 초가 지났을까? 비비가 갑자기 외쳤다.

"저길 봐!"

파라곤의 표시등이 깜박이기 시작했다. 일 초에 한 번 꼴이었다.

파라곤은 트레블 박사에게로 달려가 손을 내밀었다.

"고맙습니다, 박사님. 고마워요."

트레블 박사는 무서운 괴물이라도 되는 듯 파라곤의 손을 물끄러미 바라보았다. 그리고 별로 내키지 않은 듯 천천히 자신의 손을 내밀어 악수를 했다.

"천만에……, 파라……곤."

나는 실망한 기색을 감추지 못한 목소리로 물었다.

“그 표시등은 무슨 기능을 하는 거야?”

파라곤은 그대로 멈춰 섰다. 곰곰이 생각해 보는 것 같았다.

“그게……, 잘 모르겠어.”

“뭐?”

“아직 뭔지 모르겠어.”

내가 말했다.

“잠깐만. 그 표시등이 작동하지 않는다고 계속 걱정했잖아. 그런데 이제 등이 켜지는데 무슨 기능을 하는지 모르겠다고?”

파라곤은 다시 한 번 생각에 잠겼다.

“몰라, 모르겠어.”

“믿을 수가 없군!”

트레블 박사는 컴퓨터 화면을 뚫어지게 바라보고 있었다.

“파라곤에게는 처음 전원을 켠 이래로 한 번도 활성화되지 않은 기능이 몇 가지 있어. 여길 좀 봐.”

파라곤은 의아하다는 듯이 말했다.

“그럴 수는 없어요. 데이터베이스를 모두 확인했습니다. 다른 기능은 없습니다.”

트레블 박사가 화면을 손으로 가리켰다.

“활성화할 수 있을지 한 번 보면 되…….”

트레블 박사는 말을 끝내지도 못하고 화면 속의 움직이는 이미지에 빠져들었다. 손가락은 이미 키보드를 번개처럼 누비고 있었다. 그러다 대뜸 이렇게 말했다.

"팔을 뻗어 봐. 팔을 내밀어 보라고. 앞으로 쭉."

"예?"

비비와 내가 알 수 없는 표정을 짓는 사이, 파라곤이 두 팔을 나란히 내밀었다.

"좋아, 이제 잘 보라고."

트레블 박사가 키보드의 다른 키를 눌렀다. 그와 동시에 파라곤의 팔뚝 뒷면에서 뭔가가 움직였다. 양쪽 팔뚝에서 직사각형 금속판 두 개가 일 센티미터쯤 위로 들리더니 팔뚝의 옆면을 둥그렇게 감쌌다.

나도 모르게 큰 소리로 물었다.

"지금 뭐 하는 거야?"

팔뚝 안에서 검은색의 길쭉한 원통형 금속관이 서서히 올라와 팔뚝과 평행을 이루었다. 딸깍! 그 소리와 함께 원통형 관이 단단히 고정되었다. 내가 물었다.

"이게 뭐죠?"

트레블 박사는 그 자리에서 몸서리를 쳤다.

"기관총이야. 기관총이 내장되어 있었어."

트레블 박사는 플라스틱 도시락에서 인공 미트 페이스트를 바른 샌드위치를 꺼내 우리에게 나누어 주었다.

"그 당시에 소문이 좀 있었어. 블룸 말이다. 사실 과학계는 상당히 좁고 여러 가지로 얽혀 있는 곳이야. 서로 무슨 연구를 하는지 훤히 알지. 그러니까 몇 년간 연락하지 않았다고는 하지만, 나도 연구실 동료나 학회 회원들한테 블룸의 근황은 전해 듣고 있었어. 먼저 블룸이 수자원 위원회에서 지원을 받아 프로젝트를 한다는 소문이 돌기 시작했어. 뭔가 아주 큰 건을……. 그다음으로 돈 소문이, 블룸과 수자원 위원회의 사이가 틀어졌다는 거야. 그래서 프로젝트를 마무리하지 않기로 했다고. 윤리적인 문제가 있었다더군. 학계에 그 말이 나오고 나서 얼마 안 가 블룸이 죽은 채로 발견되었지."

나는 비비를 바라보며 조심스럽게 대답했다.

"외삼촌은 살해당하신 것 같아요."

순간, 트레블 박사의 눈썹이 산 모양으로 일그러졌다.

나는 유니콘 코티지와 외삼촌 연구실이 쓰레기장처럼 어질러져 있었다고 설명했다. 파일에서 협박 편지를 찾았다는 것도 이야기했다. 외삼촌이 나와 비비에게 파라곤을 찾을 수 있는 힌트를 남겼다는 것도 말했다. 처음부터 끝까지 모든 증거가 외삼촌이 그냥 사망한 게 아니라는 걸 알리고 있었다.

트레블 박사는 손에 들고 있던 샌드위치를 책상 위에 내려놓았다.

"블룸이 그렇게 발견된 뒤로 나도 같은 생각을 하고 있었어. 아무것도 증명하지는 못했지만. 과연 그걸 증명할 수 있는 사람이 있을까? 오든, 너도 증명하기는 힘들 거야. 그렇지만 블룸이 일급 보안 프로젝트를 중도에 그만둔 직후 그런 모습으로 발견된 걸 우연이라고 보기만은 힘들어."

비비가 나섰다.

"경찰도 알아내기 힘들까요? 경찰한테 블룸 박사님이 살해당한 것 같다고 얘기하지 않으셨죠? 경찰들도 아무것도 못 찾아낼까요?"

트레블 박사는 어색하게 어깨를 으쓱했다.

"경찰은 조사 결과 수상한 점이 없다고 밝혔어. 수자원 위원회와 얽혀 있어서 공정하게 수사할 수 없을 거다. 그들은 한통속이야."

우리는 한동안 말없이 앉아서 방금 나눈 정보를 곱씹어 보았다. 수자원 위원회가 외삼촌을 살해했다면?

트레블 박사가 어렵사리 다시 말을 꺼냈다.

"블룸이 시체로 발견되고 수자원 위원회에서 나를 찾아왔어. 그게 시작이었지. 그 뒤로도 몇 번이고 더 왔으니까. 질문을, 아니 심문을 하더구나. 더 자세히 말하라고. 블룸의 연구에 관해서 뭘 알고 있는지, 최근에 만난 적이 있는지."

트레블 박사는 샌드위치를 입 안에 하나 더 밀어 넣었다.

"그리고 파라곤이라는 단어를 어떻게 생각하느냐고 묻더군. 나는 무슨 말인지 모르겠다고 잡아뗐지. 그쪽에서도 내 말을 믿은 것 같아. 솔직히 말해서 파라곤이라는 이름만 붙였지, 아무것도 모르는 것이 사실이기도 했고. 적어도 아까까지는 그랬지."

비비는 교실에서처럼 손을 번쩍 들었다.

"그 말씀은 혹시……."

비비의 목소리가 설핏 떨렸다.

"지금 파라곤이 위험하다는 뜻인가요?"

트레블 박사가 심각한 표정으로 대답했다.

"내 말은 파라곤과 관계된 사람은 모두 위험하다는 뜻이야. 목숨이 위태로워. 그만큼 위험해."

순간, 한기가 몰려왔다. 실험실에 찬바람이 부는 것 같았다.

나는 자리에서 일어나 파라곤에게 다가갔다. 파라곤은 멀찍이 떨어져 앉은 채 고개를 푹 숙이고 바닥만 내려다보고 있었다. 몸속에 기관총이 탑재되어 있다는 사실이 드러난 뒤로 의기소침해진 것 같았다.

"파라곤?"

"아, 오든."

파라곤은 고개를 들어 나를 바라보았다. 두 눈의 불빛이 평소보다 흐릿해 보였다. 나는 파라곤 옆에 쪼그리고 앉아 어깨에 손을 얹었다. 파라곤은 가장 필요한 순간에 내 옆에 있어 주었다. 아빠가 전쟁터가 아니라 교도소에 있다는 사실을 안 바로 그때, 파라곤은 내 곁을 지키며 나를 위로했다. 지금은 내가 파라곤에게 같은 일을 해 줄 차례였다.

"괜찮아?"

"아니, 별로."

나는 파라곤의 어깨를 꽉 감싸 안았다. 파라곤은 내 팔을 쓰다듬으며 말했다.

"그냥 이해가 안 될 뿐이야. 나한테는 여러 가지 지식이 있잖아. 시, 언어, 예술, 자연……. 왜 그런 지식을 나한테 저장한 거지? 말이 안 맞잖아."

"나도 잘 모르겠어."

파라곤은 쓴웃음을 짓는 듯했다.

"몇 주 동안 너하고 비비가 내 역할이 무엇인지 알아내려고 그토록 고민했는데. 다 생각해 봤잖아. 의사, 선생님, 농부."

파라곤은 고개를 저었다.

"그런데 알고 보니 살인 기계였어."

파라곤은 내 팔을 꼭 쥐었다. 파라곤의 손은 부드럽고 다정했다. 살인 기계라면 이럴 수가 없었다.

파라곤이 말했다.

"이제야 네 기분이 어땠는지 이해하겠어. 아빠에 관해서 알게 되었을 때 너의 기분을. 아픈 진실을 마주한 거야. 온 세상이 무너져 내리는 기분이었겠지. 한 번도 예상해 보지 못한 고통을 느꼈을 거야."

"그렇지만 그게 뭐가 중요해?"

나는 밝게 말해 보려 애썼지만 눈에 눈물이 그렁그렁 고였다.

"그렇다고 달라지는 건 없어. 우리 아빠는 여전히 우리 아빠야. 너는 여전히 너고. 네가 어떤 목적으로 설계되었다고 해서 꼭 그대로 움직여야 하는 건 아니잖아. 넌 훨씬 멋진 존재야. 넌 그냥 파라곤이야. 나의 파라곤이라고. 난 그런 널 좋아해."

# 살인 기계의 비밀

"믿어도 될까?"

나는 파라곤을 창고에 데려다 놓고 나서 비비에게 물었다.

"트레블 박사님 말이야."

비비는 파라곤의 다리를 담요로 덮으며 대꾸했다.

"믿어도 될 거 같아. 아니면 왜 우리한테 위험하다고 경고해 줬겠어? 먼저 안전하다고 우리를 안심시키고 나서 다른 음모를 꾸몄겠지."

"역시 똑똑해, 식스식스!"

"난 오히려 그 표시등 불빛이 마음에 걸려. 깜박이는 걸 보니까 모스 부호가 생각나더라고. 만약 다른 곳에 파라곤이 또 있는데, 우리 파라곤이 다른 파라곤들한테 신호를 보낸 거라면 어떡하지?"

나는 빙그레 웃으며 파라곤의 머리 아래에 쿠션을 받쳐 주었다.

"설마. 이런 녀석은 하나뿐이야. 특별하니까. 잘 자, 친구."

쾅! 소리에 눈이 절로 떠졌다. 나는 이불을 박차고 일어났다.

'무슨 소리지?'

사람들의 목소리가 들렸다. 누군가를 다그치고 있었다. 발소리가 이어졌다. 육중한 군홧발이 계단을 올라오고 있었다. 이건 뭔가 잘못 되었다는 거다.

나는 창문을 열고 목을 길게 빼 아래를 살폈다. 그 순간, 뒤에서 방문이 벌컥 열렸다. 그와 동시에 나는 창문으로 올라가 나뭇가지를 낚아챈 다음, 아래의 트램펄린을 발판 삼아 마당으로 뛰어내렸다. 맨발이 메마른 흙바닥에 쓸렸다.

"녀석이 창문으로 도망쳤습니다!"

"지금 마당에 있습니다!"

머리 위에서 다급하게 외치는 목소리가 쏟아졌다.

어떻게 해야 할지 알 수가 없었다. 우선 울타리 틈새로 빠져나갔다. 밖으로 나가 밭지대를 벗어나기만 하면 숨을 만한 곳이 있을 터였다.

그런데 엄마는? 갑자기 엄마가 떠올랐다. 엄마를 남겨 두고 도망칠 수는 없었다. 돌아가야 했다. 나는 속도를 늦췄다. 그때였다. 누군가 나를 덮쳐 넘어뜨렸다. 여럿이 달려들어 내 어깨를 거칠게 낚아채서 바닥으로 짓눌렀다.

나를 덮친 남자가 외쳤다.

"잡았습니다. 녀석을 잡았습니다!"

나는 얼굴이 흙바닥에 처박혀 있어서 남자를 볼 수 없었다. 남자는 내 팔을 뒤로 당긴 뒤 뭔가로 손을 묶었다. 그는 곧 덜미를 잡아 나를 일으켜 세운 다음 자기 쪽으로 돌려세웠다.

남자는 떡 벌어진 체격에 눈빛이 냉랭했다. 턱수염이 짧았다. 짙은 색 제복과 철모가 수자원 위원회 소속 군인이라는 것을 한눈에 말해주고 있었다. 남자는 오른쪽 어깨에서 왼쪽 겨드랑이로 탄띠를 메고 있었으며, 허리춤의 가죽 주머니에는 권총이 들어 있었다.

"걸어!"

남자는 유니콘 코티지 쪽으로 나를 사납게 떠밀었다.

집 안은 수자원 위원회 군인들 천지였다. 적어도 열댓 명은 되어 보였다. 아무 데나 발길질을 하는 것도 모자라 벽에 걸린 그림들을 모조리 뜯어내고 있었다. 거실에서 뭔가가 북북 찢어지는 소리가 들렸다. 칼로 소파를 길게 찢는 소리였다.

나를 넘어뜨린 남자는 여전히 내 뒷덜미를 꼭 잡은 채 다른 사람들 곁을 지나 주방으로 향했다.

"움직여."

"오셨군!"

부드럽고 교양 있고 세련미 넘치는 목소리가 나를 맞이했다. 남자는 내 등을 한 번 더 떠민 다음 주방 문을 닫았다. 주방 식탁 앞에는 새하얗게 질린 엄마가 앉아 있었다. 주방 뒷문은 군인이 지키고 서서 눈을 번득이며 우리 둘을 감시하고 있었다. 하지만 내가 궁금한 건 그 군인이 아니었다.

주방 싱크대 앞에, 창문을 등진 채 수자원 위원회 장교 제복을 입은 남자가 서 있었다. 다른 군인들보다 나이가 많아 보였다. 눈가에 주름이 자글자글했다. 뒤로 말끔히 넘겨 빗은 머리칼에 은빛이 감돌았고, 숱이 많은 은빛 콧수염이 윗입술을 빼곡히 덮고 있었다.

"와 주어 고맙군. 앉지."

장교가 의자를 가리켰다. 나는 엄마 옆으로 가서 의자에 앉았다. 엄마가 나를 가까이 잡아당겼다. 장교는 싱크대로 돌아섰다.

"이거 실례가 아닐까 싶지만, 목이 좀 말라서 말이야."

장교는 컵에다 수돗물을 한가득 채웠다. 그리고 우리 쪽으로 돌아서 길게 한 모금 마셨다. 잠그지 않은 수도꼭지에서는 물이 콸콸 쏟아지고 있었다.

"이제 좀 낫군."

내가 물었다.

"누구세요? 우리한테 왜 이래요?"

"두 번째 질문의 답은 이미 알고 있을 거고. 첫 번째 질문에 답하지. 나는 수자원 위원회 제2보병사단 사단장 허큘리스 울프다. 대영제국 수자원 보호 십자 훈장을 받았지. 공익 사업 부문에서 탁월한 성과를 보인 덕분에."

울프 장군이 빈정거리듯 경례를 붙였다. 그걸 보는 순간, 나는 그 사람이 무진장 싫어졌다. 엄마가 떨리는 목소리로 말했다.

"도대체 우리한테 왜 이러시죠?"

울프 장군이 차갑게 대꾸했다.

"아드님한테 물어보시죠. 그나저나 굉장히 분주한 소년이더군요."

나는 도무지 이해할 수가 없었다. 도대체 이 군인들은 왜 이제야 온 걸까? 더 일찍 나타나서 파라곤을 찾을 수도 있었을 텐데?

그때 문득 떠오르는 사람이 있었다. 마일로 트레블. 트레블 박사가 저들에게 접촉해 파라곤의 위치를 밝힌 것이다. 어쩌면 수자원 위원회와 모종의 거래를 했는지도 모른다. 파라곤의 개발 권한을 위임받고 그것으로 최초의 제네바 과학상 수상자가 되려고 하는지도 몰랐다. 학문적 허영에 빠져 우리 모두를 배신한 것이다. 외삼촌까지도. 순간, 울프 장군보다 트레블 박사에게 더 소름이 끼쳤다.

울프 장군은 다시 물을 한 모금 마셨다.

"자, 오든. 자네한테 물어보고 싶은 질문이 천 가지쯤 되는군. 적당한 때를 봐서 차차 물어보기로 하지. 그런데 말이야, 지금 현재로서는 단 한 가지가 궁금해. 어디 있나?"

울프 장군이 나를 빤히 보며 물었다.

나는 눈길을 피하며 얼버무렸다.

"무슨 말인지 모르겠어요."

울프 장군은 고개를 설레설레 저었다.

"오든, 우리한테도 지능이라는 게 있다는 걸 좀 알아주었으면 좋겠는데. 파라곤은 여기 근처 어딘가에 있어."

나는 바닥을 내려다보며 짐짓 장군의 말을 무시했다.

장군이 다시 말했다.

"오호라."

장군은 싱크대로 돌아서서 아직도 물을 쏟아 내고 있는 수도꼭지를 바라보았다.

"내가 어리석었군. 남의 집 수도꼭지를 조금만 열어 두었어."

장군이 수도꼭지를 돌리자 물이 더 거세게 쏟아져 나왔다. 곧이어 수도 계량기의 경고등이 깜박거리기 시작했다.

"물을 이렇게 낭비하다니. 내가 부주의했어. 그런데 오든, 내가 이런 부주의로 일주일치 물 배급량을 모두 소진한다면 그것참 아까운 일 아닌가?"

장군은 수도꼭지를 잠그고 팔짱을 낀 다음, 나를 똑바로 바라보며 다그쳤다.

"어디 있나?"

엄마가 나를 돌아보았다.

"오든, 이 사람이 지금 무슨 얘기를 하는 거니?"

나는 가슴이 답답했다. 군인들은 집 안과 마당 곳곳을 뒤지고 있었다. 창고 바닥을 뜯고 파라곤이 숨어 있는 곳을 찾아내는 것은 시간문제였다.

"짐작하겠지만, 우리 동료 몇은 현재 트리니티 칼리지의 룩미니 양 집에 가 있다."

울프 장군은 바닥에 웅크려 있던 샌드위치를 안아 올려 손으로 쓰다듬었다.

"고양이들은 정말 사랑스럽지. 이렇게 독립적인 개체들이라니. 언제나 혼자야. 누구도 믿지 않지. 완벽해."

나는 울프 장군의 억센 손아귀에서 꿈틀거리는 샌드위치를 바라보다 비비와 비비 엄마를 떠올렸다. 두 사람의 아늑하고 따뜻한 공간이 무참하게 갈가리 찢기고 있을 것이다. 어떻게 이런 일이 일어날 수 있을까? 두 사람은 이런 일을 당해야 할 이유가 전혀 없었다. 그 누구보다 친절하고 그 누구보다 애정이 넘치는 두 사람인데.

나는 갑자기 구역질이 훅 치밀었다. 머릿속으로 탈출 가능한 경로를 미친 듯이 찾아보았다. 하지만 마음 깊은 곳에서는 이미 알고 있었다. 파라곤을 포기해야 한다는 걸. 다른 방법이 없었다.

내가 말했다.

“알았어요.”

“뭐라고?”

나는 울프 장군을 쳐다보기조차 힘들었다.

“어디 있는지 알고 싶은 거잖아요? 안내한다고요.”

군인 두 사람이 창고 바닥을 뜯었다. 바닥에서 뜯어낸 나무판은 어디에 떨어지든 알 바 아니라는 듯 창고 밖으로 아무렇게나 휙휙 내던졌다.

군인 중 하나가 울프 장군에게 보고했다.

“아이 말이 맞습니다. 창고 아래에 공간이 있습니다.”

“지난번에 뒤졌을 때 찾아냈어야지. 시간만 낭비한 꼴이잖아.”

“저, 그것이…….”

“됐으니까 어서 내려가 봐. 조심해. 부비트랩(건드리거나 들어 올리면 폭발하도록 만든 장치)이 있을지도 모르니까.”

울프 장군은 창고 앞의 메마른 잔디 위에 서 있었다. 그 옆에 선 엄마와 나는 손에 수갑을 차고 있었다. 군인들은 손에 닿는 대로 마구 파헤쳤다.

그때 멍청한 군인 하나가 담장 위로 늘어진 나뭇가지 밑으로 들어가는 것이 보였다. 내가 몇 주 전에 숨겨 두었던 레인보우 머신을 찾아내 이리저리 눌러 보고 있었다. 하지만 군이 보고할 만큼 중요한 물건이 아니라고 생각했는지, 원래 자리에 대충 넣어 두고선 다른 곳으로 가

버렸다.

"네 안위를 위해서라도 부디 사실을 말한 것이길 빈다."

울프 장군은 마지막 나무판이 창고 밖으로 날아오는 것을 보고 나에게 협박하듯 말했다.

"내 인내심의 한계가 어디까지인지는 나도 모르니까."

나는 아무 대답도 하지 않았다. 그저 눈앞에서 펼쳐지는 연극 같은 상황을 가만히 바라보았다.

일이 분쯤 뒤, 군인 하나가 안에서 나오면서 엄지를 치켜들었다.

"찾았습니다."

마침내 장군은 안도의 한숨을 내쉬었다.

"좋아, 가지고 나오도록."

군인은 고개를 끄덕이고 다시 창고로 뛰어 들어갔다.

"상병."

"예!"

주방에서 부동자세로 대기하고 있던 군인이 뛰어나와 장군 옆에 섰다. 눈빛이 사뭇 날카로웠다.

"이 둘을 밴에 태워. 아이는 임시 주둔지로 보낸다."

상병은 엄마와 나의 팔을 잡고 집 옆에 세워 놓은 군용 밴으로 끌고 갔다. 밴의 뒷문을 열어 우리를 태운 다음 쾅 소리가 나게 닫았다. 이윽고 밴에 시동이 걸렸다. 차가 출발하기 직전에 나는 차창으로 밖을 내다보았다.

군인 세 사람이 파라곤을 창고 밖으로 끌어내고 있었다. 전원이 켜지지 않은 파라곤은 축 늘어져 있었다. 죽은 것 같았다. 파라곤이 죽지 않았다는 유일한 단서는 얼마 전부터 규칙적으로 깜박이고 있는, 가슴 한가운데의 불빛뿐이었다.

"오든, 어떻게 된 거야? 대체 무슨 일이 벌어지고 있는 건지 어서 말해 봐."

"엄마, 괜찮아요. 다 잘될 거예요."

엄마는 뭐가 뭔지 갈피를 잡지 못하는 듯 보였다. 무슨 일이 벌어질지 짐작조차 할 수 없는 악몽에 갇혀 있는 것 같았다.

"괜찮아요, 엄마. 금방 다 괜찮아질 거예요."

마치 내가 어른이고 엄마가 어린애가 된 듯했다. 엄마와 나의 역할이 바뀌었다. 내가 답을 아는 사람이고 엄마가 질문하는 사람이었다. 이 상황이 조금도 마음에 들지 않았다.

"군인들이 우리 창고에서 뭘 찾는 거야?"

"그냥……, 이것저것……."

"이것저것?"

나는 깊이 숨을 들이마셨다. 이제 더는 미룰 수 없었다. 엄마에게 모든 것을 털어놓았다. 스노우플레이크와 함께 받은 편지에 있던 힌트, 다락방에서 찾은 열쇠, 엉망이 되어 있던 외삼촌의 연구실, 식스식스인 비비, 창고 아래의 지하 공간, 투명 잉크, 물고기자리, 파라곤, 수자원 위원회가 외삼촌에게 보낸 편지, 파비우스 보일을 찾아갔던 일, 아빠에 관한 진실, 마일로 트레블 박사와의 만남, 그리고 파라곤의 팔에 숨겨져 있던 기관총까지.

엄마한테 모두 털어놓고 나니 마음이 한결 편했다. 몇 주 내내 나 혼자 비밀을 안고 살았다. 비밀을 놓아 버리고 나서야 그것이 얼마나 무거웠는지 느낄 수 있었다.

비밀은 무거운 족쇄가 되어 두 다리에 단단히 매달려 있었다. 족쇄는 뒤로 잡아끌거나 발을 걸어 쓰러지게 했다. 나는 바로 그 순간에 깨달았다. 아빠라는 비밀을 안고 살면서 엄마는 어떤 마음이었을까. 무척 힘들었을 것이다. 아무렇지 않은 척하면서 사느라, 나를 지켜내느라 몹시 슬펐으리라.

내가 가까이 다가가자 엄마는 내 이마에 뽀뽀를 해 주었다.

수자원 위원회의 임시 주둔지는 내 눈에 아주 익숙한 들판에 있었다. 널빤지로 엮은 임시 건물이 많았고, 서커스 천막 같은 막사와 화물용 컨테이너를 개조한 것 같은 조립식 구조물들이 늘어서 있었다. 공사가 아직 마무리되지 않은 지역도 있었다. 여기저기서 크레인들이 건물 자재를 들어 옮기고 있었고, 군인들은 주둔지 안팎으로 군수 물자를 운반하고 있었다. 어디를 보든 정신없이 바빴다. 설마 이게 다 우리 때문일까?

엄마와 나를 태우고 온 상병이 뒷문을 열고 내릴 것을 명령했다. 엄마와 나는 자리에서 몸을 일으켰다.

"아니!"

상병의 손가락이 엄마를 가리켰다.

"앉아. 아이만 간다."

"말도 안 돼! 얜 이제 겨우 열네 살이야. 못 데려가!"

엄마는 수갑을 찬 팔로 나를 끌어안고서 울부짖었다.

"엄마!"

나는 엄마 품으로 파고들었다. 어느새 나도 울고 있었다.

"안 돼!"

상병은 밴의 뒷자리로 올라와 바나나에서 껍질 벗기듯 무심하게 나를 엄마에게서 떼어 냈다. 그러고는 엄마를 안으로 밀어 넣은 뒤 나를 끌어 내리고서 거칠게 문을 닫았다.

"엄마!"

"출발해!"

상병이 뒷문을 손으로 툭툭 치자, 밴이 곧장 시동을 걸고 출발했다.

상병은 내 목덜미를 잡고 입구가 열려 있는 막사로 데리고 갔다. 안경을 낀 장교가 뭔가를 목록에 체크하고 있었다.

우리가 들어가자 장교가 안경 너머로 눈을 치켜떴다. 그러고는 내 뒤에 서 있는 상병에게 물었다.

"오든 데어인가?"

"예, 그렇습니다!"

"우선 쿼티를."

상병은 내 쿼티를 손목에서 끌러 탁자로 휙 내던졌다.

"B2 컨테이너로. 손에 수갑 풀어 주고."

장교는 내 잠옷을 힐끗 바라보았다.

"옷도 갈아입히도록."

"예, 알겠습니다! 따라와."

나는 상병을 따라 군화 자국이 어지러운 들판을 가로질렀다. 식당에는 오트밀 수프에서 올라온 김이 구름처럼 자욱했다. 한 무리의 군인들이 지났다. 긴 통신 케이블을 깔고 있는 군인도 있었고, 플라스틱 냉수 탱크를 등에 진 군인도 있었다. 문득 비비도 같은 곳으로 끌려온 것인지 궁금해졌다.

견고해 보이는 목조 건물 앞에 어떤 남자가 서 있었다. 군복 차림이 아닌 그 남자는 마치 의사처럼 밋밋한 모자에 하얀 가운을 걸치고 있었다. 담배를 피우고 있던 남자는 꽁초를 바닥에 휙 던져 버리고 건물 안으로 들어갔다.

나는 직감적으로 그 건물에 파라곤이 있다는 걸 알아차렸다. 트레블 박사도 있을까? 지금 저 건물 안에? 파라곤을 잘라 낼 준비를 하고 있는 걸까? 과학자들은 파라곤의 본체를 열고 내부를 살핀 다음 다른 장비에 연결할 것이다. 파라곤이 제대로 작동하는지 확인하고는 낡은 부품을 교체하겠지.

파라곤의 기억을 삭제할지도 모른다. 그러면 파라곤은 나를 알아보지 못할 것이다. 그러면 우리가 함께한 모든 일이 영원히 사라지게 된다. 나는 마음속으로 간절히 빌었다. 제발 꿈에서 깨어나 이 모든 것들이 어두운 밤으로 사라지게 해 달라고.

상병은 나를 화물 컨테이너로 데리고 갔다. 물결 모양 철판으로 된 대형 컨테이너의 작은 창문에는 창살이 촘촘하게 박혀 있었다. 상병은 입구의 키패드에 비밀번호를 입력했다. 번호를 입력할 때마다 높낮이가 다른 음이 삑삑삑삑 울리더니 문이 덜컹 열렸다.

어깨 너머로 밴이 들어오는 모습이 보였다. 비비가 내렸다. 조금 전의 나처럼 겁에 질려 넋이 나간 표정이었다. 나와 마찬가지로 막사의 안경 낀 장교한테 끌려가고 있었다.

"비비!"

나는 비비를 소리쳐 불렀다. 비비가 이쪽을 돌아보았다.

"입 다물어."

상병은 나에게 나지막이 소리치고는 컨테이너 안으로 밀어 넣었다. 이어서 문이 세차게 닫혔다.

컨테이너 안의 빛은 창문으로 들어오는 것이 전부였다. 전등이 없어서 방 안은 매우 어두웠다. 물론 나한테는 전혀 문제가 안 되었다. 방 안의 모든 것이 컵에 담긴 맑은 물처럼 깨끗하게 보였다.

한쪽에 침대가 있었다. 그 위에는 침대 시트와 담요, 속이 반쯤 빠진 것 같은 베개가 놓여 있었다. 한쪽 벽에 붙여 놓은 탁자는 다리 길이가 서로 맞지 않아 기우뚱했고, 탁자 밑에는 딱딱한 나무 의자가 놓여 있었다. 한쪽에 양동이가 있었는데, 그 안의 내용물은 별로 상상하고 싶지 않았다. 거기서 전혀 상쾌하지 않은 냄새가 풍겨 나왔다.

나는 탁자를 창문 아래로 끌고 간 뒤 그 위로 올라섰다. 주둔지가 대충 다 보였다. 군용 트럭이 드나들었고, 군인들은 어림잡아 백 명에서 이백 명쯤 되는 것 같았다.

얼마 뒤 군인 한 명이 오트밀 스프와 갈아입을 옷을 가져다주었다. 오트밀 수프에서는 썩은 맛이 났고, 낡고 퀴퀴한 옷은 적어도 내 치수보다 한 치수는 더 커 보였다. 그래도 상관없었다. 내 생각은 계속 같은 궤도를 돌고 있었다. 파라곤, 엄마, 비비. 파라곤, 엄마, 비비.

점심시간 직전에 나는 심문을 받기 위해 어딘가로 끌려갔다.

목조 건물의 한 방에 허큘리스 울프 장군이 앉아 있었다. 앞에 놓인 책상 위에는 서류가 어지럽게 널려 있었다. 나는 책상 앞의 의자에 앉았다.

울프 장군은 서류에서 눈도 떼지 않은 채 말했다.

"오든, 넌 색깔을 보는 데 어려움을 겪고 있다지?"

나는 시큰둥하게 대답했다.

"아뇨, 전 색깔을 보는 데 어려움을 겪는 게 아니에요. 색깔을 아예 못 보는 거죠."

"흠."

울프 장군은 내 목소리에 섞인 감정을 눈치채지 못한 것 같았다. 아니면 그런 것 따위는 파리 쫓듯 쫓아내 버렸는지도 모른다.

"모든 걸 흑백으로 본다는 말이군. 아무튼 흥미로워. 네 외삼촌이 늘 그렇게 세상일을 흑과 백으로 나누어 보았지."

장군은 자리에서 일어나 책상 앞을 천천히 오갔다.

"무슨 뜻이에요?"

"오든……, 어떤 사람은 세상을 아주 단순한 관점으로 보지. 이쪽은 왼쪽, 저쪽은 오른쪽. 이것은 맞고, 저것은 틀리고. 이것은 검은색이고, 저것은 흰색이고."

울프 장군은 책상에 엉덩이를 기댔다.

"그런데 문제는 우리 인생이 그보다 훨씬 더 복잡하다는 거야. 그렇게 단순하게 둘로 나눌 수가 없어. 흰색과 검은색 사이에는 수백만 개의 색이 존재하거든."

나는 얼굴을 찌푸렸다.

"네 외삼촌은 자신의 연구가 지니는 진정한 가치를 이해하지 못했어. 세상에는 좋은 사람과 나쁜 사람이 있다고 생각했지. 그런데 내가 방금 말했잖아? 세상은 그렇게 단순하지 않다고. 네 외삼촌은 겁을 먹었어. 자기가 어느 쪽 사람인지 따지기 시작하더군."

"그래서 외삼촌한테 무슨 연구를 시키신 건데요? 사람을 죽이는 살인 로봇을 만들라고 했어요?"

울프 장군의 은빛 콧수염 아래서 비열한 미소가 보였다.

"우린 어려운 시기를 보내고 있어. 우리의 해안선이 끊임없이 적의 위협에 시달리고 있지. 담수 시설은 국가의 주요 자원이야. 담수 시설이 없으면 우리도 다른 나라들처럼 기근에 허덕이게 돼. 알고 있는지 모르겠지만, 전투 가능한 우리의 청년 세대들이 지금도 외국에 많이 나가 있어. 우리만큼 행운을 받지 못한 나라를 도와주고 있지."

울프 장군은 손등으로 콧수염을 쓰다듬었다.

"담수 시설 방어를 나이 든 세대에게만 맡겨 둘 수는 없어. 더 나은 방안이 필요해. 그게 바로 레인보우 프로젝트의 최종 목적이고."

레인보우 프로젝트라고? 나는 이해할 수 없었다. 그렇다면 레인보우 프로젝트는 나한테 색깔을 보게 하려는 계획이 아니었다는 건가? 처음부터 아무 상관이 없었다고? 담수 시설의 방어용 로봇을 제작하는 게 목적이었다고? 이렇게 멍청하고 이기적이었을 수가. 이렇게 된 것은 모두 내 잘못이었다.

울프 장군이 말을 이었다.

"조나 블룸 박사가 설계한 파라곤이라는 로봇은 원래 해안선 방어용이야. 그게 수자원 위원회가 블룸 박사에게 맡긴 초안이었어. 문제는 네 외삼촌이, 그러니까 너처럼 세상을 흑과 백으로만 보는 네 외삼촌이 명령대로만 움직이는, 즉 자기 의지가 없는 로봇을 받아들이지 않으려 했다는 거지. 로봇이 스스로 결정을 내릴 수 있게 만들려고 했어. 그래서 온갖 쓸데없는 정보와 함께 사고하는 능력을 심고 말았지."

울프 장군은 혀를 끌끌 찼다.

"처음부터 로봇을 왜 만들려고 했는데? 주요 기능은 방어와 공격이야. 도대체 식물의 학명을 외우는 따위의 일이 왜 필요하지?"

아론의 지팡이, 버바스컴 탑수스. 그때 왜 그 이름이 떠올랐는지 모르겠다.

"그래서……, 설계를 수정해 달라고 요청했더니 블룸 박사가 설계도를 아예 없애 버렸더군. 파라곤은 어딘가에 숨겨 버리고."

그 순간, 수자원 위원회에서 보낸 편지의 마지막 줄에 있던 이니셜이 떠올랐다. 'H' 다음에 'M' 아니면 'W'가 있었다. 허큘리스 울프. 그건 'W'였다.

"그래서 죽였군요."

울프 장군은 눈살을 찌푸리며 나를 쏘아보았다.

"블룸 박사는 심혈관 질환을 앓고 있었어. 본인은 앓는 줄도 몰랐다지? 하필 그 시기에 그 질환이 존재감을 드러낸 모양이더군."

"당신이 우리 외삼촌을 죽였어!"

울프 장군은 아무 말도 하지 않았다. 그저 자리에서 일어나 창가로 걸어갔다.

"우리는 로봇을 찾으려고 노력했어. 블룸 박사는 숨기고, 우리는 찾고. 한참 동안 숨바꼭질을 했지."

내가 비웃었다.

"하! 뭐, 그렇게 열심히 노력하지는 않으셨나 봐요. 파라곤은 계속 창고 밑에 있었는데!"

"블룸 박사는 설계 당시부터 코드 박스에 신호 은폐 장비를 설치했어. 불행히도 우리의 구식 탐지기로는 마당 아래 그런 공간이 있는지 찾을 길이 없었지."

울프 장군은 창문 밖으로 지나는 군인들을 잠시 쳐다보았다.

"그렇더라도 몇몇은 목이 날아가야겠지. 물론 나는 아니겠지만. 어쨌든 안타까운 일이야. 블룸 박사는 뛰어난 과학자였는데. 큰 그림에서 자신의 존재를 이해했다면 좋았을 것을. 그러면 우리에게 정말로 유용한 사람이 되었을 텐데. 진짜 아까워."

속에서 분노가 울컥 치밀었다.

"마일로 트레블 박사를 끌어들인 것으로 됐잖아요. 그 사람은 기꺼이 하라는 대로 다 했을 테니까!"

울프 장군은 의아한 표정을 지었다.

"트레블 박사라고?"

울프 장군이 나를 뚫어지게 쳐다보았다.

"왜 내가 트레블 박사를 끌어들였다고 생각하지?"

이번에는 내가 의아해할 차례였다.

"왜냐하면…… 마일로 트레블 박사가 정보를 넘긴 거니까요. 파라곤에 대한 정보를 넘겼잖아요?"

울프 장군은 특유의 신경질적인 웃음을 입가에 흘렸다.

"정보를 넘겼다고? 마일로 트레블 박사는 우리한테라면 자기 신발 치수도 말하지 않을 인간이야. 우린 로봇의 추적기가 다시 활성화되면서 위치를 찾았던 것뿐이지."

추적기라고?

"블룸 박사는 추적기를 비활성화해 놨을 거야. 우릴 따돌려야 하니까. 그런데 어제 갑자기 신호음이 울리더군. 우리가 그 신호를 감지해 마일로 트레블 박사의 실험실에서 그 창고까지 따라간 거지."

파라곤의 가슴에서 깜박거렸던 그 불빛! 우리는 멍청하게도 절대로 손대면 안 될 것을 고쳐 버렸다. 그리고 외삼촌이 간절하게 피하려 했던 사람들을 끌어들이고 말았다.

또 구역질이 올라왔다. 나는 파라곤을 배신했다. 트레블 박사를 의심했다. 그리고 모두를 위험으로 몰아넣었다.

나는 울프 장군에게 물었다.

"이제 파라곤을 어쩔 거죠?"

"왜 묻지?"

"궁금하니까요."

"블룸 박사가 파라곤의 설계도를 없애 버렸기 때문에 우리는 그 로봇의 제작 방법을 몰라. 그러니까…… 대량 생산을 하기 위해선 먼저 분해를 해 봐야겠지."

울프 장군은 의자에 깊숙이 기대어 앉으며 팔짱을 꼈다.

"파라곤을 죽인다고요?"

울프 장군은 한숨을 쉬었다.

"방금 말한 대로, 작은 부품으로 잘게 나누는 거다."

# 아슬아슬한 탈출 작전

오후가 더디게 지나고 있었다. 나는 창문의 창살 사이를 멍하니 바라보며 침대에 누워 있었다. 그렇게 누우면 하늘의 구름이 보였다. 구름을 보면 비비의 방 천장에 뚫려 있던 천창이 생각났다. 그 방에서 구름을 보던 순간이 수천 년 전의 일처럼 아득하게 느껴졌다.

비비.

비비가 무사하기를 바랐다. 너무 무서워하지 않기를……. 비비는 아무 잘못이 없었다. 단지 외삼촌과 알고 지냈다는 이유만으로 이 말도 안 되는 상황에 휩쓸리고 말았다.

엄마도 걱정스러웠다. 지금쯤 내 걱정으로 반쯤 미쳐 있을지도 몰랐다. 그리고 아빠를 떠올렸다. 아빠는 매일 지금의 나와 같은 기분을 느끼며 살아가는 걸까? 무력하게 방 안에 갇힌 채 창밖을 바라보며 다른 사람들을 생각하고 있을까?

여섯 시쯤 되자 군인이 저녁 식사를 가져다주었다. 식사는 데운 냉동 채소 조금과 가공 감자 몇 조각, 그리고 아주 작은 로스트비프 한 덩이였다. 나는 음식을 우걱우걱 먹고 나서 고양이 오줌을 몇 모금 마셨다.

일곱 시가 되자 주둔지 내에 벨 소리가 크게 울렸다. 갑자기 바깥이 사람들의 목소리와 군홧발 소리로 소란스러웠다. 몇 분 뒤, 주위가 다시 고요해졌다.

나는 탁자 위로 올라가 창살 사이로 주변을 살펴보았다. 멀리 식당 막사마다 저녁 식사를 기다리는 사람들이 긴 줄로 늘어서 있었다. 나는 그대로 서서 배고픈 군인들이 느릿느릿 앞으로 이동하는 모습을 지켜보았다.

"오든!"

그때 창문 아래서 누군가 내 이름을 불렀다.

"오든! 거기 있니?"

"비비?"

나는 까치발을 하고서 반신반의하는 마음으로 아래를 내려다보았다. 비비가 컨테이너  벽에 바짝 붙어 서서 나를 올려다보고 있었다.

"비비? 너, 거기서 뭐 해?"

비비가 빙그레 웃었다.

"너, 탈출시키러 왔지."

"미쳤구나! 컨테이너에서 어떻게 나왔어?"

"노래 불러서!"

"뭐?"

비비가 차근차근 설명해 주었다.

"컨테이너 문에 잠금 장치 있잖아. 그거 키패드에서 나오는 소리에 반응하는 거야."

순간, 상병이 키패드의 번호를 누를 때마다 다른 음의 소리가 났던 것이 떠올랐다.

"저녁 식사를 받을 때 키패드에서 나는 음을 외웠어. 군인이 가고 나서 문에 얼굴을 딱 붙이고 그 음을 그대로 불러 봤거든. 나, 노래에 소질 없는 거 알지? 정확히 똑같은 음을 찾는 데 시간이 좀 걸리긴 했지만 어쨌든 결국에는 짜자잔~ 열었지."

비비는 굉장히 뿌듯해하는 것 같았다. 나는 다행스런 마음이 들어서 활짝 웃었다.

"넌 천재야!"

내가 작은 소리로 말하자, 비비는 의기양양한 표정으로 종이쪽지를 흔들었다.

"이건 비밀번호 리스트야. 살짝 빌려 왔지. 빨리 문 쪽으로 와. 내가 꺼내 줄게."

나는 탁자에서 내려와 비비가 어서 꺼내 주기를 기다렸다. 잠시 후 밖에서 비비가 비밀번호를 누르자 삑삑삑삑 기계음이 울렸다. 곧이어 딸깍, 하는 소리와 함께 자물쇠가 열렸다. 나는 잽싸게 문을 열고 밖으로 나왔다.

"비비, 내가 너 진짜 천재라고 이야기했던가?"

"자주 말하진 않았지."

주둔지 내에는 지나다니는 사람이 별로 없었다. 모두 식당에서 밥을 먹고 있었다. 운수 나쁜 군인이 한둘 정찰을 하고 있을 뿐이었다.

내가 나지막이 속삭였다.

"파라곤을 구해야 해, 너무 늦기 전에. 놈들이 파라곤을 분해할 작정이야."

비비가 깜짝 놀라 헉하고 숨을 들이마셨다.

"네가 걱정했던 그 깜박이는 불빛 기억하지? 그게 추적 장치였어. 그래서 수자원 위원회가 우릴 찾아낸 거야."

"트레블 박사가 보고한 게 아니라?"

"아니, 아니었어."

비비는 주위를 조심스레 살폈다.

"파라곤을 여기로 데려왔을까? 뭐 아는 거 있니?"

"여기에 큰 목조 건물이 있어. 아마 거기로 데려갔을 것 같아."

우리는 곧 막사를 몇 채 지나 목조 건물 구역으로 갔다. 그리고 얼어붙은 듯 멈춰 섰다. 당연한 일이지만, 그 건물 입구는 경비병이 지키고 서 있었다. 나는 비비와 막사 뒤로 얼른 몸을 숨겼다.

비비가 물었다.

"이제 어떻게 하지? 저 사람 몰래 통과할 방법이 없잖아."

나는 짐짓 대답하지 않았다. 분명히 뭔가 방법이 있을 터였다.

나는 까치발을 하고서 조용히 막사를 돌아 반대편의 상황을 살폈다. 냉수 탱크가 설치되어 있었고, 그 맞은편이 목조 건물 입구에 서 있는 경비병 방향이었다. 나는 비비에게 돌아가, 조금 전에 보고 온 것을 말했다.

"냉수 탱크로 주의를 분산시키자."

"그걸로 어떻게 주의를 분산시켜?"

나는 막사의 출입막을 들어 올린 뒤 비비에게 들어오라고 손짓했다. 밖에 세워진 냉수 탱크 윤곽선이 막사 천막에 비쳐 보였다.

내가 말했다.

"저걸 넘어뜨리면 돼."

"뭐? 너 미쳤니?"

"그런 것 같아. 세게 한 번에 밀어야 해. 여러 번 움직이면 경비병이 눈치를 챌 거야. 그렇지만 한 번에 쾅 넘어지면, 뭔가 문제가 생겼다고 생각하겠지."

비비는 내가 미쳤다고 생각하는 것이 분명했다.

"그런 다음에는?"

"그건 그때 가서 생각해 봐야지."

비비는 고개를 저었다.

"그다지 훌륭한 계획은 아닌 것 같아. 사실 계획이라고 말할 수도 없지만. 그렇다고 두 손 놓고 가만히 앉아 있을 순 없지. 저 안에 파라곤이 있는 건 확실해?"

나는 고개를 끄덕이며 말했다.

"경비병이 왜 문을 계속 지키고 있겠어?"

"그건 그래."

우리는 냉수 탱크로 가까이 다가갔다. 냉수 탱크가 얼마나 무거울지 전혀 짐작할 수 없었기 때문에 얼마만큼 세게 힘을 주어야 할지도 가늠하기가 어려웠다. 내가 속삭였다.

"무조건 힘껏 밀자. 셋에 미는 거야. 하나, 둘, 셋!"

우리는 막사 옆으로 동시에 몸을 날려 냉수 탱크를 힘껏 들이받았다. 냉수 탱크는 예상보다 무겁지 않았다. 바닥에 고정해 둔 밧줄이 풀리면서 바닥으로 넘어지기 시작했다. 오래지 않아 냉수 탱크는 철벅, 요란한 소리를 내며 쓰러졌다.

비비와 나는 재빨리 막사에서 빠져나왔다. 그리고 막사 모퉁이를 돌아서 경비병의 동태를 지켜보았다.

경비병은 냉수 탱크를 멍하니 바라보았다. 얼굴에 거대한 물음표가 떠올라 있는 것 같았다. 잠시 뒤, 근처에 냉수 탱크를 세워 놓으러 갈 다른 정찰병이 있는지 살펴보았다. 마땅한 사람이 눈에 띄지 않자, 경비병의 마음속에서 갈등이 벌어지는 모양이었다. 갈등하는 마음이 얼굴에 고스란히 드러나 보였다. 위치를 이탈해 냉수 탱크를 세워야 할까? 아니면 위치를 지킨 채 냉수 탱크에서 새어 나오는 소중한 물이 아무 의미 없이 땅바닥을 적시는 모습을 쳐다보고만 있어야 할까?

경비병은 조급하게 입술을 핥았다. 그러더니 결국 자리를 벗어났다. 경비병은 냉수 탱크를 세우기 위해 소총을 땅에 내려놓았다. 그 순간, 우리는 냅다 뛰쳐나갔다. 가장 부드럽고 가장 소리가 안 나는 부분으로만 발을 디디면서, 순식간에 이십 미터를 달렸다. 비비가 앞장서고 내가 뒤따랐다.

문 앞에 이르자, 비비는 살며시 손잡이를 돌려 문을 열었다. 우리 두 사람의 몸이 들어갈 만큼만 문이 열렸다. 얼마 뒤, 아주 희미하게 딸깍, 소리가 울리면서 문이 저절로 닫혔다.

방 안은 기계와 컴퓨터로 가득했다. 주의 깊게 살펴봤더라면 마일로 트레블 박사의 실험실과 닮은꼴이라는 사실을 금방 알아차렸을 것이다. 그렇지만 나는 그때 주의 깊게 살펴볼 수가 없었다. 방 한가운데에 놓인 실험대 위에 고정된 존재를 봐야 했기 때문이다. 바로 파라곤이었다.

파라곤의 팔과 다리에 전선이 가득 꽂혀 있었다. 전선들은 각종 컴퓨터와 모니터로 연결되었다. 모니터 화면에서는 불빛이 깜박이고 신호음이 울리고 갖가지 그래프가 춤을 추는데도 파라곤은 아무 반응 없이 가만히 누워 있었다. 대기 모드인 파라곤이 살아 있다는 걸 유일하게 확인해 주는 것은 가슴에서 심장처럼 깜박이는 불빛뿐이었다.

다행히 아직 분해가 시작되지 않은 듯했다. 비비가 전선들을 살펴보며 물었다.

"파라곤한테 도대체 무슨 짓을 한 거지?"

"이건 아무것도 아냐. 하루나 이틀만 지났어도 파라곤은 한 조각도 남아 있지 않았을 거야. 영원히 사라졌을 거라고."

우리는 잠시 멍하니 서 있었다. 영혼과 생명이 충만한 이 로봇이 완전히 훼손된 모습을 상상하고 있었다.

"여기서 데리고 나가야 해, 최대한 빨리!"

나는 몸을 굽혀 전원 스위치를 눌렀다. 파라곤이 위잉 소리와 함께 깨어나기 시작했다. 팔과 다리가 실험대 위에서 들썩이더니 고개가 좌우로 회전했다.

"여기……, 여기가 어디지?"

"파라곤?"

나는 깜짝 놀라 소리쳤다. 놈들이 벌써 파라곤의 기억을 모두 지워 버린 걸까? 설마 파라곤이 나를 처음 보는 사람이라고 생각하는 걸까?

"오든 데어! 비비 룩미니! 어떻게 된 거야?"

휴, 파라곤이 드디어 모든 걸 기억해 냈다. 파라곤은 걱정스럽다는 듯 고개를 한쪽으로 기울였다.

"너희 둘 다 괜찮은 거야?"

"목소리 좀 낮춰."

내가 파라곤에게 속삭였다. 문밖에서 경비병이 돌아오는 소리가 들렸기 때문이다. 파라곤이 나를 바라보았다.

"아, 그래. 그런데 오든, 말해 줄 게 있어. 아주 중요한 거야."

내가 대답했다.

"지금은 말고 이따가. 우선은 여기서 널 데리고 나가야 해."

"그런데 이건 다 어떡하지?"

비비가 파라곤의 다리에 연결된 전선들을 손으로 들어 보였다.

"그건 걱정할 것 없어. 중요한 거 아니야."

파라곤은 일어나 앉더니 몸에 연결된 전선들을 모조리 뜯어내 한쪽으로 던져 버렸다. 그런 다음 자리에서 일어서서, 깊은 잠을 자고 일어나 스트레칭하는 사람처럼 몸을 움직였다.

"한결 낫군. 이제 계획을 말해 봐."

우리가 갇혀 있는 건물에는 출구가 하나였다. 그리고 그 출구는 무장한 경비병이 지키고 있었다.

내가 말했다.

"그게…… 사실 계획은 없어. 너한테 뭔가 좋은 생각이 있을 줄 알았는데."

파라곤은 실험실을 둘러보았다.

"그……렇다면, 알았어."

파라곤은 실험실 뒷벽의 큼지막한 유리창을 빤히 바라보았다. 창문 밖으로 임시 건물들이 보였다.

"문을 못쓰게 한다면 새로 만들어야겠지."

파라곤은 뒷벽으로 가서 창문 아래의 장비들을 한쪽으로 치운 다음 창문에 바짝 다가섰다. 그리고 주먹을 쥐어 창문을 톡톡 두드렸다.

"특별히 두껍지는 않고, 그렇다면……."

파라곤이 오른쪽 엄지를 뒤로 꺾자 안에서 날카롭게 빛나는 작은 조각이 나왔다. 왼쪽 손바닥에서는 고무판이 올라왔다. 파라곤은 고무판을 창문에 대고 날카로운 조각으로 유리에 금을 내기 시작했다.

"일등급 공업용 다이아몬드야. 유리 정도는 톱으로 젤리를 자르는 거나 마찬가지지."

파라곤은 우리를 돌아보며 설명했다.

"끝내준다!"

비비와 내가 쳐다보는 가운데, 파라곤은 위쪽으로 선을 그은 다음 다시 아래 방향으로 선을 그었다. 두 선이 만나자 엄지 끝을 제자리로 돌려 놓았다.

"자, 이제 살짝 밀면……."

파라곤은 왼손으로 유리창을 밀었다. 똑! 유리창이 직사각형으로 쉽게 떨어져 나왔다. 파라곤은 떼어 낸 유리를 신중하게 안으로 가지고 온 다음 벽에 기대어 세웠다.

"됐어! 이쪽으로 나가면 돼. 가자!"

파라곤은 허리를 숙여 비비를 안아 올렸다.

"기다려!"

내가 외쳤다. 복잡한 문제가 있었다.

"왜 그래?"

"그거!"

나는 파라곤의 가슴에서 깜박이는 불빛을 가리켰다.

"이게 왜?"

"그건 추적 장치였어. 그것 때문에 놈들이 널 찾을 수 있었던 거야."

파라곤은 고개를 숙여 불빛을 바라보았다.

"추적 장치였다고?"

파라곤은 한껏 슬픈 표정을 지었다.

"이게 그거였어? 그런 걸 나는……."

나도 파라곤만큼 슬펐다. 우리 셋은 그대로 가만히 서서 파라곤의 가슴에서 깜박이는 불빛을 바라보았다. 파라곤은 손가락 끝으로 불빛을 가만히 쓰다듬으며 중얼거렸다.

"난 이게 심장이라고 생각했어. 그게 아니라면 최소한……, 심장이랑 비슷한 것일 거라고."

비비가 다가가서 파라곤의 팔을 쓰다듬었다.

"슬프지만 심장이 아니래. 그건 널 추적하는 장치였어. 참 나쁘지?"

나는 어깨 너머로 경비병의 뒷모습을 힐끗 확인했다. 시간이 얼마 없었다. 내가 다급히 물었다.

"파라곤, 이 장치를 차단할 순 없어?"

파라곤은 고개를 저으며 한숨을 쉬었다.

"못 해. 이건 내가 임의로 차단할 수 없는 시스템이야. 켜는 것도 끄는 것도 사람만 할 수 있어."

"추적 장치가 켜진 채로는 탈출을 못 해. 금방 쫓아올 거야."

비비가 바닥에 버려진 전선 중 하나를 집어 들었다.

"내가 해 볼게."

나는 걱정스런 나머지, 목소리가 저절로 커졌다.

"어떻게 하려고?"

비비는 크게 한숨을 내쉬었다.

"오든, 어제 트레블 박사님이 이 불빛을 다시 살렸잖아? 박사님이 하는 작업을 하나하나 주의 깊게 관찰했어. 내가 끌 수 있을 거야."

"정말 그렇게 생각해?"

내 말 속에는 비비에 대한 불신이 스며 있었다. 비비는 실망스런 마음을 감추지 못한 채 고개를 절레절레 저었다.

"오든, 너 진짜……."

그때 파라곤이 끼어들었다.

"비비, 난 너를 완벽하게 신뢰해. 백 퍼센트 신뢰해. 사실은 오든도 그럴 거야."

파라곤은 비비가 들고 있던 전선을 자신의 손가락 끝에 꽂았다.

"자, 해 보자."

비비는 전선을 컴퓨터에 연결했다. 나는 또다시 마음이 조급해졌다. 저녁 시간이 곧 끝날 터였다. 최대한 빨리 움직여야 했다.

비비는 컴퓨터 앞에 앉아 키보드를 치기 시작했다. 모니터에 각양각색의 모형이 뜨면서 휙휙 지나갔다. 비비의 손가락은 빛의 속도로 춤을 추었다. 나는 이렇게 빨리 키보드를 치는 사람은 난생처음 보았다.

얼마 후, 비비의 손가락이 멈췄다.

"됐어……, 내 생각엔 이게 맞는 거 같아. 내가 추적 장치를 아예 막아 버렸을 가능성도 있고. 그러면 그 장치를 끄는 건 불가능해. 둘 중 하나야."

파라곤이 비비를 바라보았다.

"비비, 해 봐."

또 한 번 비비의 손가락이 보이지 않을 만큼 빠르게 키보드 위에서 춤을 추기 시작했다.

"파라곤, 준비됐어?"

"물론."

"좋아……."

비비가 버튼을 클릭했다. 파라곤의 가슴에서 불빛이 세차게 깜빡이는가 싶더니 그대로 훅 꺼졌다. 우리 셋은 터져 나오는 환호성을 가까스로 억눌렀다. 밖에 경비병이 있어서였다. 파라곤이 비비의 어깨를 움켜잡았다.

"비비, 내가 너 진짜 천재라고 이야기했던가?"

비비가 웃음을 터뜨렸다.

"일단 여기서 나간 뒤에 얘기하자."

"그래, 네 말이 맞아."

파라곤은 뒷벽 창문의 직사각형 구멍으로 걸어갔다.

"가자. 둘 다 내가 안아 줄게."

파라곤은 비비와 나를 차례로 안아 올린 뒤 구멍 밖으로 조심스럽게 내보냈다. 뒤이어 자신도 이른 저녁의 노을빛 속으로 천천히 걸어 나왔다.

"가자."

우리는 목조 건물을 끼고 돈 다음, 바람에 펄럭이는 막사 사이로 달렸다. 어쩌다 경비병과 맞닥뜨리면 잽싸게 몸을 숨겼다. 지키는 사람이 아예 없는 구역을 삼사십 미터 정도 달리고 나서야 구멍 난 철책이 보였다. 우리는 구멍을 기어서 통과해 들판으로 나왔다.

우리 셋은 다음 계획을 세우기 위해 바닥에 쪼그려 앉았다.

내가 말했다.

"자, 밖으로 나오는 건 성공했어. 이제 어쩌지?"

비비가 대답했다.

"집으로는 못 가. 군인들이 지키고 있을 거야."

저녁이어서 그런지, 벌써 쌀쌀해지고 있었다. 숨어 있을 곳을 찾아야 했다.

파라곤이 말했다.

"갈 곳이 생각났어."

"그게 어딘데?"

파라곤은 내 질문에 곧바로 대답하지 않았다.

"중요한 건 지금 빨리 움직여야 한다는 거야. 저녁 식사 시간이 끝나면 우리가 없어진 게 알려질 테니까. 그러면 군인들이 우리를 쫓기 시작할 거야."

"그럼 뛰어야겠다."

"물론이지. 그런데 너도 비비도 별로 빠르지 않다는 게 문제야. 너희 속도로 가면 우린 금방 잡혀."

비비는 곰곰 생각에 잠겼다.

“그렇지만 우리가 네 속도로 가려면…….”

그 순간, 파라곤이 우리를 번쩍 들어 올리더니, 한쪽에 한 사람씩 팔뚝에 앉혔다. 그러고는 자리에서 벌떡 일어섰다.

“바로 그거야. 자, 잘 기억해. 난 이렇게는 안 달려 봤어. 뭐, 너희도 이렇게 달려 본 적은 없겠지만. 그러니까 이건 우리 모두에게 새로운 경험이야. 최대한 꽉 잡아. 겁먹지 말고.”

비비의 눈이 두려움으로 휘둥그레졌다. 파라곤은 얼른 비비를 안심시켰다.

“비비, 걱정 마. 절대로 안 떨어뜨려.”

나는 흥분을 숨기지 못하며 빙그레 웃었다.

“맞아. 비비, 걱정하지 마. 분명히 재미있을 테니까.”

정말로 재미있었다. 출발할 때 출렁이는 느낌만 빼면 진짜 재미있었다. 파라곤은 여느 달리기 선수들처럼 차차 속도를 올리는 스타일이 아니었다. 처음부터 끝까지 믿을 수 없이 빠른 속도로 내달렸다. 바람이 얼굴을 세차게 스쳤고, 머리카락이 온통 뒤로 흩날렸다.

비비는 눈을 질끈 감고 파라곤의 목에 매달렸다. 나도 매달리기는 마찬가지였지만, 눈을 똑바로 뜨고서 빠르게 지나가는 풍경을 감상했다. 나무, 전봇대, 눈을 비비는 행인, 그 옆에서 짖는 개. 그들은 무엇을 보았을까? 노란색 불빛의 트럭을 보았을 것이다. 나는 은빛과 한 덩어리가 되어 빠르게 그들 옆을 스쳤다. 하늘을 나는 기분이 이런 걸까?

우리는 불과 몇 초 만에 들판에 닿았다. 눈앞에 울타리가 보였지만 파라곤은 속도를 늦추지 않았다.

"파라곤, 지금 어쩌……."

나는 미처 질문을 끝낼 새도 없었다. 울타리를 삼 미터쯤 남겨 두었을 때, 파라곤이 허공으로 높이 뛰어올랐다. 비비가 새된 소리로 비명을 질렀다. 나도 마찬가지였다. 우리는 허공을 미끄러지며 울타리를 뛰어넘었다. 쿵!

파라곤은 그 후로도 아무 일 없었다는 듯 계속 달렸다. 몇 초 지나지 않아, 반대편 울타리가 나타났다.

"으아아!"

비비가 비명을 지르며 파라곤의 목에 얼굴을 파묻었다.

"좋았어!"

내 환호성이 터짐과 동시에, 파라곤은 또 한 번 날아올랐다가 완벽하게 착지했다. 울타리는 한참이나 길게 이어졌다. 나중에는 비비도 깔깔거리며 파라곤의 스릴 넘치는 점프를 즐겼다.

마침내 우리가 몇 번이나 함께 걸었던 도로가 나왔다. 파라곤은 왼편으로 꺾어 험난한 흙길을 택했다. 그리고 울타리를 한 번 더 넘고 나서야 우뚝 멈춰 섰다.

"다 왔어."

나는 주변을 둘러보았다. 상태가 엉망진창인 디지털 간판에 '써니 계곡 카라반 파크'라고 쓰여 있었다. 겨우 삼 분 정도 달렸을 뿐인데, 십 킬로미터 남짓한 거리를 온 셈이었다. 내 계산이 엉터리가 아니라면, 거의 시속 이백 킬로미터로 달린 거나 마찬가지였다. 내 평생 최고의 속도였다!

파라곤은 우리를 바닥에 내려놓았다. 비비는 파라곤의 목을 감고 있던 두 팔을 겨우 떼어 놓으며 말했다.

“두 번은 절대 안 할 거야! 무서워서 죽는 줄 알았어.”

나는 파라곤의 눈을 보며 외쳤다.

“아니야, 그렇지 않았어! 최고였다고!”

파라곤은 우리 둘의 머리를 쓱쓱 쓰다듬었다. 우리 셋은 버려진 카라반으로 향했다.

“세상에 집같이 좋은 데가 없는 거다, 얘들아.”

파라곤은 오든 데어도 못 따라갈 만큼 멋지게 빈정거리고 있었다.

# 소문, 그 너머의 진실

그때와 같은 카라반이었다. 파비우스와의 악몽이 있기 전날 밤에 파라곤을 숨겨 두고 갔던 곳이었다. 내부가 엉망진창인 것 역시 그때와 똑같아서, 파라곤은 바닥에 뒹구는 가스레인지를 비비가 무사히 타넘을 수 있도록 손을 잡아 주었다. 우리가 다녀간 뒤로도 청소는 하지 않은 것이 틀림없었다.

파라곤이 큰 방의 문을 열었다. 우리는 안으로 들어갔다. 다행히 다른 곳보다 상태가 훨씬 나았다. 비록 침대는 없었지만 바닥에 놓인 매트리스가 깨끗하고 푹신했다. 매트리스 위에는 베개 몇 개와 함께 도톰한 담요가 여러 장 쌓여 있었다. 베개와 담요에 수북히 쌓였던 먼지는 다행히 몇 번 터니까 금세 날아갔다.

"지금쯤 우리가 사라진 걸 눈치챘는지 모르겠네."

비비가 창문에 꽃무늬 커튼을 치면서 말했다.

"아마도."

파라곤은 숨이 죽은 베개를 손으로 두드려 부풀렸다.

내가 물었다.

"눈치채면 어떻게 나올까?"

"뭐, 제일 먼저 주둔지를 뒤지겠지. 아이 둘하고 로봇이 그렇게 멀리까지 도망칠 거라고는 생각 못 할 테니까. 우리를 과소평가할 거야, 미련하게. 그러니까 아마 우리가 사라진 걸 알고 처음 15분에서 20분 정도는 주둔지 막사와 트럭 같은 데를 수색하느라 허비하겠지. 그런 다음에는 수색 반경을 주변 지역과 너희 집으로 가는 길로 넓힐 테고. 수색에 지칠 무렵이 되면 이미 컴컴해져 있을 거야."

내가 걱정스런 목소리로 물었다.

"밤중에도 계속 찾지 않을까? 우리를 잡을 때까지 찾을 것 같은데."

파라곤이 고개를 끄덕였다.

"맞아, 계속 찾겠지. 그렇지만 밤에는 아무래도 수색이 힘들잖아."

"그렇지만 열 감지 장치 같은 게 있으면 우리가 여기 있다는 걸 금방 알아낼 거야."

파라곤은 매트리스 옆으로 와서 두 팔로 무릎을 감싸고 앉았다.

"그건 걱정하지 마. 블룸 박사님은 그런 기기를 제어할 수 있는 프로그램을 깔아 두었으니까. 난 너희 몸에서 나오는 열을 숨길 수 있어. 절대로 감지하지 못할 거야."

"휴, 다행이다."

나는 담요를 한 장 집어 몸에 두른 다음, 베개를 등에 대고 카라반 벽에 기대앉았다. 비비도 나처럼 앉고 나서 이렇게 중얼거렸다.

"이제 어떻게 하지? 집에도 못 가고. 갈 데가 없어. 갇혀 버렸어."

나는 아무 말도 하지 않았다. 엄마를 생각하고 있었다. 엄마는 어디에 있을까? 어떤 대우를 받고 있을까?

비비가 무척 걱정스러운 목소리로 덧붙였다.

"결국에는 우리를 찾아내겠지? 그들은 우리를 잡아서 엄마하고 떼어 놓을 거야. 엄마가 보고 싶어……."

파라곤이 손을 뻗어 비비의 어깨를 토닥였다.

"괜찮아, 비비 룩미니. 괜찮아."

내가 말했다.

"우리가 뭘 어떻게 하든 상관없어. 파라곤, 놈들이 너한테 아무 짓도 못 하게 할 거야. 마음대로 널 분해하진 못해. 살인 기계로 만들 수도 없어. 그건 네가 아니야. 비비, 우리가 파라곤을 지켜야 해. 평생을 도망치며 살게 될지도 몰라. 그래도 파라곤을 빼앗길 순 없어."

우리는 말없이 한참을 앉아 있었다. 커튼 사이로 들어오는 빛이 시시각각 흐릿해지고 있었다.

"오든, 너한테 해 줄 이야기가 있어. 내가 뭘 좀 알아냈거든."

파라곤의 불빛이 먼지로 뿌연 방 안에서 깜박였다.

"뭔데?"

파라곤은 자세를 고쳐 앉았다.

"아까 수자원 위원회 소속 과학자들이 내 기능을 조사하느라 날 컴퓨터에 연결했어. 과학자들이 조사에 정신이 팔려 있을 때, 나는 수자원 위원회 군사 정보 데이터베이스에 몰래 접근했고."

파라곤은 자신의 금속 무릎에서 실오라기를 하나 떼어 내 바닥에 버렸다.

"그래서?"

"먼저 보안 프로그램을 해킹한 다음……, 너희 아빠 병무 기록에 접근했어."

파라곤은 잠깐 말을 멈추었다. 나는 숨을 죽였다.

"너도 알다시피, 레오 데어는 지금 군 교도소에 있어. 죄목은 무단 이탈이지."

파라곤은 왜 이 이야기를 꺼내는 걸까? 이미 다 아는 이야기인데. 다시 이야기한다고 해서 달라지는 것은 없었다. 아빠의 부끄럽고 수치스러운 상황을 달라지게 할 수 있는 것은 아무것도 없으니까.

파라곤이 말을 이었다.

"넌 아빠가 왜 부대에서 이탈하셨는지 알아?"

나는 고개를 저었다. 당연히 모른다. 내가 그 일을 굳이 알아야 할 이유가 있을까?

"너희 아빠가 부대에서 이탈하신 것은 그렇게 하지 않으면 세 아이가 죽게 되기 때문이었어."

"뭐라고?"

파라곤의 눈은 그 어느 때보다 밝은 불빛을 뿜어내고 있었다.

"무슨 말인지 모르겠어. 세 아이라니?"

파라곤이 대답했다.

"네 아빠가 소속된 부대가 체코의 리베레츠 부근 작은 마을을 지날 때였어. 적의 공격이 시작됐지. 매복해 있던 적들이 부대원들이 탄 트럭을 대전차 미사일로 공격한 거야. 네 아빠의 부대는 퇴각을 시도했어. 그런데 좁은 골목으로 숨어들던 트럭 한 대가 지나가던 민간 차량을 들이받고 말았지. 전복된 차량은 화염에 휩싸였고. 부대장은 멈추지 말고 퇴각하라고 명령했어. 트럭이 지나가고 또 지나갔지만 불길이 치솟는 차 앞에서 멈춰 서는 트럭은 없었지. 그런데 마지막 트럭을 운전하던 군인은 차마 그냥 지나치지 못했어. 명령에 불복한 채 차를 세우고 소화기를 들고 나가 불길을 잡았지.

차 안에는 서른세 살의 아기 엄마와 세 명의 어린아이가 있었대. 아이들은 다섯 살, 여덟 살, 그리고 열한 살. 엄마는 즉사했지만 아이들은 살아 있었어. 총알이 날아드는 중에도 그 군인은 세 아이를 모두 차 밖으로 끌어낸 뒤 안전한 곳으로 피신시켰지. 나중에 아이들은 군 병원으로 이송되었다고 해. 그렇게 세 명의 생명을 살렸지만, 그 군인은 군사 재판에 넘겨졌어. 무단으로 부대를 이탈했다는 거지. 군에서는 그 군인이 지체했기 때문에 다른 군인들이 희생되었다고 주장했고."

파라곤은 갑자기 목소리를 낮췄다.

"그런데 말이야, 내가 그날의 영상을 처음부터 끝까지 확인한 결과, 군의 주장은 완전히 엉터리야. 그들이 말한 대로 그 당시 군인 네 명이 전사한 것은 사실이야. 그런데 그건 트럭이 민간 차량을 들이받기 전에 벌어졌던 일이었어. 그걸 입증하는 증거는 아주 많아.

그래서 난 결론을 이렇게 내릴 수밖에 없어. 군은 모든 군인이 오직 명령대로만 움직이길 바란다는 거야. 군인들이 스스로 생각하는 걸 원하지 않는 거지. 다루기 어려우니까. 그런 이유로, 자기 생각대로 움직인 군인들은 죄가 없어도 처벌을 받아야 했던 거지."

나는 손으로 담요를 세게 틀어쥐었다.

"그 운전사가…… 우리 아빠구나. 그렇지?"

파라곤은 고개를 끄덕였다.

"그러니까 오든, 너희 아빠를 범죄자라고 보기는 어려워. 오히려 네가 생각했던 것 이상으로 영웅이라고 해야 맞겠지."

내 눈에 눈물이 그렁그렁 맺혔다. 마치 배신자가 된 것 같았다.

"난 아빠가 겁쟁이라고 생각했어. 사람들이 우리 아빠를…… 겁쟁이라고 해서. 난 아빠가 아니라 그 사람들을 믿은 거야."

파라곤은 비비와 나 사이에 끼어 앉아 어깨동무를 했다.

"난 네가 그 사람들을 정말로 믿었다고 생각하지 않아. 마음 깊은 곳에선 영혼이든, 심장이든, 그걸 뭐라고 부르든, 그 깊은 곳에서 넌 진실을 알고 있었어. 네가 아빠라고 부르는 그 사람은 절대로 겁쟁이가 아니라는 진실을."

파라곤은 내 뺨에 흐르는 눈물을 다정하게 손으로 닦아 주었다.

"그런 건 우리가 그냥 아는 거야. 직감이라고 부르지, 아마? 직감이란 것이 실제로 존재할 수도 있고 아닐 수도 있어. 어쩌면 축적된 경험이나 정교한 판단 능력을 통해서 아는 건지도 모르지. 그렇지만 세상에는 저절로 알게 되는 것들이 있어."

파라곤은 겸연쩍다는 듯 큼큼 헛기침을 했다.

"나는 로봇이어서 그런 것들을 거의 경험해 보지 못했지만. 그렇지만 내가 잘하는 유추를 한번 해 볼게. 일상에서 보는 순서를 생각해 봐. 우리는 보통 '좌/우'라고 말하지. 좌는 꼭 우보다 먼저 와. '우좌'라고 말하는 사람 있어? 내 생각엔 없어. 설문지의 답변을 선택할 때는 꼭 '예/아니요'로 되어 있지? '아니요/예'는 없어. '업/다운'이나 '온/오프'도 마찬가지고. 우리는 오랜 시간에 걸쳐 그런 순서에 익숙해졌고, 그래서 이제는 직감적으로 그 순서를 떠올려. 혹시라도 어디에선가 '아니요/예'라고 쓰인 걸 본다면 이상하다고 느낄 거야.

그 파비우스란 못된 아이가 맨 처음 네 아빠가 교도소에 있다고 했을 때 너는 그 이야기가 틀렸다고 생각했어. 아빠는 부대를 무단 이탈할 사람이 아니라고 판단했으니까. 그러면 파비우스의 말은 네가 알던 지식과 맞지 않잖아. 그래서 그토록 괴로웠던 거지. 파비우스의 말이 사실일 리 없다는 걸 알고 있었으니까. 너는 아빠가 겁쟁이가 아니란 사실을 알고 있었어. 그리고 이 세상에서 아빠라는 존재를 가장 잘 아는 사람은 바로 아들이 아니겠어?"

우리는 한동안 말이 없었다.

그때 갑자기 밖에서 헬리콥터의 프로펠러 소리가 들렸다. 점점 소리가 가까워지더니 우리 머리 바로 위까지 온 것 같았다. 상공에서 강렬한 조명이 카라반의 좌우를 비추었다. 파라곤은 우리 둘을 바짝 끌어당겼다. 몇 초가 지난 뒤 소리가 점차 멀어지면서 조명도 완전히 사라졌다.

우리 셋은 그 후로도 오랫동안 움직이지도, 입을 열지도 않았다.

한참이 지난 뒤, 비비가 속삭였다.

"그들이었을까?"

파라곤이 고개를 끄덕였다.

"걱정하지 마. 우리는 절대 못 찾아. 내가 약속할게."

얼마 후 비비는 간신히 잠이 들었다. 나는 두 팔을 괴고 엎드린 채 여전히 곁에서 우리를 지켜보고 있는 파라곤을 바라보았다.

"우리 아빠가 겁쟁이가 아니란 건 알아. 그런데 군은 그런 거 상관 안 해. 아빠는 영원히 교도소에 계셔야 할 거야. 절대로 내보내 주지 않을 테니까."

"그게……."

나는 첫마디만 듣고도 파라곤이 나를 안심시킬 이야기를 할 것이라는 사실을 알아차렸다.

"사실은 네 아빠의 기록과 영상을 확인한 다음에 그대로 복사했어."

"정보를 훔쳤다고?"

"뭐……, 그렇게 말할 수도 있지. 어쨌든 복사본을 만들어서 국제 인권 재판소에 보내 놨어."

나는 자리에서 벌떡 일어나 앉았다.

"뭐라고?"

"인권 단체에도 많이 보냈고. 혹시 몰라서 언론 단체에도 전송했어. 최소한 어디 한 곳은 너희 아빠의 사연을 크게 다뤄 줄 거야."

나는 파라곤의 손을 꽉 움켜쥐었다.

"고마워."

파라곤도 내 손을 꽉 쥐었다. 우리는 그렇게 나란히 앉아 있었다. 어느새 나는 눈꺼풀이 감겼고, 오래지 않아 아늑한 잠의 안개 속으로 스며들었다.

# 레인보우 머신

다음 날 아침에 눈을 떠 보니, 파라곤이 사라지고 없었다. 나는 비비를 흔들어 깨웠다. 비비는 겨우 눈을 뜨는 둥 마는 둥 하고선 두 손으로 얼굴을 쓱쓱 문지른 뒤 방 안을 둘러보았다.

"파라곤은?"

나는 불안한 마음을 감추지 못하고서 말했다.

"모르겠어. 혹시 혼자 수자원 위원회로 돌아간 거면 어쩌지? 우릴 구하겠다고……. 파라곤이라면 그렇게 생각……."

그때 방문이 벌컥 열리며 손에 뭔가를 든 파라곤이 들어왔다.

"받아! 아침 식사야."

파라곤은 시리얼 바와 살짝 멍이 든 사과를 우리에게 하나씩 던졌다. 그제야 나는 마음이 놓여서 한숨을 폭 내쉬었다. 이로 시리얼 바 봉지를 뜯으며 물었다.

"이런 게 다 어디서 났어?"

"묻지 마."

파라곤은 생수 두 병을 꺼내서 우리 앞에 놓았다.

"그냥 써니 계곡 야영객 중 몇 사람이 오늘 아침은 나가서 사 먹게 되었다고만 해 둘게."

비비와 내가 아침을 먹는 동안, 파라곤은 곁에서 지켜보다가 우리가 뭔가 흘리기라도 하면 한쪽으로 깨끗하게 치웠다.

아침을 다 먹은 다음, 나는 커튼을 조금 열어서 하늘을 올려다보았다. 성긴 구름이 옅게 끼어 있었다. 하늘 높은 곳에 가느다란 선이 하나 그려져 있는 것 같았다. 문득 전에 비비가 구름의 이름을 가르쳐 주던 때가 생각났다. 벌써 몇백 년은 지난 일 같았지만. 그날 이후로 너무 많은 일이 있었다.

'그때 뭐라고 했더라?'

나도 모르게 중얼거렸다.

"권운."

파라곤이 벌떡 일어나 앉으며 되물었다.

"뭐라고? 지금 뭐라고 했어?"

나는 다시 한 번 말했다.

"권운이라고."

갑자기 파라곤이 뻣뻣하게 굳어 가기 시작했다. 양팔이 옆구리에 고정되더니 두 눈이 정면을 응시했다.

비비가 외쳤다.

"또 시작됐어!"

몇 초 지나지 않아, 파라곤의 팔다리가 다시 자연스럽게 움직이기 시작했다. 그때 머릿속에 떠오르는 단어가 있었다.

"적란운!"

내 외침에 파라곤이 다시 굳었다.

"층운!"

비비의 목소리에는 선 채로 몸을 부르르 떠는 것 같았다. 얼마나 지났을까? 파라곤이 바닥에 쿵 주저앉았다. 나는 파라곤에게 달려가 팔을 부축했다.

"파라곤, 파라곤! 일어나 봐, 파라곤."

비비는 반대쪽 팔로 달려갔다. 둘이 힘을 합쳐도 파라곤이 워낙 무거워서 꿈쩍도 하지 않았다. 갑자기 파라곤의 두 눈에서 불이 깜박거리더니, 고개가 한쪽으로 회전했다가 다시 반대쪽으로 돌아갔다.

파라곤이 말했다.

"이제……, 이제 모든 걸 알겠어."

우리 셋 모두 위치가 탄로날 수 있다는 것을 너무나 잘 알고 있었다. 써니 계곡 야영장에서 이어지는 밭지대를 넘어가려면 수자원 위원회의 수색대를 거쳐야만 했다. 거기서 붙잡히면 모든 게 끝이었다. 우리는 끌려가서 감금되고 파라곤은 분해되겠지.

그런데 아무것도 없었다. 아직도 주둔지 근처를 수색하느라 여기까지 나오지 못했는지도 모른다. 어쩌면 본격적인 수색에 앞서 지원을 기다리고 있을지도……. 그것도 아니면 그냥 우리의 운이 좋은 건지도 모르겠고.

내가 물었다.

"우리, 지금 어디로 가는 거야?"

"저기로."

파라곤은 손으로 울타리 너머 들판 한가운데에 서 있는 전봇대를 가리켰다.

"저길 왜?"

"전화를 걸어야 해."

비비와 나는 서로를 마주 보았다. 아침 여덟 시도 안 되었는데 벌써부터 심상치 않은 일이 벌어지고 있었다.

우리는 곧 전봇대 아래에 도착했다. 파라곤은 우리에게 잠깐 기다리라고 말한 뒤 전봇대를 기어 오르기 시작했다.

"파라곤이 뭘 하려는 걸까?"

파라곤은 손을 뻗어 전봇대에 연결된 선 하나를 잡았다.

비비가 대답했다.

"나한테 물어봐야 소용없지. 나도 너랑 마찬가진데."

전봇대 위에서 파라곤이 혼잣말을 하는 것처럼 중얼거리고 있었다. 몇 분 뒤, 파라곤은 전봇대에서 뛰어내려 우리 앞에 착지했다.

"누구하고 얘기한 거야?"

"트레블 박사님. 박사님이 보셔야 할 게 있어."

"그게 뭔데?"

파라곤은 고개를 한쪽으로 기울였다.

"곧 직접 보게 될 거야. 오늘 아침은 아주 바쁘겠어. 비비?"

"응?"

"박사님한테 네가 완들버리 링에서 기다릴 거라고 말씀드렸어."

"응?"

비비는 대번에 걱정스러운 표정을 지었다.

"괜찮아. 내가 데려다줄 거니까."

파라곤은 허리를 구부려 비비를 안아 올렸다. 비비가 기겁을 하며 중얼거렸다.

"아, 또야?"

나는 앞으로 나섰다.

"잠깐! 그러면 나는?"

파라곤이 나를 돌아보았다.

"금방 돌아올게. 예상 소요 시간은 7분하고 40여 초."

비비는 파라곤이 팔에 앉히자마자 목을 꽉 붙잡았다.

"오든, 너는 나하고 집으로 돌아갈 거야."

둘은 비비의 비명과 함께 멀리 사라져 갔다.

정확하게 7분하고 40여 초 뒤, 파라곤이 스포츠카처럼 내 옆에 급정지했다. 나는 얼굴을 찌푸리며 물었다.

"집으로 돌아간다는 게 무슨 말이야?"

"말 그대로, 너하고 내가 집으로 간다는 뜻이야."

"유니콘 코티지로?"

"그렇지."

"미쳤어? 이따가 수자원 위원회 군인들이 수백만 명은 몰려올 텐데? 우리 집을 가만두지 않을 거야. 우린 현관문에도 들어가 보지 못한 채 붙잡히고 말걸."

"수백만 명은 좀 과장인 것 같은데? 많아야 사십 명 정도겠지."

나는 소리를 버럭 질렀다.

"사십 명이라고? 아니, 어쩌다 우리가 무장한 군인이 사십 명이나 기다리고 있는 집에 들어갈 운명이 된 거야? 아니 그것보다, 왜 돌아가자는 건데?"

"찾아야 할 게 있어."

"그게 뭔데?"

"너희 외삼촌이 만드신 것. 너도 이미 봤을지도 몰라. 높이는 한 이 정도쯤이야."

파라곤은 손바닥을 활짝 편 다음, 바닥에서 일 미터 정도 위로 들어 보였다.

"길이는 한 이 정도? 너비는 이 미터 정도. 바퀴가 달려 있고, 위에는 뚜껑 같은 게 있어."

생각나는 것이 있었다.

"레인보우 머신 말이야?"

"레인보우 머신이라고?"

파라곤이 피식 웃었다.

"그래, 맞아. 그 머신을 외삼촌이 어디에 숨겨 두셨는지 알아?"

"창고에 있었어, 네 바로 위에. 그런데 비비하고 내가 밖으로 가지고 나왔지. 그런 다음에 널 찾은 거고."

"지금은 어디에 있어?"

"뒷마당 울타리에 기대 뒀는데. 나뭇가지 아래에 숨겨서."

며칠 전에 군인 하나가 레인보우 머신을 꺼내서 살펴보다가 금세 흥미를 잃고 다시 넣어 두던 모습이 떠올랐다.

"아직 거기 있을 거야."

"좋아."

"그런데 그 레인보우 머신을 왜 찾으러 가야 하는 거야? 그 머신에는 배터리가 없어. 안 움직인다고."

"움직이게 될 거야."

파라곤은 나를 들어 올린 다음, 또 한 번 출발할 준비를 했다.

파라곤이 달리는 동안, 멀리에서 군용 트럭들이 보였다. 우리의 흔적을 찾아 도로와 밭을 수색하는 것이 분명했다. 갑자기 파라곤이 방향을 틀었다. 선인장밭 곳곳에 군인들이 흩어져서 움직이고 있었다. 우리가 남기고 갔을지도 모를 단서를 찾고 있는 모양이었다.

얼마 지나지 않아, 유니콘 코티지 뒤편의 밭지대가 보였다. 피라미드형 관개 탑이 오전에 허용된 살수량인 5분 분량의 물을 옅게 뿌리고 있었다. 탑 아래를 지나며 감미롭게 몸을 적신 다음, 우리는 유니콘 코티지 뒷마당과 맞닿은 나무 아래로 웃으며 뛰어들었다.

파라곤이 천연덕스럽게 말했다.

"아, 제발 녹슬지 않았으면!"

우리는 정신을 바짝 차리고서 울타리 틈으로 안을 들여다보았다. 아무것도 보이지 않았다. 이유는 금방 알 수 있었다. 레인보우 머신이 앞을 딱 막고 있었다.

레인보우 머신은 말 그대로 몇 센티미터 앞에 있었다. 그런데 수천 킬로미터 떨어져 있는 것이나 마찬가지라는 게 문제였다. 울타리가 가로막혀 있는 데다, 마당 반대편에는 군인들이 있었다. 지금으로선 레인보우 머신을 가지고 나올 방법이 없었다.

내가 속삭였다.

"어떻게 하지?"

"이렇게!"

파라곤이 손을 들어 손가락 끝을 꺾자 전동 드라이버가 나왔다.

내가 물었다.

"손가락에 안 숨긴 것도 있어?"

"많지. 여기서 다 소개하진 않겠지만."

파라곤은 전동 드라이버의 끝을 울타리 나사에 꽂았다. 전동 드라이버는 거의 소리가 나지 않았다. 드라이버가 돌자 나사는 쉽게 풀렸다. 파라곤은 나사를 하나씩 풀어 나갔다. 파라곤을 바라보고 있으려니, 창고 바닥의 나무판을 들어내던 때가 생각났다. 그 창고는 우리가 지금 쪼그려 앉아 있는 데서 오 미터도 채 떨어지지 않은 곳에 있었다. 파라곤이 첫 번째 널빤지의 나사를 다 빼냈다.

우리는 널빤지를 한 장씩 제거해서 통과할 수 있을 정도의 공간을 만들었다. 이제 남은 건 울타리를 위아래로 가로지른 널빤지뿐이었다. 그 위로 레인보우 머신을 들어서 통과시켜야 했다.

"걱정 마. 내가 할 수 있으니까."

파라곤은 허리를 숙이더니 레인보우 머신의 양쪽을 잡았다. 그러고는 가뿐하게 들어서 울타리 밖에 내려놓았다. 그런데 늘어져 있던 나뭇가지가 갑자기 양옆으로 벌어지더니, 군인의 얼굴이 쓱 나타났다.

그 얼굴이 우리를 빤히 쳐다보았다. 군인의 입이 쩍 벌어지는 순간, 파라곤이 순식간에 그 입을 틀어막고 울타리를 통과해 안으로 사라졌다. 그리고 20초 만에 돌아왔다.

내가 물었다.

"어떻게 했어?"

"응, 지하실의 내 방에 잠깐 데려다 놨어. 알잖아, 거기 아늑한 거. 나중에 누군가 찾아낼 거야."

파라곤은 레인보우 머신에 달린 손잡이를 잡고 방향을 틀었다.

"가자, 또 누가 보기 전에."

돌아가는 길은 속도가 훨씬 느렸다. 파라곤이 여기로 오던 때의 속도를 생각하면 가는 길은 거의 느릿느릿 기어가는 것 같았다. 레인보우 머신의 바퀴가 울퉁불퉁한 밭을 지나도록 설계되어 있지 않다는 것이 문제였다. 파라곤도 결국 인정했다.

"안 되겠어. 도로로 나가자."

내가 반대했다.

"그러면 들킬 거야."

"이렇게 밭에서 꾸물대도 어차피 들켜. 도로로 가면 최소한 안 들킬 가능성이라도 있잖아."

파라곤은 레인보우 머신을 끌고 좁은 도로로 들어섰다.

"자, 이제 타."

"뭐라고?"

"여기에 타라고."

파라곤은 레인보우 머신을 가리켰다.

나는 레인보우 머신에 올라탄 다음 방수포를 손으로 꽉 잡았다.

"좋아."

파라곤은 달리기 시작했다. 여전히 평상시보다 느렸지만 아까보다는 훨씬 빨랐다. 파라곤이 F1 레이서처럼 방향을 꺾고 장애물을 돌파하는 동안, 나는 있는 힘을 다해 레인보우 머신에 매달려 있었다.

그때 갑자기 엔진 소리가 들렸다. 뒤에서 대형 트럭이 우리를 따라오고 있었다. 파라곤이 속도를 올렸지만 트럭이 점점 더 가까워졌다. 이윽고 탕! 소리와 함께 파라곤의 등에서 불꽃이 튀었다. 총을 쏘고 있었다! 파라곤이 속도를 더 내자 바퀴가 방향을 잃고 요동쳤다.

파라곤은 예고도 없이 그 자리에 급정거했다. 그러고는 레인보우 머신의 방향을 튼 다음, 왼편의 흙길로 들어섰다. 작은 언덕으로 이어지는 구불구불한 길이었다. 파라곤을 발견한 다음 날, 비비와 함께 올라갔던 언덕이었다. 그 언덕에서 단색형 색각이라는 단어가 처음으로 파라곤이 저장하고 있던 정보를 열어 주었다.

파라곤이 나를 향해 외쳤다.

"꽉 잡아!"

대형 트럭은 좁은 흙길로 쉽사리 들어오지 못하고 지체하고 있었다. 트럭에서 군인들이 뛰어내렸다. 우리를 향해 소총을 겨누었다.

"꽉 잡으라고!"

파라곤이 울부짖었다. 나는 손톱을 방수포 속으로 더 단단히 쑤셔 박았다. 파라곤은 길에서 벗어나더니, 얼마 전에 우리 셋이 함께 넘었던 간이 문을 향해 내달렸다. 단지 이번에는 발판을 밟고 넘어갈 생각이 아니었다. 그냥 돌파할 작정이었다.

"꽉 잡아!"

나는 두 눈을 질끈 감았다. 무서운 속도로 달려온 레인보우 머신과 충돌한 간이 문이 산산이 조각났다. 그리고 불행하게도 나는 레인보우 머신을 생각만큼 꽉 잡고 있지 못했다. 충돌하는 것과 동시에 몸이 공중으로 떠올라 그대로 바닥에 나동그라지면서 내리막을 구르기 시작했다.

"오든!"

어디선가 파라곤의 외침이 들렸다.

탕! 탕! 누군가 총을 쏘았다. 총알이 금속판에 튕기는 소리가 이어졌다. 겨우 일어나 앉았을 때, 두 팔이 내 어깨를 잡아 일으켜 세웠다.

"서둘러! 가자."

파라곤이었다. 파라곤은 쏟아지는 총알을 등으로 막으며 나를 레인보우 머신에 다급히 앉혔다.

"정지!"

누군가 명령하는 소리가 들렸다.

"움직이지 마라."

파라곤은 군인의 말을 무시하고 다시 레인보우 머신을 잡았다.

"움직이지 마라! 움직이면 아이를 쏘겠다!"

파라곤이 레인보우 머신에서 손을 뗐다. 그리고 천천히 돌아섰다.

내가 물었다.

"파라곤, 뭐 하려고?"

파라곤은 두 팔을 들었다. 팔뚝이 열리면서 기관총의 총신이 드러났다. 두 개의 총신은 방금 우리에게 명령했던 군인을 조준했다.

"파라곤, 안 돼! 그러지 마! 그런 건 네가 아니야! 제발 쏘지 마."

군인은 총을 내려놓으며 주춤주춤 뒤로 물러섰다. 파라곤은 한 발 더 다가갔다. 나는 울부짖었다.

"안 돼! 쏘지 마! 사람을 죽이지 마!"

파라곤은 멈춰 섰다. 기관총은 여전히 군인을 조준하고 있었다.

"제발."

움직이는 사람도, 말을 하는 사람도 없었다. 오직 바람의 소리와 멀리서 들리는 트럭의 소음뿐이었다.

"물러서!"

이윽고 파라곤이 말했다.

"총 가져가. 그리고 우린 그냥 내버려 둬. 우린 해야 할 일이 있어."

기관총은 제자리로 들어갔다. 파라곤은 돌아서서 다시 레인보우 머신을 밀기 시작했다. 길 끝에 언덕이 보였다. 총소리는 더 이상 들리지 않았다. 정적이 흘렀다. 아름답고 고요한 정적이…….

# 마지막 임무

“사방이 온통 수자원 위원회 군인들이야.”

파라곤과 내가 다가가자, 비비와 같이 우리를 기다리고 있던 트레블 박사가 말했다.

“내 평생 이렇게 많은 군인은 처음 봤다. 파라곤, 자넬 꼭 잡으려는 모양이군.”

“물론이죠, 박사님. 꼭 잡으려고 할 겁니다.”

트레블 박사가 가까이 다가왔다.

“어젯밤에 놈들이 찾아왔어. 다행히 나는 들키지 않고 뒷문으로 도망쳤지. 놈들이 아무래도 정예 부대는 아닌 것 같아.”

그 말에 파라곤이 씩 웃는 듯했다. 여전히 레인보우 머신을 미는 중이었다. 나는 옆에서 걷고 있었다. 이틀 내내 달리고 난 뒤여서 그런지, 걷는 것은 마치 쉬는 것과 같은 느낌이었다.

"너, 혹시 오다가 사고당했니?"

비비가 너덜너덜하게 찢어진 내 바지를 보며 말했다. 레인보우 머신에서 떨어질 때 찢어진 것 같았다. 너무 무서워서 그때는 몰랐다. 그렇지만 비비의 말을 듣고 보니 어떻게 모를 수가 있었는지 신기했다.

"응."

내가 할 수 있는 말은 그게 전부였다.

"너무 오래 기다리신 것이 아니라면 좋겠는데요."

파라곤은 레인보우 머신을 밀며 완들버리 링으로 가는 언덕길로 들어섰다.

"천만에. 비비와 상당히 즐겁게 토론을 했지. 행성의 형성 과정에 관해서. 비비, 그렇지?"

트레블 박사의 목소리는 무장한 군인들이 우리를 노리고 있는 상황을 생각하면 놀랄 만큼 즐겁고 명랑했다.

"네, 맞아요."

이상하게도 두 사람은 분위기가 매우 비슷했다.

이윽고 언덕바지의 나무가 보이기 시작했다. 파라곤이 레인보우 머신을 밀면서 앞장서고, 우리 셋은 그 뒤를 바짝 따라갔다.

트레블 박사는 상당히 들뜬 것 같았다.

"파라곤, 말해 보게. 정말로 이게 될까?"

파라곤은 주저 없이 대답했다.

"네, 될 겁니다."

"어떻게 아나?"

"블룸 박사님이 제가 알도록 프로그래밍해 두셨으니까요."

"흠."

트레블 박사는 잠시 멈춰 섰다. 파라곤이 말한 정보를 어떻게 받아들여야 할지 고민하는 것 같았다. 그런데 왜 다들 갑자기 레인보우 머신에 집착하는 걸까? 이 기계가 뭐가 그렇게 중요해서 목숨을 거는 일까지 마다하지 않는 거지?

우리는 언덕바지를 둘러싼 숲으로 들어갔다.

트레블 박사가 혼자 중얼거렸다.

"블룸이 나한테 다 이야기해 주었다면 좋았을 것을. 아니, 아무한테라도 말해 두었으면 좋았겠지. 뭘 해냈는지 진작 말했으면 좀 좋아?"

파라곤은 돌아보지도 않고 대답했다.

"말할 기회가 없었기 때문이 아닐까요? 블룸 박사님은 레인보우 머신 사용법을 제게 저장하셨어요. 자신이 위험에 처해 있다는 걸 아셨기 때문이겠죠. 박사님은 공개 전에 모의 실험을 더 해 보고 싶으셨던 것 같아요. 그리고 만약의 경우를 대비해서 저에게 사용법을 저장해 놓으신 거죠."

나는 속으로 트레블 박사가 여기에 없었으면 좋겠다고 생각했다. 마음대로 끼어들면서 아주 중요한 사실을 무시하고 있었다. 이 모든 모험의 주인은 오직 파라곤과 나, 비비였다. 그런데 트레블 박사는 왜 갑자기 끼어든 걸까? 아니, 더 정확히 말하면 파라곤은 왜 박사를 이 모험에 끼워 넣은 걸까?

내 질문에 대답이라도 하듯 파라곤이 말했다.

"트레블 박사님, 제 생각에는 박사님이 오셔서 지켜보는 게 맞을 것 같았습니다. 과학계에서 인정받는 인물이 필요했거든요. 앞으로 벌어질 일을 증언해 주셔야 하니까요.”

트레블 박사는 사뭇 으쓱한 기분인 듯했다.

“명망이 있으면서 과학계에서 폭넓게 존경받는 인물이 필요했죠. 사람들이 신뢰할 수 있는 인물이요.”

“뭐……, 글쎄……, 뭐라고 해야 할까…….”

트레블 박사는 부풀어 오른 자부심을 숨기지 못했다.

파라곤이 나에게 눈의 불빛을 깜박여 보였다. 나는 기분이 한결 나아졌다.

“저기!”

비비는 언덕 아래를 가리켰다. 수자원 위원회의 트럭들이었다. 언덕 아래쪽 도로가 트럭으로 꽉 차 있었다.

“우릴 찾아냈어!”

파라곤은 언덕 아래를 살핀 다음, 다시 돌아서서 앞으로 남은 길을 가늠했다.

“너무 빠른데. 생각보다 너무 빨리 왔어.”

뭔가 파라곤의 계획과 어긋난 것 같았다.

“내 계산대로라면 몇 분 뒤에 도착해야 하는데. 우리가 작업을 무사히 끝낼 수 있게.”

“작업을 끝내다니?”

내가 물었지만 아무도 대답하지 않았다.

비비가 끼어들었다.

“주의를 분산시켜야겠어. 놈들을 너한테서 떨어뜨려 놔야 해. 너한테 시간을 벌어 줘야 하니까. 내가 나가서 언덕 반대 방향으로 달려갈

게. 그러면 놈들이 나를 표적으로 삼을 거야."

파라곤이 나섰다.

"그렇지만 비비……."

"아니, 그게 최선이야."

트레블 박사도 끼어들었다.

"파라곤, 지금은 해야 할 일을 하는 것이 가장 중요해."

그러고는 비비 옆으로 가서 섰다.

"나도 비비와 같이 가지. 방법은 확실히 아는 거겠지?"

"예, 그렇지만 누군가 한 사람은 필요해요."

파라곤이 나를 돌아보았다.

"오든, 네가 도와줄래?"

"난 지금 뭐가 뭔지……."

파라곤이 다시 물었다.

"도와줄래? 나 혼자서는 할 수 없는 일이야."

나는 파라곤의 팔에 손을 올려놓았다.

"그래, 널 돕는 일이라면 뭐든지 할게. 너도 알잖아."

트레블 박사는 코트를 단단히 여몄다.

"좋아. 그럼 비비하고 난 놈들을 유인하지. 너휜 가서 일을 시작해."

두 사람은 곧바로 돌아서서 달리기 시작했다.

"비비!"

파라곤이 비비를 불렀다.

비비가 뒤를 돌아보자, 파라곤이 손을 흔들며 말했다.

"고마워. 일말의 의심도 없이, 너는 세계에서 가장 똑똑하고 가장 용감한 아이야."

비비는 씩 웃고 나서 트레블 박사와 함께 나무 덤불 너머로 달려 나갔다.

얼마 후, 언덕 아래에서 요란한 함성 같은 것이 들렸다. 나는 나무 사이로 아래쪽을 살폈다. 트럭에서 뛰어내린 군인들이 비비와 트레블 박사를 발견한 것이 틀림없었다. 군인 중 한 명이 무릎을 굽히고 앉더니 어딘가로 총을 겨누었다.

내가 외쳤다.

"비비!"

어디선가 또 다른 외침이 들렸다.

"사격은 안 돼! 아이들을 생포해야 한다."

나는 소리가 나는 쪽으로 몸을 돌렸다. 울프 장군이 트럭에서 내리고 있었다.

"아이를 쫓아라. 어서 가서 로봇을 찾아와."

"오든, 가자. 우린 어서 가야 해."

파라곤이 재촉했지만 나는 언덕 아래에서 벌어지는 상황에서 눈을 뗄 수 없었다. 울프 장군이 내린 차에서 두 사람이 따라 내렸기 때문이다. 우리 엄마와 비비 엄마였다. 수갑을 찬 채 군인들의 감시를 받고 있었다.

"엄마!"

파라곤이 나를 다그쳤다.

"오든! 시간이 없어, 제발!"

울프 장군의 목소리가 확성기를 타고 울려 퍼졌다.

"오든 데어, 수자원 위원회 제2보병 사단 울프 장군이다. 지금 여기, 너에게 좋은 말씀을 해 주실 분을 모시고 왔다."

말을 마친 울프 장군은 확성기를 엄마에게 넘겼다.

"오든? 오든, 네가 거기 있다면 제발……."

엄마 목소리가 떨리고 있었다. 나는 제자리에 멈춰 섰다. 파라곤도 걸음을 멈추었다.

"우리 엄마야."

파라곤은 나를 바라보며 나직하게 말했다.

"오든, 난 네 도움이 필요해. 네가 없으면 나 혼자선 절대로 못 해."

나는 그대로 서서 엄마의 말을 들었다.

"오든? 지금 내 말이 들린다면…… 네가 해야 할 일을 해. 그 일을 마치기 전에는 돌아오지 마. 엄마는 오든을 사랑해. 그게 무슨 일이든 해야 한다면……."

엄마 목소리는 울프 장군이 확성기를 낚아채면서 끊어졌다.

"오든 데어! 이제 포기해! 로봇을 넘겨라. 그 로봇은 수자원 위원회 소유야. 지금 로봇을 우리에게 넘긴다면 너는 기소하지 않겠다."

나는 파라곤을 바라보았다. 내 심장은 그 어느 때보다 크고 강하게 뛰고 있었다. 엄마는 저들에게 굴복하지 않았다. 그런데 내가 왜 굴복해야 하지?

"파라곤, 빨리 가자. 우리가 하려는 일이 뭔지는 모르지만, 어서 가서 해내자."

파라곤이 미소를 짓는 듯했다.

언덕바지의 완들버리 링에는 바람이 들지 않았다. 파라곤과 나는 나무 덤불을 헤치고 인적 없는 공터로 들어갔다.

"됐어."

파라곤은 레인보우 머신을 가까이 끌고 왔다. 그리고 공터를 둘러보았다.

"얼마나 아름다운 곳인지 잊을 뻔했어."

파라곤은 탁 트인 하늘을 가르며 날아오는 새들을 바라보았다. 나는 시간이 없다는 생각에 파라곤을 재촉했다.

"파라곤, 이제 뭘 하는 거야?"

"먼저 저 방수포를 벗기자."

"알았어."

우리는 레인보우 머신 양편으로 나뉜 채 무릎을 꿇고 앉아 방수포 위의 매듭을 풀었다. 파라곤은 방수포를 벗겨 바닥으로 휙 던졌다.

"그리고?"

파라곤이 가까이 다가오더니 양손을 뻗어 내 어깨를 잡았다.

"오든 데어."

"왜?"

"내 생은 오직 이뿐, 이곳으로 이끌렸네.

죽음도, 행여 그곳에서 자취 감춘대도

얽매일 재물도, 새로울 것도 없어.

그저 광활한 이곳, 당신이라는 왕국밖에."

나는 씩 웃었다.

"설마 또 에밀리 디킨슨은 아니겠지?"

"물론 에밀리 디킨슨이지."

파라곤이 웃음기 어린 목소리로 말했다. 둘은 잠시 동안 아무 말이 없었다.

내가 먼저 입을 열었다.

"뭐가 어떻게 되는 거야?"

파라곤은 다시 마음을 다잡은 것 같았다.

"지금 우리는 믿을 수 없을 만큼 중요한 일을 앞두고 있어."

파라곤은 레인보우 머신 맞은편으로 넘어간 뒤, 배터리가 있어야 할 공간의 뚜껑을 열었다.

"정확히 말하면 네가 정말로 중요한 일을 앞두고 있는 거지."

"내가?"

"그래, 네가. 네가 이 머신을 작동시켜야 하거든."

"왜 내가?"

나를 바라보는 파라곤의 눈빛이 조금 흐려졌다.

"왜냐하면 이 머신은 배터리가 완전히 연결되는 데 30초가 걸리니까. 그 시간이면 난 작동을 멈출 거고."

나는 고개를 저었다.

"그게 무슨 말이야?"

갑자기 파라곤의 상체가 위잉 떨리더니 앞판이 덜컥 열렸다. 상자 모양을 한 것이 보였다. 깜박거리는 불빛이 빠르게 움직이고 있었다.

나는 중얼거렸다.

"네 배터리잖아."

파라곤은 차분하게 설명했다.

"그래, 네가 이 배터리를 빼내서 저 레인보우 머신에 끼우는 거야.

배터리가 분리되면 나한테 남는 시간은 23초야. 다시 말해, 나는 레인보우 머신의 전원을 켤 수 없는 거지."

나는 머뭇거렸다.

"그렇지만, 그렇지만 네 배터리는 다시 끼울 수 있는 거지? 아니면 다른 배터리를 만들어서 끼우면 되는 거야?"

파라곤은 아무 말도 하지 않았다. 나는 파라곤에게 다가갔다.

"파라곤, 제발 그렇다고 해. 네 배터리는 뺐다가 다시 끼울 수 있는 거지?"

"아니."

"뭐?"

"아니라고 했어."

"무슨 말인지 모르겠어."

파라곤은 오른손을 들어 내 뺨에 대었다.

"오든, 블룸 박사님이 나를 설계할 때 의도적으로 결함을 만드셨어."

"무슨 결함?"

"박사님은 배터리가 제거되는 순간, 내 시스템이 종료되면서 모든 설치 프로그램이 삭제되도록 설계하셨어."

"그게 무슨 말이야?"

"내가 작동을 중지한다는 뜻이지, 영원히."

파라곤이 내 뺨을 쓰다듬었다. 나는 도저히 동의할 수 없었다.

"아니야, 그런 일은 불가능해. 널 다시 작동시킬 사람이 있을 거야. 아, 트레블 박사님이라면……."

"아니, 안 돼. 블룸 박사님은 내가 얼마나 위협적인지 잘 알고 계셨어. 만약 악한 자들의 손에 넘어가면, 아니 선한 사람들이라도 다를 건 없겠지만, 내가 얼마만큼 위험한 존재가 될 수 있는지……."

나는 파라곤을 껴안고 깜빡거리는 배터리에 이마를 대었다.

"바보 같은 소리 하지 마. 넌 조금도 위험하지 않아."

파라곤은 나를 꽉 안아 주었다. 우리는 늦여름의 미지근한 대기 속에 잠시 그렇게 서 있었다. 아래서는 무장한 군인 수백 명이 우리를 추격하고 있었다. 그렇지만 아무 상관 없었다. 우리를 둘러싼 위험이 전혀 느껴지지 않았다. 남자아이 하나, 로봇 하나, 그게 전부였다. 고요한 공터에서 우리는 대지에 연결된 것처럼 그렇게 서 있었다.

파라곤이 속삭였다.

"우린 지난 몇 주 동안 내가 설계된 목적이 무엇인지 몰라서 몹시 궁금해했잖아. 바로 이거였어."

나는 고개를 들어 파라곤의 눈을 쳐다보았다.

"이 일을 하기 위해서 내가 설계된 거야. 바로 여기에, 바로 이 시간에, 너와 함께 이 언덕 위에 서 있기 위해."

"그러면 레인보우 머신은? 무지개를 만드는 거 아니야?"

"레인보우 머신은 무지개와 아무 상관이 없어. 훨씬 더 중요한 일을 할 거야."

"그렇다고 너를 보낼 수는 없어!"

"오든……."

"안 해! 절대로 보내지 않을 거야. 저 기계 안 켜. 내가 안 켤 거니까 너는 배터리를 뺄 필요가 없어. 그냥 너로 영원히 있어야 해."

"수자원 위원회가 나를 찾으면 난 이대로 있을 수 없어. 그리고 그들은 곧 나를 찾을 거고. 한두 시간이면 나를 분해해서 프로그램을 다시 설정할 거야. 그러면 나는 더 이상 파라곤이 아니야. 전혀 다른 존재지. 네가 누군지도 모를 존재."

"그냥 어디에 숨으면 안 돼? 우리가 널……."

"소용없어. 어차피 수자원 위원회가 찾아낼 거야."

파라곤을 주위를 둘러보았다.

"자, 오든 데어. 이럴 시간이 없어."

"그렇지만……."

"날 믿어야 해. 날 믿지?"

"당연하지. 생명을 걸 수도 있어. 이제까지도 계속 그랬어."

"그렇다면 이번에도 믿어 줘. 이번에야말로 꼭 믿어야 해. 이렇게 하는 것이 옳은 일이야."

"그렇지만……."

"오든 데어."

파라곤은 품에서 나를 떼어 내어 마주 보았다. 내 얼굴은 눈물로 젖어 있었다.

"너한테는 영웅인 아빠가 있어. 그리고 너를 행복하게 지키기 위해서라면 세상을 두 쪽 낼 수도 있는 엄마가 있고. 아침이면 머리맡에서 널 깨우는 샌드위치도 있어. 그리고 너에게는 이 우주에서 가장 멋진 친구, 비비 룩미니가 있잖아."

파라곤은 고개를 한쪽으로 기울였다.

"너한테 내가 꼭 필요한 건 아니야."

"아니, 필요해! 넌 계속 내 곁에 있어 줬잖아. 내가 최악의 상황에 있을 때 나를 돌봐줬잖아. 나를 아껴 줬고. 너하고 있으면 다 괜찮은 것 같았어. 파라곤, 난 널 정말 좋아해."

파라곤은 몸을 숙여 나를 다시 안아 주었다.

"맞아, 오든. 나도 널 아껴. 굉장히 아끼고말고. 사실 앞으로도 계속 아낄 거야. 내가 여기 없다고 해서 널 아끼지 않는다는 건 아니야."

"그럼 왜 꼭 없어져야 한다는 거야?"

"……세상에는 마술이나 부리는 시시한 로봇보다 더 중요한 일들이 많으니까. 세상에는 굶주림과 전쟁, 질병과 고통이 있어. 사람들이 있고, 그들의 삶이 있지."

파라곤은 내 등을 토닥였다.

"내가 아는 정보는 사실 쓸모없을지도 몰라. 그렇지만 이것 하나만은 정말로, 진심으로, 온 마음으로 알아. 좋은 일을 할 기회가 생기면 반드시 해야 한다는 거 말이야. 나라는 존재는 한편으로 제쳐 두고."

파라곤이 내 뺨을 쓰다듬었다. 나는 힘없이 중얼거렸다.

"그래도 안 돼.

파라곤이 장난스레 말했다.

"그래……, 너에게는 힘든 일이겠지. 그렇지만 나 없이 너 혼자 해내야 해."

"그래, 너 없이 내가 잘도 해내겠다!"

파라곤은 고개를 끄덕였다.

"빈정대는 거지, 오든 데어?"

나는 진심을 담아 대답했다.

"아니, 아니야."

멀리서 총소리가 들리기 시작했다.

“오든, 네 인생에는 감당해야 할 것들이 너무 많았어. 너는 단색형 색각이야. 아빠는 전쟁 때문에 멀리 떠났고. 아빠가 겁쟁이일지도 모른다는 사실에 시달리기도 했지. 그런 걸 안고 살아가기는 힘들어. 그렇지만 넌 여전히 여기 있잖아. 너를 힘들게 하는 그 어떤 것도 실제로 네 삶을 가로막진 못해. 물론 너를 끌어내릴 때도 있지. 그래서 넌 가끔씩 빈정거리잖아. 그렇지만 그런 것들이 네 삶에 장애가 되진 않아.”

파라곤은 눈을 짓궂게 깜박여 보였다.

“계속 헤쳐 나가는 거야. 지독한 쓰레기들은 한쪽으로 밀어 버리고 말이야. 어려움은 있는 그대로 인정하고, 그냥 쭉 나아가는 거야. 그건 네가 꽤 잘하는 일이잖아.”

나는 아무 말도 하지 않았다. 내가 세상의 모든 것을 완전히 다른 시선으로 볼 수 있도록 해 준, 크고 아름답고 빛나는 존재를 그저 가만히 바라보았다. 파라곤이 더는 이곳에 없을 거라는 생각은 틀린 것 같았다. 내게는 파라곤의 존재가 너무나 생생했다. 그렇지만 파라곤의 말이 옳은 것 같기도 했다.

파라곤은 자신이 설계된 목적 그대로 움직이고 있었다. 나는 아직 그 최종 목적이 무엇인지 정확히 모르고 있었지만, 이곳으로 레인보우 머신을 가져오고 전원을 켜기 위해 비밀리에 설계되었다는 것만은 분명했다. 나만 생각하는 짓은 그만두어야 했다.

그때 갑자기 파라곤이 움찔했다. 고개가 이상한 각도로 꺾였다. 귀를 기울여 뭔가를 듣는 것 같았다.

“놈들이 다가오고 있어. 시작해야 해, 당장.”

우리는 레인보우 머신을 가운데 두고 양쪽으로 나뉘어 섰다.

파라곤이 말했다.

"자, 레인보우 머신에 배터리가 완전히 연결되는 데는 30초가 걸려. 연결이 완료되면 전원의 '온' 버튼을 눌러. 절대로 '오프' 버튼을 눌러선 안 돼. 블룸 박사님은 레인보우 머신에도 나와 똑같은 결함을 프로그래밍해 두셨어. 배터리가 연결된 상태에서 오프를 누르면 그것으로 다 끝이야."

나는 레인보우 머신의 앞면을 바라보았다. 버튼 두 개가 나란히 있었다. 아무것도 쓰여 있지 않았다.

"어느 쪽이 온 버튼이야?"

"초록색 버튼."

나는 엄마를 떠올리며 빙그레 웃었다.

"초록색? 파라곤, 뭐 잊은 거 없어?"

"뭐? 네가 단색형 색각이고, 색깔을 구별하지 못한다는 거? 아니, 아주 잘 기억하고 있어."

"그런데 어떻게 구별하라고?"

파라곤이 대답했다.

"넌 알게 될 거야. 세상에는 저절로 알게 되는 것들이 있으니까."

뭐라고? 대꾸할 틈도 없이 파라곤이 다른 이야기를 시작했다.

"오든 데어, 하나 더 부탁할게. 내가 완전히……, 완전히 작동을 멈추고 나면 그대로 이곳에 있고 싶어. 그들이 날 데려가게 하지 마. 어차피 이젠 쓸모도 없으니까. 부탁할게. 내가 여기에 있고 싶어 했다고 말해 줘. 내가 부탁하고 싶은 건 그거 하나야."

지금 내 귀에 들리고 있는 말들을 믿을 수가 없었다. 뭐가 어떻다는 것인지 알아듣기 힘들었다. 이제 곧 파라곤이 내 삶에서, 아니 이 세상에서 영원히 사라진다는 뜻이었다. 내가 어떻게 감당해야 하는 걸까? 이 세상에서 가장 완벽한 사람이, 그래, 사람이, 이제 곧…… 죽는다는 걸 알면서.

사실 나는 어떻게 해야 할지 모르고 있었다. 한 번도 겪어 보지 않은 일이었다. 그냥 내 모습 그대로 앞으로 나가야 했다. 열네 살의 오든 데어 그대로.

나는 떨리는 목소리를 가다듬으며 말했다.

"널 여기에서 지키겠다고 약속할게. 파라곤, 넌 영원히 여기에 있게 될 거야."

파라곤은 고개를 끄덕였다.

"좋아, 고마워."

군인들의 발소리가 더 가까워졌다. 파라곤이 레인보우 머신 옆에 섰다.

"잘 기억해. 30초야. 반드시 온 버튼을 눌러야 해. 버튼을 누른 다음 준비 작업에 걸리는 시간은 2분이야. 무슨 짓을 해서라도 그 2분은 지켜야 해. 2분 뒤에 벌어지는 일을 보고 나면, 수자원 위원회 놈들도 아무 말을 하지 못할 거야. 놈들도 감탄할 거거든."

"알았어."

"좋아, 오든 데어."

파라곤은 마음을 다잡는 것 같았다.

"시작하자."

파라곤의 가슴 안에 있던 배터리가 앞으로 밀려 나왔다. 파라곤은 양손으로 배터리를 쥐고 가슴에서 분리했다. 레인보우 머신 위로 몸을 숙여 배터리를 넣었다.

딸깍. 배터리는 레인보우 머신에 딱 맞았다.

"좋아, 오든. 삼십, 이십구, 그다음에 버튼을 누르는 거야."

파라곤은 레인보우 머신에서 물러섰다.

"그래, 이걸로 됐어. 고마웠어, 오든 데어."

파라곤은 천천히 멀어졌다.

"다 고마웠어."

"파라곤!"

차마 따라갈 수가 없었다. 나는 제자리에 서서 파라곤이 멀어지는 모습을 지켜보았다.

"절대로 안 잊을 거야! 절대로……. 꿈에서라도…… 계속 볼 거야."

내 목소리가 갈라지고 있었다. 파라곤이 대답했다.

"좋지. 그렇다면 내가 할 일은 네가 푹 자도록 힘써 주는 거네."

파라곤은 몸을 돌려 하늘을 향해 두 팔을 들었다. 파라곤의 휘파람 소리가 들렸다. 높은 음의 휘파람, 새들의 노랫소리 같은.

얼마 지나지 않아 참새가 날아와 파라곤의 팔에 앉았다. 나는 눈물이 범벅된 채로 웃고 있었다. 파라곤도 웃었다.

"안녕, 꼬마야."

휘파람이 다시 시작되고, 참새 두 마리가 더 날아와 파라곤의 팔에 앉았다.

"희망은 날개 달린 것. 영혼의 횃대에 걸터앉아……."

나는 혼자 중얼거렸다.

“파라곤, 너를 좋아해.”

파라곤의 얼굴이 나를 향하는 것 같았다.

“나도 그래, 오…….”

두 눈의 불빛이 꺼지며 파라곤은 내 곁을 떠났다.

완들버리 링 공터 끝에서 뭔가가 움직이고 있었다. 나는 흐르는 눈물을 닦아내고 정신을 가다듬었다. 군인이었다. 한 명이 더 보였다. 그리고 훨씬 더 많은 군인이 나타났다. 서둘러야 했다. 파라곤이 움직이지 않는다는 사실을 놈들이 눈치채기 전에.

나는 몸을 숙이고 앉아 버튼 두 개를 빤히 보았다. 파라곤을 애도할 시간이 없었다. 파라곤이 시작한 일을 내가 끝내야 했다. 그게 파라곤을 위해 내가 해야 할 일이었다.

‘세상에는 저절로 알게 되는 것들이 있으니까.’

파라곤의 말을 곱씹었다. 어디선가 들어 본 적이 있었다. 파라곤은 예전에도 그런 말을 한 적이 있었다. 언제였지? 아, 생각이 났다. 아빠에 대한 실망감을 설명할 때였다.

‘일상에서 보는 순서를 생각해 봐. 우리는 보통 ‘좌/우’라고 말하지. 좌는 꼭 우보다 먼저 와. ……설문지의 답변을 선택할 때는 꼭 ‘예/아니요’로 되어 있지? ‘아니요/예’는 없어. ‘업/다운’이나 ‘온/오프’도 마찬가지고.’

그거였다!

온/오프. 좌/우. 초록색 버튼은 왼쪽에 있는 버튼이었다. ‘온’ 이 오른쪽일 리는 없었다. 나는 왼쪽 버튼을 손으로 쾅 쳤다. 레인보우 머신이 쉭쉭 들썩이기 시작했다. 소리가 점점 더 커져서 더는 뒤에 숨어 있을 수 없었다. 몇 걸음 물러서서 레인보우 머신을 지켜보았다. 앞쪽의 깔때기 같은 관에서 뭔가가 소용돌이쳐 나오기 시작했다. 소용돌이는 위로, 자꾸만 위로 향하면 점점 더 커졌다. 문득 떠오르는 것이 있었다. 토네이도였다.

옛날 영화에서 토네이도가 미국의 평원을 휩쓰는 광경을 본 적 있었다. 뭐든지 파괴하는 거대한 토네이도는 매우 위협적이었다. 집과 차를 종잇장처럼 날려 버렸다. 그렇지만 눈앞에서 보이는 소용돌이는 자못 통제된 것 같았다. 진짜 토네이도만큼 위협적이지 않았다. 중심이 관에서 벗어나지 않은 채 햇빛을 받아 반짝거리며 소용돌이칠 뿐이었다.

소용돌이는 계속 위를 향했다. 올라갈수록 끝이 넓어졌다. 나무를 넘어 탁 트인 하늘로 퍼져 나갔다. 파라곤에 앉아 있던 새들이 놀라 파드득 하늘로 날아올랐다. 한 마리는 파라곤의 가슴 안으로 들어가 몸을 피했다.

다급한 발소리가 들렸다. 뒤를 돌아보니 군인 셋이 달려오고 있었다. 놈들이 레인보우 머신을 끄게 놔둘 생각은 조금도 없었다. 파라곤은 2분이라고 했다. 나는 싸울 준비를 마쳤다. 레인보우 머신 앞으로 나가 군인들과 마주 섰다. 주먹을 꼭 쥐며 파라곤이 남긴 유산을 지키겠다고 다짐했다.

구경하는 사람에게는 우스워 보였을 것이다. 총으로 무장한 건장한 근육질의 성인 남자 셋이 찢어진 바지를 입은 열네 살짜리 소년에게 다가가고 있었다. 하지만 상관없었다. 뭐든지 할 준비가 되어 있었다.

뒤에서 누군가 외쳤다.

"중지! 물러서! 전원……, 물러서라."

군인들 뒤로 울프 장군이 보였다. 울프 장군은 하늘로 치솟아 오르고 있는 소용돌이를 보고 있었다.

"반복한다! 전원 물러서라!"

다가오던 군인들이 멈춰 섰다. 모두가 소용돌이를 보고 있었다. 하늘로 솟아오른 소용돌이는 넓게 퍼져 완들버리 링 전체를 덮었다. 이윽고 소용돌이는 구름을 빨아들이기 시작했다.

근처의 가느다란 구름 줄기들이 광대한 소용돌이의 윗면으로 빨려들고 있었다. 욕조의 배수 구멍으로 비누 거품이 빨려 들어가는 것과 같았다. 모인 구름은 하나로 뭉쳐져 점점 더 거대한 구름 덩어리를 만들었다. 얼마 지나지 않아 구름은 머리 위의 하늘을 모두 덮었다. 구름은 작은 구름을 하나하나 더 빨아들이면서 색이 점점 진해졌다. 두껍고 강렬하고 시커먼 구름이었다. 태어나서 처음 보는 구름이었다.

톡. 나는 파라곤의 팔을 바라보았다. 물방울 하나가 떨어져 내렸다. 물방울은 또르르 굴러 흙먼지가 날리는 바닥으로 떨어졌다. 톡, 톡. 레인보우 머신에 물방울 자국이 하나 더 생겼다.

톡, 톡, 톡, 톡. 비였다! 비가 내리고 있었다!

나는 레인보우 머신 앞으로 달려가 몇 주 전에 비비와 함께 발견했던 글씨를 찾아보았다. 빗줄기가 가운데로 흘러내렸지만, 글자는 여전히 또렷했다. 아, 그런데 레인보우 머신이 아니었다. '레인' 머신이었다. 그러니까 외삼촌은 비를 만드는 기계를 만들었다!

구름이 무게를 이기지 못하고 쏟아붓듯 빗방울을 뿌리기 시작했다. 처음 보는 비였다. 빗방울은 애처롭게 바싹 마른 덤불을 눕히고 내 옷을 축축하게 적셨다. 쏟아지는 빗줄기 때문에 앞이 잘 보이지 않았다.

나는 돌아섰다. 수십 명의 군인이 다가오고 있었다. 총을 던져 버리고 쏟아지는 빗줄기 속에서 춤을 추었다. 빗물이 물통을 채우길 바라며 마개를 열고 하늘로 들어 올리는 사람도 있었다.

군인들 가운데에 울프 장군이 보였다. 고개를 젖혀 얼굴을 적시는 빗줄기를 느끼고 있었다. 그리고 그 옆에, 수갑을 찬 네 사람이 보였다. 엄마였다. 트레블 박사와 비비 엄마도 있었다. 그리고 비비가 서 있었다. 네 사람 모두 흠뻑 젖어 있었다.

나는 비비를 향해 싱긋 웃어 보였다. 비비는 수갑을 찬 손을 어색하게 흔들었다. 그 모습을 본 울프 장군이 명령을 내리자, 군인 한 사람이 다가가 네 사람의 수갑을 재빠르게 풀었다. 울프 장군은 나를 향해 고개를 끄덕였다. 감사와 이해를 담은 인사였다. 울프 장군은 다시 하늘로 고개를 돌렸다.

나는 손을 앞으로 내밀어 손바닥으로 빗물을 받았다. 서늘한 기운에 손가락이 하얘졌다. 조나 블룸 박사, 나의 외삼촌이 만든 것은 이제 세상을 바꾸게 될 것이다. 외삼촌이 만든 기계는 '비'를 만들었다.

외삼촌이 만든 것은 또 하나 있었다. 바로 나를 바꾼 것! 나는 파라곤을 바라보았다. 파라곤은 말도 없이, 움직임도 없이 하늘을 향해 두 팔을 벌리고 있었다. 처음으로 맞는 비를 느끼는 것 같았다.

• 에필로그

# 희망에는 날개가 있다

전쟁이 끝나기까지는 그 뒤로도 일 년이 더 걸렸다. 세상은 참 느릿느릿하게 돌아간다 싶을 때가 있다. 중요한 일은 절대로 서두르지 않는다. 수자원 위원회가 레인 머신을 받아들이고도 대량 생산과 유통이 이루어지기까지 몇 달이 더 걸렸다. 따라서 영국에서 멀리 떨어져 있는 나라들은 완들버리 링 사건이 있고 나서 일 년 육 개월이 지나도록 물을 손에 넣을 수 없었다.

그렇지만 결국 레인 머신은 전 세계로 퍼졌다. 메마른 평지에서 산꼭대기까지, 사람들이 북적이는 대도시에서 변두리의 작은 시골 마을까지.

레인 머신의 초기 검토 연구에 합류한 트레블 박사는 연방 감탄사를 쏟아내었다.

"이거, 정말 대단하군. 일명 점층 적운 디바이스에 강력한 음이온 발생기와 산화은 입자를 결합할 생각을 하다니! 인정하기 싫지만 블룸은 차원이 다른 천재야."

이 레인 머신으로 외삼촌은 이듬해 과학 혁신의 공을 인정받아 제네바 과학상을 수상했다.

모든 사건이 일단락되고 난 뒤, 이상하게도 트레블 박사가 트리니티 칼리지의 비비네 집에 머무는 시간이 길어지기 시작했다.

비비가 고개를 저으며 말했다.

"박사님이 엄마한테 계속 꽃을 가져오셔. 그런데 우리 엄마도 이제 자신이 입을 옷을 만드신다는 거야. 매일 머리도 감으셔. 물도 많다고 하시면서."

비비는 짙은 색 말총머리 끝을 내려다보며 만지작거렸다.

"참 이상한 일이야."

우리는 함께 돌계단을 올라갔다. 비비가 현관문을 열었다.

"아, 오든."

트레블 박사가 앉아 있는 소파 옆에 비비 엄마가 서 있었다. 벽난로 선반에 있는 미기슈도 보였다. 나는 트레블 박사와 비비 엄마에게 인사를 했다.

"안녕하세요?"

비비 엄마가 미소를 함빡 지었다.

"오든, 왔구나."

트레블 박사는 소파에서 벌떡 일어섰다.

"오든, 어서 와. 이렇게 만나서 다행이다. 안 그래도 보여 주고 싶은 게 있었거든."

박사는 청바지 뒷주머니를 더듬더니 조그만 나무 상자를 꺼냈다.

"이것 한번 봐라."

나는 상자를 건네받았다.

"이게 뭐예요?"

"열어 봐."

작은 자물쇠를 누르자 딸깍, 뚜껑이 열렸다. 안에는 몇 센티미터가 될까 말까 한 플라스틱 조각이 있었다.

"이름은 옵티보그로 붙였지. 내 최신 연구 성과야. 조금 더 다듬어서 내년 제네바 과학상 심사 위원회에 낼 생각이다."

"이게 뭐 하는 건데요?"

"오른쪽 귀 뒤에 끼워 보면 알게 될 거야."

나는 상자에서 플라스틱 조각을 꺼내 귀에 끼웠다.

"자, 그럼 이제……."

트레블 박사는 비비 엄마의 작업대 위 그릇에서 사과를 집었다.

"이걸 한번 봐라."

나는 사과를 쳐다보았다. 갑자기 고음의 소리가 머릿속을 울렸다.

"우아!"

"빨간 사과였어."

박사님은 사과를 탁자에 내려놓고 이번에는 배를 집었다.

"이건?"

내가 쳐다보자 옵티보그에서 또 끼익 소리가 났다. 이번에는 조금 낮은 음이었다.

"초록색 배."

박사는 배를 그릇에 넣고 다른 사과를 집어 들었다.

"좋아. 그럼, 이 사과는 무슨 색일까?"

나는 사과를 보았다. 귀 뒤에서 끼익 소리가 울렸다. 이번에도 낮은 음이었다.

"초록색이요."

내가 대답했다.

"맞았어!"

박사는 신이 나게 웃으며 처음의 사과를 다시 집었다.

"이제 차이를 알겠지? 이 사과는 초록색."

박사가 초록색 사과를 앞으로 내밀자 소리의 음이 낮아졌다.

"이건 빨간색."

빨간색 사과를 내밀자 소리가 높아졌다.

"초록색, 빨간색, 초록색, 빨간색."

나는 무슨 말을 해야 할지 알 수 없었다.

"이건……, 너무……."

"천재적이라고 말하고 싶겠지!"

박사는 환호성을 지르며 탁자에서 천 조각을 집었다.

"다른 색깔도 해 보자. 여기, 이건 파란색이야."

박사는 탁자에서 천 조각을 집었다.

내가 천 조각을 쳐다보자 음이 더 낮아졌다. 박사는 자신의 발명품에 완전히 심취해 있었다.

"이것도 파란색이기는 하지만……. 자, 말해 봐. 아까의 파란색과 비교하면 어때? 더 진할까, 아니면 연할까?"

박사는 천 조각의 다른 부분을 내밀었다. 옵티보그에서 조금 높은 음이 들렸다. 내가 대답했다.

“조금 연해요. 연한 파란색이요.”

“으하하하!”

트레블 박사는 신이 나서 펄쩍펄쩍 뛰었다. 나는 방 안을 돌아다니며 여러 가지 물건이 내는 서로 다른 소리를 들었다.

“이거 끝내주는데요. 진짜 끝내줘요.”

“몇 주만 연습하면 아무리 단색형 색각이라도 색의 미묘한 차이를 구별할 수 있을 거야.”

나는 귀에서 옵티보그를 빼며 대답했다.

“최고예요. 제네바 과학상 수상에 문제없겠는데요.”

내가 옵티보그를 내밀자 트레블 박사는 고개를 절레절레 저었다.

“아니, 오든. 이건 네 거야.”

“제 거라고요?”

“네가 써. 시제품을 여러 개 만들었으니까 걱정하지 말고.”

“정말이세요?”

나는 무슨 말을 해야 할지 알 수 없었다.

“고맙습니다.”

박사는 문득 슬픈 표정으로 바뀌더니 이렇게 대답했다.

“나한테 고마워할 거 없다. 네 외삼촌이 그렇게 떠나기 직전에 나는 좋은 친구가 되어 주지 못했어. 그 잘난 학문적 자존심 때문에. 그렇게 내 생각에만 빠져들지 않았어도……. 뭐……, 죽음을 막지는 못했을 수도 있지만. 그렇지만 친구로서 블룸이 죽었다는 걸 알았을 때, 내 마음이 지금보다는 훨씬 나았을 거다."

그 말을 듣는 순간, 지난 몇 달간 트레블 박사의 마음을 후벼 팠을 고통을 짐작할 수 있었다. 몇 달을 두고 이어졌을 의문들. '내가 만약 이렇게 했더라면.' 그리고 '도대체 왜?'

그러니까 외삼촌의 죽음으로 삶이 달라진 사람이 여기에 또 있는 셈이었다.

나는 옵티보그를 손에 꽉 쥐며 말했다.

"박사님이 저를 도와주려고 했다는 사실을 알면 외삼촌이 굉장히 기뻐하실 거예요. 고맙습니다."

트레블 박사는 허리를 꼿꼿이 세웠다. 어깨에도 힘이 잔뜩 들어간 것 같았다.

"천만의 말씀이다, 오든. 나도 기쁘다. 유감스럽게도 색깔을 실제로 보게 하는 것은 불가능할 것 같아. 그래도 이제 최소한 색깔의 소리를 들을 수는 있지."

"별은 저마다 색깔이 다르다고 해."

비비는 침대에 누워 천창으로 별이 빛나는 밤하늘을 보고 있었다. 나는 바닥에 누워 옵티보그를 이리저리 돌려 보고 있었다. 작지만 강력한 녀석이었다.

"응? 뭐라고?"

비비는 한숨을 쉬었다.

"오든, 언제 내 말을 듣기나 했니?"

"네 얘기? 뭐, 강요당할 때만 듣긴 하지."

비비가 던진 베개가 내 얼굴을 정통으로 때렸다.

"아야!"

나는 크게 웃었다. 비비는 짐짓 화난 척했다.

"그럼 지금부터 들어! 별은 저마다 색깔이 다 다르다고. 모두 반짝반짝 빛나는 은색인 건 아니야. 그냥 그렇게 보이는 거지. 실제로는 파란색이나 초록색, 빨간색이래."

나는 벌떡 일어나 앉았다.

"확인해 볼 수 있어."

"어떻게?"

나는 옵티보그를 들어 보였다.

"이게 있잖아."

비비는 침대에서 뛰어 내려와 천체 망원경의 렌즈 커버를 벗겼다. 신이 난 비비의 모습은 나에게 처음 옵티보그를 보여 줄 때 트레블 박사의 모습과 비슷했다.

"빨리! 궁금하다."

나는 옵티보그를 귀에 낀 채 비비가 망원경의 방향을 조정하고 초점을 맞추길 기다렸다.

"됐어!"

비비가 자리를 비켜 주자 나는 얼른 렌즈를 들여다보았다. 갖가지 음으로 들려오는 소리에 숨이 멎을 것 같았다. 마치 머릿속에서 오케스트라가 펼쳐지는 것 같았다. 장엄하게 울리는 콘트라베이스 느낌의 저음 위로 중저음의 선율이 바이올린이 내는 소리처럼 부드럽게 음역을 넘나들었다. 피콜로의 고음에 플루트가 만드는 진동이 어우러져 구르면서 머리 위의 하늘에서 아름답고 우아한 음의 향연이 펼쳐지고 있었다.

"와우."

할 수 있는 말이라곤 그것뿐이었다. 나는 한참을 그렇게 서 있었다. 별들을 바라보고 또 소리를 하염없이 들었다. 겨우 망원경에서 물러서자 비비가 나를 향해 눈썹을 치켜떴다.

"그래서?"

"그냥…… 믿을 수 없을 정도야."

비비가 말했다.

"너, 지금 울고 있어."

빗줄기가 가늘어지고 있었다. 교도소를 눈앞에 두고서 붓잡은 시동을 아예 꺼뜨린 채 멈춰 서 버렸다.

"혹시 다시 시동이 걸려 집까지 타고 가게 될 가능성이 있을까요?"

엄마가 대답했다.

"원래 부질없는 희망으로 버텨 온 차야. 계속 행운을 빌자. 기도도 좀 하고."

우리는 육교를 사이에 두고 교도소 정문을 바라보며 기다렸다.

엄마가 초조하게 물었다.

"지금 몇 시야?"

나는 쿼티를 확인했다.

"열 시 조금 전이요."

"거의 다 됐구나."

엄마는 중얼거리며 안전띠를 고쳐 맸다.

"오든, 저기 좀 봐. 무지개가 떴어."

엄마는 교도소의 빅토리아 양식 담장 너머를 가리켰다.

나는 고개를 들었다. 하늘에 칙칙한 회색빛 아치가 보였다. 아치는 아랫부분이 윗부분보다 더 짙었다. 주머니에 있는 옵티보그를 꺼내고 싶었다. 그렇지만 꺼내지 않았다. 오늘은 아니었다. 오늘은 무지개보다 훨씬 더 간절하게 보고 싶은 것이 있었다.

엄마가 내 팔을 꽉 잡았다.

"나오나 봐!"

육중한 아치형 철체 정문에는 작은 문이 딸려 있었다. 작은 문이 열리면서 등에 가방을 멘 금발의 남자가 걸어 나왔다. 얼마 전에 정부의 사면 조치가 있었다.

남자는 뒤를 돌아보더니, 안쪽의 누군가에게 손을 흔들었다.

나는 중얼거렸다.

"희망은 날개 달린 것!

영혼의 횃대에 앉아,

가사 없는 곡조를 노래하네.

결코 그칠 줄 모르고……."

엄마는 문가에 선 남자에게 시선을 떼지 못하며 물었다.

"그게 무슨 말이야?"

내가 대답했다.

"에밀리 디킨슨이요."

"새로 사귄 친구니?"

나는 미소를 지었다.

"그렇게 볼 수도 있겠네요. 네, 그래요."

문이 닫히고, 아빠가, 나의 영웅인 아빠가 우리를 보았다. 아빠는 두 팔을 활짝 벌리며 길을 건너 달려왔다.

비비와 나는 주기적으로 파라곤을 찾아간다. 시내를 벗어나 초록빛 들판을 거쳐 완들버리로 걸어간다. 구부러진 길을 따라 완들버리 링으로 올라간다.

수자원 위원회가 파라곤을 다른 곳으로 옮기겠다고 위협했을 때, 나는 미친 사람처럼 울부짖으며 난동을 피웠다. 트레블 박사가 과학계에 힘을 써 주었고, 우리 엄마와 비비 엄마는 언론사를 찾아갔다. 울프 장군까지 아이들의 용기 있는 행동을 기리는 의미에서 일종의 기념비처럼 그 자리에 두자고 나섰다. 얼마 뒤, 결국 수자원 위원회가 두 손을 들었다.

"안녕, 파라곤."

나는 완들버리 링의 공터에 들어서면서 파라곤에게 인사를 건넨다. 물론 답은 없다. 파라곤은 늘 그 자세 그대로 서 있다. 하늘을 향해 두 팔을 든 채 내가 서 있던 곳을 돌아보고 있다. 공터의 풀은 파라곤의 무릎 높이까지 싱싱하게 자라서 무성하다.

파라곤을 만져 보지는 못한다. 수자원 위원회는 파라곤을 보존하기 위해 가시철조망이 달린 전기 철책을 설치했다. 안된 일인 것 같지만 꼭 그렇지는 않다. 덕분에 파라곤의 몸통에 둥지를 튼 참새 가족이 자유롭고 안전하게 지낼 수 있다. 파라곤은 속으로 무척 기뻐할 것이다.

가끔은 파라곤 눈의 불빛이 꺼지던 그 순간에 내가 서 있던 자리로 가 본다. 그러면 파라곤이 나를 쳐다보고 있는 것 같다. 평상시에는 비비와 함께 파라곤 주위를 그냥 달리거나, 공을 차거나, 나무를 그리거나, 비비가 재미있다고 추천하는 두껍고 지루한 책을 읽는다. 그럴 때면 파라곤도 함께 있는 것 같다. 우리를 내려다보는 것 같다. 우리를 지키는 것 같다.

밤이면 나는 샌드위치와 함께 잠이 든다. 파라곤이 약속한 대로 마음을 푹 놓고 깊이 잔다. 안심하고 따뜻한 기분으로 잔다. 분명히 그 참새들도 그럴 것이다. 사람들은 꿈에 색깔이 없다고 한다. 그렇지만 맹세한다. 나의 꿈은 가끔, 아주 가끔이지만, 색깔이 선명하다.

# 레인보우 프로젝트

**첫판 1쇄 펴낸날** 2019년 2월 20일
**4쇄 펴낸날** 2020년 10월 27일

**지은이** 질라 베델 **옮긴이** 김선영
**펴낸이** 박창희
**편집** 김수진 이민주 **디자인** 권은숙
**마케팅** 이상민 이혜인 **회계** 양여진

**펴낸곳** (주)라임
**출판등록** 2013년 8월 8일 제 406-2013-000091호
**주소** 경기도 파주시 회동길 57-9, 우편번호 10881
**전화** 031) 955-1820, 1821 **팩스** 031) 955-1825
**이메일** lime@limebook.co.kr **인스타그램** @lime_pub

©라임, 2019

ISBN 979-11-89208-16-5 44840
979-11-951893-0-4 (세트)

* 잘못된 책은 구입하신 서점에서 바꾸어 드립니다.
* 본서의 반품 기한은 2025년 10월 31일까지입니다.

이 도서의 국립중앙도서관 출판시도서목록(CIP)은 e-CIP 홈페이지(http://seoji.nl.go.kr)와 국가자료 공동목록시스템(http://www.nl.go.kr/kolisnet)에서 이용하실 수 있습니다.(CIP제어번호 : CIP2019004679)